DAVID PFEIFER

DIE ROTE WAND

Roman

WILHELM HEYNE VERLAG
MÜNCHEN

Für Tania

Verlagsgruppe Random House FSC® N001967

3. Auflage
Taschenbuchausgabe 05/2017
Copyright © 2015 by David Pfeifer
Copyright © 2015 by Wilhelm Heyne Verlag
in der Verlagsgruppe Random House GmbH,
Neumarkter Straße 28, 81673 München
Redaktion: Thomas Brill
Umschlaggestaltung: Rumberg Design unter Verwendung von
© Istockphoto/Eric Middelkoop Images/Paul Gooney
Karte: Entnommen dem Buch
Kampf um die Sextener Rotwand
von Oswald Ebner
Satz: Vornehm Mediengestaltung GmbH, München
Druck und Bindung: GGP Media GmbH, Pößneck
Printed in Germany
ISBN: 978-3-453-43876-7

www.heyne.de

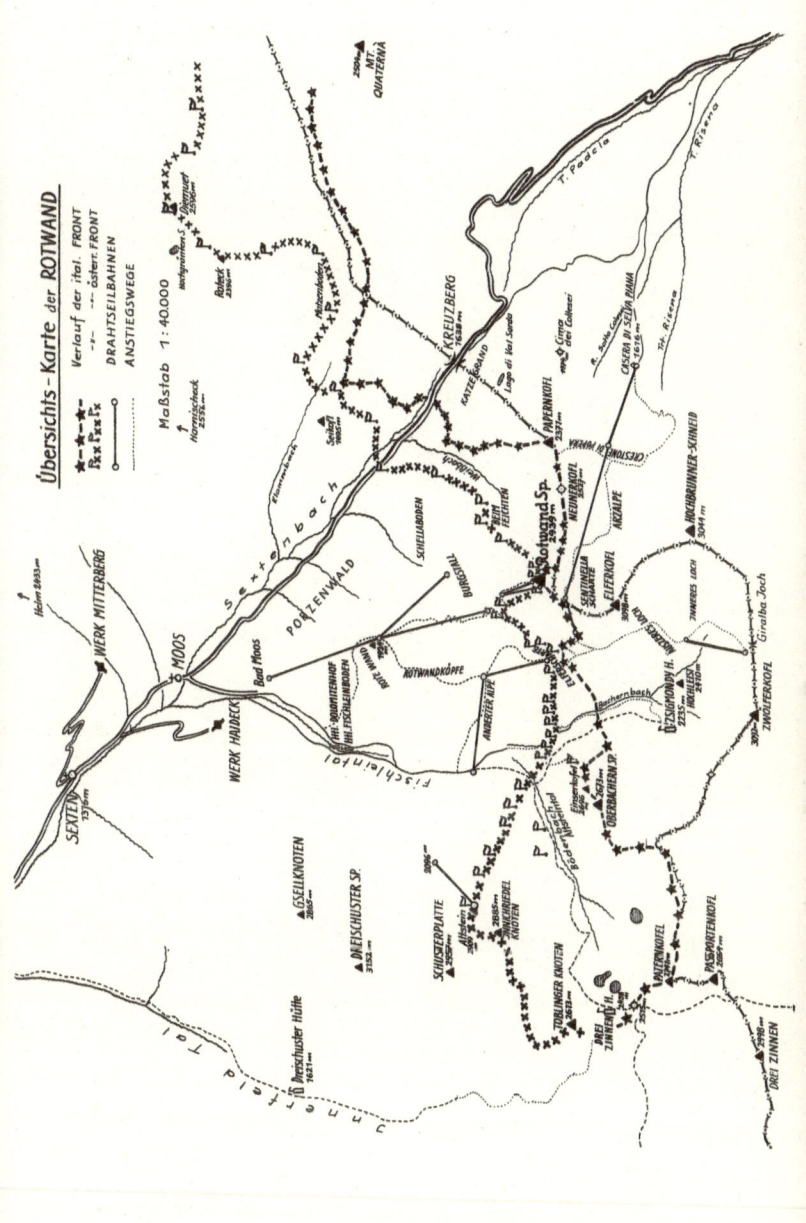

Übersichts-Karte der ROTWAND

Verlauf der ital. FRONT
" " " öster. FRONT
DRAHTSEILBAHNEN
ANSTIEGSWEGE

Maßstab 1 : 40.000

Prolog

Der Tod kommt jedes Mal aus einer anderen Richtung. Es lohnt nicht, nach ihm Ausschau zu halten. Also starrt sie auf ihre Stiefelspitzen, die im Schnee verschwinden, wieder auftauchen, eine Wehe nach vorne werfen und wieder einsinken. Jeder Schritt rutscht weg, muss nachgezogen werden, zieht sie noch schwerer zu Boden. Jeden Atemzug muss sie der eisigen Höhenluft abringen.

Man darf sich die Strecke am Anfang nicht vorstellen, dann werden die Beine gleich müde. Einfach gehen, bis man das Gefühl hat, man kann nicht mehr. Und dann weitergehen.

Sie hat überall Schmerzen von der Kälte. Ihre Schultern zieht sie schon seit Stunden hoch, damit ihr der Wind nicht in den Nacken fahren kann. Von oben drückt ihr der Tornister auf die Schultern, dadurch entsteht ein Ziehen in Rücken und Nacken, das sich anfühlt wie eine Stahlfeder. Doch sie blickt weiter stur auf die Rückennaht vor sich und geht davon aus, dass der Mann, der hinter ihr marschiert, dasselbe tut.

Manchmal sinkt sie auch bis zum Knie ein, obwohl sie leichter ist als die anderen. Dann muss sie ihr Bein besonders hoch heben, aber diese zusätzliche Anstrengung macht es für die kommenden Schritte noch schwerer, Luft zu bekommen und weiterzugehen. Bald wird ihre Kraft nicht mehr reichen. Manchmal gibt ein Bein unvermittelt nach, und sie kann sich nur mit einem schnellen Schritt zur Seite fangen.

»Geht's noch?«, fragt jemand vor ihr.

»Ja«, antwortet sie.

Nicht der schlimmste Tod, behaupten Kameraden. Man schläft langsam ein, wenn die Kälte einen erst einmal übermannt.

Sie wird sich hinhocken, der Schnee wird um sie wirbeln, sich absetzen auf ihrer Kappe, auf ihren Schultern, in den Nähten ihrer Uniform. Sie wird eingehüllt werden von glitzernden Kristallen, einen weißen Schatten in der Landschaft hinterlassen, ein Negativ. Ein kleiner Mensch mit einem großen Gewehr, der von seinem Tornister bezwungen wurde, so wird sie einfrieren.

Aber sie geht immer noch weiter, stemmt sich gegen die Steigung, starrt auf die Jackennaht ihres Vordermanns und denkt an die Russen, ganz hinten am Ende der Karawane. Die müssen weit schwerere Lasten den Berg hinauftragen.

Sie rutscht talwärts weg, verknackst sich fast das Fußgelenk, streckt das Bein durch und stolpert zwei, drei schnelle Schritte geradeaus.

An der Spitze geht der Bergführer gute zehn Schritte vor dem Leutnant. Der Bergführer sieht selbst schon aus wie ein Stück Fels, so deutlich dringen Knochen und Sehnen durch seine lederne Haut. Seine Wangen sind eingefallen, als wäre jedes Gramm zu viel, um immer wieder diese Wege zu gehen. Kräftige Kerle schmelzen hier in wenigen Wochen zusammen wie Butter in der Sonne. Sie reduzieren sich auf das Notwendigste.

Das Mädchen hört, wie der Leutnant »Stopp« befiehlt. Nicht zum ersten Mal. Also wendet sie den Blick nach vorne, obwohl sie lieber nicht sehen möchte, wie steil es bergan geht. Sie sieht den Bergführer in kleinen, beständigen Schritten weiterlaufen. Ohne Helm oder Uniformjacke, nur mit festem Schuhwerk. Seinen Rang hat er sich auf die Schulter seines groben Strickpullovers nähen lassen. Und er scheint nicht hören zu wollen.

Für den letzten Stopp zwei Stunden zuvor hatte der Leutnant den Bergführer einholen müssen. Wie ein dummer Schulbub war er ihm hinterhergehastet.

Die ausgemergelte, graue Karawane hält langsam, wie Güterwagen, die durch die Koppelglieder zurückgestoßen werden, um dann schwer auf der Stelle stehen zu bleiben.

Das Mädchen blickt nach oben, wo der Bergführer beständig Distanz zwischen sich und die Beladenen bringt. Im feinen Schneegestöber wird er zu einer unscharfen Silhouette.

Die Männer werden den Aufstieg nicht ohne Pause schaffen, und der Leutnant auch nicht. Er dreht seinen Kopf von der Truppe zum Bergführer, unsicher, was er tun soll. Als fürchtete er sich davor, durch ungelenkes Gerenne seine Autorität einzubüßen.

Das Mädchen kennt diese Stelle. Sie sind gerade auf einem nahezu ebenen Stück angekommen, über ihnen wölbt sich ein Felsvorsprung wie ein Dach. Rechts unter ihnen auf einem Plateau stehen die letzten Bäume, ein paar schiefe Lärchen, deren Äste unter der Schneelast herausragen wie die Beine einer alten Spinne. Vor ihnen steigt die Rote Wand steil an, unter ihnen fällt der Berg sanfter in Richtung Tal. Hier könnten sie rasten, auch wenn es heftiger zu schneien beginnen sollte.

Doch der Bergführer geht weiter. Schon bei der ersten Pause hatte er mürrisch angemerkt, dass sie die Baracken vor

Sonnenaufgang erreichen müssten, weil sie sonst im Aufstieg vom Elfer aus sichtbar seien.

Der Leutnant zerrt an der Lederkappe seines Pistolenhalfters. Er muss erst seinen rechten Handschuh ausziehen, um den Verschluss öffnen zu können, sein linkes Knie sackt in den Schnee. Schließlich kann er die Pistole herausziehen, streckt sie in die Luft und feuert einen Schuss ab. Der Bergführer fährt herum, blickt zurück und hechtet im selben Moment hinter einen quadratischen Felsbrocken, der aussieht, als hätte ein Riese hier vor einer Million Jahren einen Würfel fallen lassen. Eine derart schnelle Bewegung hat das Mädchen den Bergführer in all den Monaten nicht machen sehen.

Auch der Leutnant ist verdutzt. Er dreht sich um, will seine Männer anweisen, sieht jedoch nur, wie diejenigen, die nicht zu schwach sind, um sich noch zu bewegen, von ihm weg in Richtung Tal rennen, stolpern oder rollen. Nur ein paar der Russen bleiben einfach stehen, allem ergeben, fast schon leblos. Dann hört er das Hecheln einer Luftmine, die neben ihm losgeht, bevor sie den Boden erreicht. Die Explosion trennt seinen rechten Schenkel im Hüftgelenk ab, reißt ihm einen Arm und den halben Brustkorb weg. Er fällt auf den Rücken und bleibt dort liegen, wie zur Reparatur geöffnet. Organe sind zu erkennen, aber richten lässt sich nichts mehr.

Ein letztes Mal öffnet der Leutnant die Augen, kommt kurz zu Bewusstsein, blickt in den dunklen Himmel und das kantige Gesicht des Bergführers. Er will noch etwas sagen, einen letzten Befehl oder vielleicht eine Verwünschung hauchen. Doch dann verlischt er, wie ein Zündholz, das in den Schnee geworfen wurde.

1. Kapitel

An einem klaren Aprilmorgen beschließt das Mädchen, ein Mann zu werden. Die Kleidung ihres Vaters liegt vor ihr. An den Hemden hat sie die Ärmel an der Schulter abgetrennt, gekürzt und neu eingenäht. Ein paar seiner alten Hosen hat sie umgenäht. In der Länge stoßen sie nun akkurat einen Zentimeter unterhalb ihrer Fessel auf. Schließlich schneidet sie sich ihre langen blonden Haare ab, die die Mutter ihr immer ausgiebig gebürstet hat. Sie spürt dieses leichte Ziehen, gefolgt vom metallischen Schnappen der großen Schere. Büschel um Büschel fällt zu Boden, wie frisch gemähtes Gras. Damit ist eine Grenze überschritten, eine Veränderung herbeigeführt, die sie erklären muss, falls sie jemandem begegnet, den sie kennt. Aber sie hat nicht die Absicht, unter Menschen zu gehen, die sie kennt. Sie will einen anderen Weg einschlagen. Das wird in dem Moment zur Gewissheit, in dem sie sich im Spiegel betrachtet und eine andere Person zurücksieht. Eine ernste, entschlossene Person. Ein Junge, der auszusehen versucht wie ein Mann.

Die Schuhe waren ein Problem. Selbst ihre robusten Stiefel sahen noch zu mädchenhaft aus. Also hatte sie das Paar vom Nachbarsjungen gestohlen. Als sie abends über den Hinterhof hörte, wie Richard eine Tracht Prügel dafür kassierte, bekam sie ein schlechtes Gewissen.

Nachdem sie damals mit ihrem Vater von Berchtesgaden nach Meran gezogen war, hatte sie sich mit Richard angefreundet. Gemeinsam waren die beiden durch den Wald hinter dem Haus getobt. Richard hob sie hoch, als sie ausprobieren wollte, ob sie mit ihrem Zopf an dem Querbalken der Scheune baumeln konnte. Oder sie fischten zusammen Kaulquappen, die sie zu Fröschen züchteten.

All das endete damit, dass sie auf verschiedene Schulen geschickt wurden. »Buben und Mädchen gehen nicht zusammen«, hatte ihr Vater nur geantwortet, als sie ihn fragte, warum Richard sie auf einmal hänselte, gemeinsam mit den anderen Buben aus der Straße.

Sie steigt in die Hosenbeine und zieht sie am Bund hoch, streicht das Hemd vor ihrem Bauch und ihrer Scham glatt und schließt die Hosenknöpfe. Sie macht den Gürtel eng und spannt die Hosenträger über ihre Schultern.

Ihr Vater knöpfte die Hosen stets zuerst zu und schob dann das Hemd in den Bund, wo es sich wellte und beulte und herausrutschte, sodass er es wieder zurückstopfen musste, wenn er aufstand. Manchmal war es auch ganz hervorgequollen, wenn er spätabends aus dem Wirtshaus kam und den Schlüssel nicht ins Schloss brachte. An der Anzahl der Versuche, die er brauchte, um die Tür aufzuschließen, konnte sie abschätzen, wie viel Wein er getrunken hatte. Sie lebten schon so lange alleine zu zweit, dass ihr seine Angewohnheiten wie die eigenen vorkamen.

Im vergangenen Sommer war er nach Galizien einberufen worden. Weiter weg, als er je von zu Hause fortgekommen war. Nach seiner Rückkehr, mit zwei Fingergliedern weniger, einem Steckschuss im Oberschenkel und vergifteten Nieren, hatte sie den Vater kaum erkannt. Wie ein Geist seiner selbst wirkte er auf sie. Er roch sogar anders, so krank war er innerlich. Sie pflegte ihn zwei Monate, in denen er Unverständliches redete. Manchmal vernahm sie Satzfetzen einer fremden Sprache, die sich später als Russisch herausstellte.

Als er wieder gesünder wurde, fragte sie ihn nach seinen Erlebnissen. Er erwähnte nichts vom Schießen oder Töten, sondern beschwor die Kameradschaft. »Ohne gute Kameraden bist du nichts wert, da verscharren sie dich wie ein verendetes Viech. Noch nicht mal auf den Abort kann man gehen, wenn man keinen guten Kameraden hat, der aufpasst.« Der Vater erzählte, wie er und seine Kameraden gemeinsam gegessen und getrunken und sich gegenseitig mit Zigaretten und Nähzeug ausgeholfen hatten. Er berichtete von langen Märschen, die man ohne Freund in der Truppe kaum aushielt. Von Heldentaten, Vorstößen und einer List, mit der sie einen Diensthabenden getäuscht hatten. Nur seine Augen, die tief in den Höhlen lagen, erzählten noch etwas anderes.

In ganz Meran fanden sich in dieser Zeit mehr und mehr Versehrte ein, ihr Vater hatte noch Glück gehabt. Tagsüber, auf dem Weg zum Metzger und zum Markt, sah sie Männer, denen ein Stück vom Bein oder ein Auge fehlte. Manche taumelten in den Morgenstunden, wenn sie zum Bäcker ging, aus der Villa Giflklamm oder anderen ehemaligen Hotels, in denen die sogenannten Seuchenmädchen ihre Dienste anboten.

Während Richard und die anderen Jungen Heldengeschichten vom Krieg weitersponnen und davon träumten, recht bald an die Front zu dürfen, hörte sie jede Nacht, dass ihr Vater Albträume hatte.

Doch das hielt ihn nicht davon ab, nach vier Monaten wieder aufzubrechen und als Standschütze in die Dolomiten einzurücken. Dort wurde jeder Mann gebraucht, der eine Waffe halten konnte, zur Sicherung der schwachen Grenze Tirols. Ein Angriff Italiens stand bevor. Der Vater hatte ihr nichts als einen Zettel hinterlassen. »Geh zur Tante Ilse«, stand darauf, »die wird auf dich achtgeben, bis wir uns wiedersehen. Dein Vater.« Mehr nicht. Einen ganzen Tag hatte sie auf den Zettel gestarrt, ihn immer wieder gelesen und sich gefragt, wann dieses Wiedersehen sein sollte. Würde er auch diesmal so viel Glück haben und in einem Stück zurückkommen? Was würde ihm bis dahin alles widerfahren? Und was sollte sie überhaupt bei Tante Ilse, die den ganzen Tag ohne Unterlass redete, auch wenn es gar nichts zu besprechen gab? Wie so häufig, wenn er ihr etwas erklären wollte, hinterließ der Vater sie mit noch mehr Fragezeichen. Als es Abend wurde, stand ihr Entschluss fest. Sie würde nicht wieder monatelang auf eine Nachricht warten und sich von früh bis spät Sorgen machen. Lieber wollte sie den Vater in den Dolomiten suchen und dabei etwas erleben, von dem sie später einmal erzählen konnte. Wie ihr Vater von seinen Kameraden.

Das Mädchen will es in Zukunft genauso machen wie die Männer. Zuerst die Hose zuknöpfen, dann das Hemd hineinstopfen. Das kommt ihr zwar dumm vor, aber sie darf auf keinen Fall auffallen.

Damit die Nachbarn sie in ihrem burschikosen Aufzug nicht sehen, geht sie früh los, obwohl sie erst um acht Uhr den Bahnhof und die Standschützenregistratur erreichen muss. Sie nimmt das restliche Wirtschaftsgeld aus der obersten Lade in der Küche, zieht die Wohnungstür hinter sich zu und schließt ab. Sie blickt hinunter auf die Lücke zwischen Boden und Tür, die sie im Winter stets von innen mit alten Wollsachen abgedichtet hat. Sie fragt sich, ob sie das je wieder tun wird. Aber vielleicht macht sie das nur, um sich einen schicksalhaften Moment einzureden. Tatsächlich weiß sie nicht, was echte Gefahr bedeutet. Sie hat davon gehört, dass blutdürstige Italiener mit Gewehren den tapferen Tirolern die Bajonette in den Bauch rammen werden. Doch wenn sie versucht, sich einen Italiener vorzustellen, fällt ihr nur die nette Familie aus Rom ein, adelig und offensichtlich wohlhabend. Der Mann hatte ihr ein Eis spendiert, als er sah, dass sie seine drei Kinder beobachtete, die sich alle eins aussuchen durften.

Mehr noch als vor den Italienern hat sie Angst vor der Lüge, sich als Mann auszugeben. Die könnte so groß sein, dass sie über ihr zusammenstürzt. Aber sterben kann man vom Lügen nicht, denkt sie, hängt sich den Wohnungsschlüssel um, der an einer Lederschnur baumelt, und schließt den obersten Hemdknopf. Ihr Kopf ragt aus dem weiten Kragen wie Zuckerwatte am Stiel.

Sie geht das Treppenhaus hinunter, findet sich ein im ungewohnten Gewicht der Schuhe. Sie versucht etwas breitbeiniger zu gehen, ausgreifende Bewegungen zu machen. Aber nicht übertreiben, nicht dass es so aussieht, als wollte sie sich über Richard oder einen anderen der Buben lustig machen. Von Stufe zu Stufe wird sie schwerer und nimmt die letzten beiden auf einmal. So wie die Buben, wenn sie von der Mauer des benachbarten Zerwirk-Hauses springen. Sie federt in den

Knien und richtet sich wieder auf. Sie drückt die Schultern etwas weiter nach außen, schiebt den Riegel im Erdgeschoss zur Seite, öffnet die Außentür und tritt als Mann ins Freie.

Die Stadt erwacht, die Sonne legt orangefarbenen Glanz über die Dächer. Von der Haustür aus kann das Mädchen alles gut überblicken. Noch vor zwei Jahren war Meran ein schillernder Ort gewesen. Kurgäste und Sommerfrischler aus ganz Europa kamen zu Besuch, füllten die Straßen mit kultiviertem Treiben. Doch jetzt ist die Stadt so düster, als wäre sie von einer Krankheit befallen. Vergangenes Jahr hatte sie noch überlegt, nach der Schule als Hausmädchen anzufangen, im Eremitage oder im Grand Palace, wo die Herzoginnen, Fürsten und Prinzen zu Gast gewesen waren. Und wo allerlei Künstler und Köche angestellt wurden, um diese Fürsten und Prinzen zu unterhalten. Dann war der Krieg ausgebrochen, in fernen Ländern und an unbekannten Orten. Merans Glanz war erloschen und damit auch ihre Träume von gestärkter Bettwäsche und Damen in Ballkleidern.

Stattdessen spaziert sie als zierlicher Mann mit feinen Zügen zur Passer hinunter. Eher noch ein Bub. Aber solche rekrutieren sie inzwischen auch in Mengen, weil der Krieg bis in die Berge kommt und die echten Soldaten im Osten oder im Westen gebraucht werden oder bereits gefallen sind.

Das Mädchen wechselt an der ersten Brücke über die Passer und läuft die Promenade entlang. Sie blickt hinauf zu den Fenstern, hinter denen Tante Ilse lebt, zu der sie gehen sollte, statt ihrem Vater zu folgen. Eine letzte Abzweigung, ein sicherer Weg zurück zur Wahrheit. Die Tante, die nach

Puder und saurem Atem riecht, hat vermögend geheiratet, ist freundlich und erzählt ihr oft von der Mutter, an die das Mädchen sich kaum noch erinnert.

Wegen der Nähe zur Tante war der Vater überhaupt nur mit seiner jüngsten Tochter nach Meran umgesiedelt. Alleine wusste er nichts mit dem Mädchen anzufangen. Aber da die Kleine nie zur Tante wollte, hatte er sie schließlich immer häufiger mit ins Geschäft genommen oder auf Bergtouren und sogar zum Schießstand.

Im vorvergangenen Sommer hatte sich das Mädchen zum ersten Mal freiwillig bei der Tante angemeldet, zu Nachmittagstee und Kuchen. Tatsächlich wollte sie Silvia Petronelli singen hören, im Sommerpavillon auf der Promenade. Schon Wochen vorher hatten die Menschen in den Geschäften davon gesprochen, die Petronelli komme nach Meran, wenn der Bruder des Erzherzogs mit seiner ganzen herrschaftlichen Familie da sei. Das Mädchen hatte Zeichnungen der Petronelli an den Aushängen gesehen, an denen nun die Kriegsberichte angeschlagen wurden. Die Sängerin hatte dichte Locken und trug Schmuck im Haar. Doch erst als sie auf die Bühne trat, sah das Mädchen, dass die Petronelli dicke rote Locken hatte. Der adrette Mann im Frack, dem sie nur bis zur Schulter reichte, war der Pianist. Er setzte sich an den Flügel und war nun fast so groß wie die Sängerin.

Und dann erklang ihre Stimme so hell und klar, dass sogar die Tante die Schönheit des Gesangs nicht unter ihrer Kaskade aus aufgewärmten Erinnerungen und Familiengeschichten begraben wollte. Ihre Erzählung erstarb, und sie rührte nur noch in der Tasse.

Das Mädchen hatte sich ans Fenster gesetzt, nach unten gesehen und Petronellis sanft akzentuierte Bewegungen beim Singen beobachtet. Wie eine Spieluhr drehte sich die Sängerin von links nach rechts, und es kam dem Mädchen so vor, als würde sie ihre Stimme von woanders herholen, nicht aus dem Hals, sondern von tiefer, weiter weg. Sie sang auf Deutsch, formte nur die Worte, deren Inhalt sie nicht verstand. Aber das Mädchen konnte sogar im dritten Stockwerk alles ganz deutlich verstehen, so sehr akzentuierte Silvia Petronelli die einzelnen Silben.

Hie und da ist an den Bäumen
Manches bunte Blatt zu sehen.
Und ich bleibe vor den Bäumen
Oftmals in Gedanken stehen.

Der Pianist flog mit den Fingern über die Klaviatur. Manchmal hatte das Mädchen den Eindruck, er wäre aus dem Takt geraten. Doch dann ließ er seine Hand wieder so entschlossen niedersausen, dass es ausgeschlossen war, dass er Fehler machte. Er spielte leiser, die Petronelli schürzte ihre Lippen, um den Klängen letzte Anweisungen zu geben, wohin sie zu gleiten hatten. Sie sang, als wäre sie ganz ungebunden von der Melodie.

Schaue nach dem einen Blatte,
Hänge meine Hoffnung dran.

Sie weitete ihren Mund, löste ihre Hände, wiegte sich stärker und schickte ihre Töne weit über die Promenade.

Spielt der Wind mit meinem Blatte,
Zittre ich, was ich zittern kann.

Silvia Petronelli hatte ihre Stimme gesenkt. Sie hörte sich fast kehlig an, ihr italienischer Akzent war kaum noch wahrzunehmen. Der Pianist machte den Rücken unter seinem Frack krumm und schob sich in den Flügel, als wollte er in der Melodie verschwinden. So leise wurde er, dass man sogar die Passer hinter ihm plätschern hörte. Dann sang die Petronelli weiter.

Ach, und fällt das Blatt zu Boden,
Fällt mit ihm die Hoffnung ab.

Völlig unvermittelt richtete sich der Pianist auf und schlug stärker auf die Tasten. Die Petronelli drückte eine Kraft aus ihrem Brustkorb, die man dieser kleinen Person unmöglich zugetraut hätte. Bis hoch zu dem Mädchen schmetterte sie die letzten Zeilen.

Fall' ich selber mit zu Boden,
Wein' auf meiner Hoffnung Grab.

Das Mädchen hatte sich im Fensterrahmen eingekeilt und hing mit dem Oberkörper fast schon über der Straße. Für sie hatte das Lied nicht nach Herbst geklungen, nach Abschied und Ende. Sondern wie ein Versprechen auf eine Welt, in der es Musik gab, Erhabenheit und eine kleine Frau, die allein durch die Kraft ihrer Stimme ein Leben führen konnte, das dem Mädchen begehrenswert und frei erschien.

Die Sonne steigt höher, streichelt das Mädchen auf der Haut. So wie die Musik sie damals auf der Promenade unter der Haut gestreichelt hat. Sie schaut nach links über die nächste Brücke zum Meranerhof, dann nach rechts in den Rennweg, der sie zum Bahnhof führen wird. Sie dreht sich einmal im Kreis, ein letzter Blick, um sich den Ort einzuprägen. Es erinnert nicht mehr viel an das Konzert. Nur die Palmen sind noch da.

Sie biegt rechts zum Bahnhof ab, den Rennweg hinauf. Ein paar Buben in ihrem Alter nehmen denselben Weg, auch ältere Standschützen kann sie erkennen. Einige tragen Straßenkleidung, andere Tracht, wieder andere ihre Standschützenuniform.

Sie passieren das alte Tor mit dem geduckten Bogen.

Einige Straßen weiter schiebt sich die Statue des Tiroler Freiheitskämpfers Andreas Hofer in die Sonne, die erst vor Kurzem aufgestellt wurde. Das Mädchen mochte die Geschichte, die der Vater ihr über Hofer erzählt hatte. Er wurde von den Franzosen gefangen genommen und exekutiert. Selbst als ihn die zweite Gewehrsalve traf, blieb Hofer noch am Leben und spottete: »Ach, wie schießt ihr schlecht.« Ein Standschütze wie ihr Vater war Andreas Hofer gewesen. Nun wacht seine Statue über den Meraner Bahnhof. »Errichtet im Jahr 1914 zur hundertjährigen Erinnerung an die Wiedervereinigung mit Österreich«, steht hinten auf dem Sockel, vorne: »Für Gott, Kaiser und Vaterland«.

Vom Bahnhof her hört das Mädchen eine Blaskapelle spielen. Obwohl die Töne heiter klingen, wehen sie wie eine Warnung durch den Bahnhofsbogen heran. Von links sieht sie eine Gruppe junger Burschen kommen, die ebenso schmächtig sind wie sie. Wie unreife Früchte im Frühsommer. Die Buben marschieren, als hätten sie es eilig. Die älteren Standschützen gehen dagegen gelassen auf den Bahnhofseingang zu, vor dem sich eine Traube an den Registraturtischen bildet.

Nur die ganz Jungen und Alten sind noch nicht an die Front im Osten berufen worden. Nur sie, die Übriggebliebenen, freuen sich, doch gebraucht zu werden. Die Tuba brummt aus unbestimmter Richtung, die Trompeten übertönen sie blechern. Je näher das Mädchen dem Bahnhof kommt, desto lauter wird die Musik.

Sie glaubt, wieder einen Schritt zurück machen zu müssen, dann noch einen, einfach alles wieder rückgängig machen zu müssen. Wenn sie weiter nach vorne geht, geht sie endgültig hinein in die Lüge. Und eine Lüge verlangt immer ein Opfer, glaubt sie. Verlangt eine große Lüge folglich ein besonders großes Opfer?

Wie durch einen Trichter werden die Standschützen an den Einschreibungstischen vorbei auf den Bahnsteig gedrängt. Sie legen ihre Schützenausweise vor, verwaschene Zettel, auf mehligem Papier getippt. Sie werden in Listen registriert, niemand sieht genau hin. Sie sollen unterschreiben, dem Kaiser Treue schwören. Der rechte der beiden Rekrutierungsleutnants blickt das Mädchen an. »Was willst du denn da in den Bergen, so jung, wie du bist?«

»Mein Vater ist da«, stammelt sie. Ihre Stimme scheint unnatürlich hell und leise zu klingen. Ihre Begründung kommt ihr zu banal vor, vielleicht hätte sie besser Volk und Vaterland, Kaiser und Gott vorbringen sollen. Aber es fällt ihr erst nach Sekunden ein. Der Rekrutierungsleutnant lässt sie unterschreiben, drückt einen Stempel auf ein eingetrocknetes Kissen, das kaum noch rote Tinte abgibt, und dann auf einen Zettel. Bis echte Soldaten von allen Fronten herbeigeschafft sind, ist man auf jeden Schützen angewiesen.

Erst als sie weitergeschoben wird, fällt ihr ein, dass sie nach ihrem Vater fragen muss, wo er wohl hingeschickt wurde. Aber der Leutnant reagiert kaum. Er dreht sich nicht einmal um, als er ihr erklärt, dass sie schon die Listen von gestern nicht mehr dahaben. »Die werden sofort nach Bruneck in die Zentralregistratur geschickt. Hier kann sich keiner an einen einzelnen Mann oder gar an sein Einsatzgebiet erinnern. Wie stellst du dir das denn vor?«

Nachdem sie es bis auf den Bahnsteig geschafft hat, muss sie den richtigen Waggon suchen, den mit der Nummer elf. Sie kennt sich kaum aus, irrt unsicher herum und fragt sich, was anders ist als sonst. Warum die Buben und Männer sie nicht länger ansehen, keine Höflichkeit zeigen und so sehr mit sich selbst beschäftigt sind. Dann wird ihr klar, dass sie nun einer von ihnen ist. Man muss weder den Hut vor ihr lüften noch ihr Bündel tragen.

Wie es sich wohl anfühlen wird, ein Junge zu sein? Wird sie verstehen, warum Richard damals ihr gegenüber plötzlich feindselig geworden war? Wie werden die Dolomiten sein? Sie kennt die Berge um Meran, aber die sind im Vergleich geradezu überschaubar, hatte ihr der Vater erklärt, bevor er gegangen war. Sie wird ein eigenes Gewehr erhalten, spucken und fluchen dürfen. Sie war schon oft allein, aber noch nie allein unter Männern. In einer Welt der Härte, der Stärke und weniger Worte. So wie sie sich das Leben ihres Vaters vorstellt. Sie will nicht so nah bei den Männern stehen, also drückt sie sich bis ans Bahnsteigende durch, wo nur noch Feld, Pinien und Zypressen die Schienen säumen.

Auf dem Bahnsteig haben sich auch Freunde und Verwandte versammelt. Umarmungen werden ausgetauscht, ein Mann kritzelt seinen Letzten Willen auf ein Stück Butterbrotpapier und steckt ihn in die geballte Faust seiner Frau, die ihn mit vier Kindern verabschiedet. Am Bahnsteigkopf hat ein Priester einen Klappaltar aufgestellt, vor dem ein Junge kniet. Hinter dem Jungen bildet sich eine Schlange.

Die Kapelle spielt ohne Unterlass, immer wieder ertönt der Ruf »Für Gott, Kaiser und Vaterland«, der augenblicklich aus vielen Kehlen erwidert wird.

Sie bekommt einen Eintopf aus der Feldküche und ein Billett, obwohl hier keine Privatleute fahren. Aber alles soll seine Ordnung haben. Jedes Mal, wenn sie zu lange verloren herumsteht, wechselt sie den Standort, damit niemand sich ihr vorstellen oder sie in ein Gespräch verwickeln kann. Es gibt Butterstullen für diejenigen, die wieder hungrig werden. Sie steckt sich eine in die Tasche, der Eintopf liegt ihr noch im Magen.

Als sie einsteigen will, hilft ihr niemand hoch in den Waggon, in dem sich Polizisten, Männer der Finanzwache und Standschützen für die kommenden Stunden zusammendrängen. Wie Vieh, das zur Schlachtung transportiert wird.

Erst am Nachmittag ist der Zug zur Abfahrt bereit. Jeder Waggon fasst etwa dreißig Personen. Das Mädchen sitzt in einem der mittleren, in die hinteren werden Feldküchen, technisches Gerät und Pferde verladen. Jubel und Gesang füllt immer noch den Bahnsteig, die Türen werden zugeschoben, einige rufen letzte Grüße hinaus. Zurück im Waggon bleibt der

Abschiedsschmerz, der wie ein trauriges Lied im Halbdunkel hängt. Der Zug setzt sich langsam in Bewegung. Er verlässt die Stadt, die Häuser werden immer weniger, und bald sieht sie nur noch schmale Streifen vorbeisausender Landschaft. Aus Nervosität fährt sie sich durch die Haare, wie sie es früher immer getan hat, und erschrickt, dass sie so kurz sind. Drei-, viermal geht es so, bis sie sich darauf konzentriert, das zu lassen. Sie blickt sich im Waggon um, mustert die aufgeregten Gesichter. Während sich die anderen unterhalten, einander vorstellen und Belanglosigkeiten austauschen, fragt sie sich, wen wohl eine Kugel treffen wird. Wer wiederkehrt und wer nicht. Wieder versucht sie sich der drohenden Gefahr bewusst zu werden, aber sie kann sie nicht spüren. Wie wird ihr Vater wohl reagieren? Wird er sich überhaupt über ein Wiedersehen freuen? Wird er sie in den Arm nehmen und herzen? Oder wird er ihr doch eher eine Ohrfeige geben?

Der Zug hält an kleinen Bahnhöfen, wenn etwas zugeladen werden soll. Es dauert jedes Mal so lange, dass sie am liebsten ein paar Schritte auf dem Bahnsteig gehen möchte. Aber die Fahrt geht immer dann weiter, sobald sie sich dazu entschließt. Als die Nacht hereinbricht, sind fünfhundert Standschützen und sämtliches Material verladen. Siebzehntausend Mann sollen in ganz Tirol mobilgemacht werden. Es wird kühl, und jeder bereitet sich auf dem Boden ein provisorisches Nachtlager. Das Mädchen ist erschöpft, schafft es vor Aufregung aber kaum, die Augen länger als ein paar Sekunden geschlossen zu halten. Für die anderen geht es weg von zu Hause, von den Liebsten, sie selbst hingegen hofft, ihren Vater zu finden.

Irgendwann ist sie so ermüdet von den eigenen Gedanken,

dass sie in den Schlaf gesogen wird. Sie hört das gleichmäßige Rattern der Zugräder, aber sie träumt sich schon etwas anderes dazu. Eine Ferienfahrt nach München, einen Stadtspaziergang an der Hand der Mutter.

Als der Zug in Franzensfeste hält, schreckt sie auf. Die Waggontür wird geöffnet. Einer der Männer springt auf den Bahnsteig, weil er pinkeln muss, wie er seine neuen Kameraden wissen lässt. Der Himmel ist tintenschwarz und mit hellen Sternen gespickt.

Der Bahnhof steht voller Transportzüge. Zwei Gleise weiter kann das Mädchen einen offenen Waggon erkennen, aus dem Artillerie hervorlugt. Die drohenden Mündungen der schweren Kanonen deuten in die Nacht. »Sieben-Zentimeter-Mörser«, sagt ein Bub neben ihr, hörbar beeindruckt, aber mit dem Tonfall des Experten. Er zieht ein kleines Buch aus seiner Seitentasche und macht eine kurze Notiz. Erst in den Morgenstunden geht die Fahrt weiter.

Es ist schon früher Tag, als die Truppe mit steif gelegenen Gliedern in Innichen ankommt. Das Mädchen spürt das veränderte Klima, die Luft schmeckt anders als in Meran. Sie blinzelt in die strahlende Sonne, aber die Morgenkälte fährt ihr unter die Jacke. Die Fahrt ist hier zu Ende. Der Bahnsteig wurde hastig aus dicken Holzbohlen zusammengenagelt und füllt sich mit Milizionären. Nach und nach springen sie aus den Waggons, landen knallend auf den Brettern, verteilen sich über das Gelände oder bleiben in Grüppchen stehen. Das Mädchen verliert schnell den Überblick. Fast alle sind größer als sie. Sie sieht, wie Materialwaggons entladen werden. Es entsteht eine Geräuschkulisse wie in einer Fabrik mit schweren Maschinen.

Auf der Suche nach der Meldestelle macht sie ein paar Schritte weg vom Bahnhof und studiert die direkte Umgebung wie ein neues Schulgebäude, in dem sie die nächste Zeit verbringen muss.

Die Wiesen sind sattgrün, dahinter erstreckt sich zu beiden Seiten des engen Tals dichter Wald aus Tannen und Lärchen, der in hellen Felsformationen ausläuft. Das Mädchen beobachtet zwei Schwalben, die sich kunstvoll in den Himmel schrauben. Die Glocken einer nahe gelegenen Kirche läuten zur Morgenandacht. Keine Spur von Krieg. Der Bub mit dem Notizbuch tritt neben sie. Die beiden schauen sich um, blicken hoch auf die riesigen Berge, die auch jetzt im Sommer schneebedeckte Spitzen tragen. Mächtig und erhaben sehen sie aus, aber auch einladend. Das Mädchen wüsste gerne, wie die Welt von dort oben aussieht. »Die Dolomiten«, sagt der Bub ehrfurchtsvoll.

Sie entfernen sich einige Meter von dem Bretterbahnhof. Die Wiese dahinter wurde umgegraben, jetzt ist dort nur noch Matsch. Die Gleise erscheinen dem Mädchen wie ein Menetekel, als markierten sie die letzte Verbindung zu einer modernen, industrialisierten Welt. Mit einem stählernen Pfeifen fährt die Lok aus dem provisorischen Bahnhof auf eines der Seitengleise, die zur Entladung verlegt wurden. Wie die Finger einer knochigen Hand greifen die Gleise in die Wiese. Der Bub hat sein Notizbuch herausgezogen und skizziert den Bahnhof auf einer aufgeschlagenen Doppelseite.

»Wie heißt du?«, fragt der Bub, der das Mädchen um einen halben Kopf überragt. Braune Haare hat er, die unter seiner Standschützenkappe fast bis zu den Augenbrauen hinunterreichen.

»Richard«, sagt sie nach einem kurzen Zögern und sieht dabei auf ihre Schuhspitzen.

»Richard? Oder Ricki?«

»Richard.«

»Maximilian. Max. Oder Maxl, wie du magst«, sagt der Bub.

»Wie alt bist du?«, fragt das Mädchen.

»Siebzehn«, antwortet Max.

»Ich auch«, sagt sie und macht sich damit zwei Jahre älter, als sie eigentlich ist. Die anderen werden denken, dass sie zu jung aussieht für ihr Alter. Dadurch wird hoffentlich niemand auf die Idee kommen, dass sie ein Mädchen ist.

Die Männer bewegen sich in großen Trauben vom Bahnhof zu einem Platz, an dem Kutschwerke stehen. Aber die Pferdewagen werden allesamt mit Material beladen. Für die Standschützen ist ein Fußmarsch bis nach Sexten vorgesehen, nahe der italienischen Grenze.

Ein letztes Mal dürfen die Burschen und Männer unbeschwert wandern. Drei Stunden benötigen sie für den Serpentinenweg. Max hält häufig an, studiert eine Baumkrone oder Bergspitze und schließt dann mit schnellen Schritten wieder auf. Das Mädchen leistet ihm Gesellschaft. Die Gruppe bewegt sich so langsam, dass sie spielend einzuholen ist.

In Sexten finden sie sich vor einem großen Hof mit zwei Anbauten ein. Die Wiese davor wurde von unzähligen Stiefelpaaren weich getrampelt. Das Mädchen sieht einen Stall, der gerade errichtet wird. Die Esel und Pferde sind bereits darin angebunden, während noch die Außenwände angenagelt werden. Männer mit schweren Werkzeuggürteln um die Hüften tragen Bretter, Drahtgitter und Ballen herum. Neben dem Stall entsteht ein Verschlag für die russischen Kriegs-gefangenen.

Dahinter erst sieht sie Bauernhäuser, die Kirche, die Struk-tur eines kleinen Ortes, den es schon lange gab, bevor die Front aufrückte. Man sieht den Häusern an, dass beschei-den gewirtschaftet werden muss. Sie sind zwar schmucklos, gleichzeitig aber derart akribisch gepflegt, dass sie die Mühe und den Stolz ihrer Besitzer belegen. Das Mädchen hat noch nie einen solchen Ort gesehen, hineingeschnitzt zwischen Berge und dichte Bäume. Umgeben von Almen und Wiesen. Sie kennt nur Städte, mit Gassen, Geschäften und Menschen, die von hier nach da eilen.

Gleich hinter Sexten ragen die Dolomiten steil in den Himmel, wie eine natürliche Barriere, die Gott in die Erde gerammt hat.

»Richard!«, ertönt eine Stimme aus dem Hintergrund.

Das Mädchen erschrickt. Innerlich zitternd erinnert sie sich an ihren neuen Namen. »Ich bin Richard. Richard, Richard.«

»Hier rücken wir ein!«, ruft Max und winkt. Er steht vor einem Gasthaus, dessen Scheiben von innen beschlagen sind. Es wurde an einen Hof angebaut, wirkt flach und eng. Max geht voraus, lässt ihr die Türklinke in die Hand fallen. Drin-nen drängen sich Standschützen, Gendarmen und Bauern. Es ist keine Frau zu sehen, sogar die Bewirtung übernehmen zwei Männer an einem groben Tresen, der nur aus ein paar gehobelten Brettern besteht.

Dem Mädchen ist schon nach wenigen Minuten elend. Ihre Kehle wird trocken und dick. Eine ungute Erregung liegt in der Luft. Es riecht nach Bier und Essen, nach Anspannung, Schweiß und Rausch. In dieser Gaststube ist zu wenig Raum für so viele Männer, denkt sie. Max spricht mit einem Stand-schützenoffizier mit mächtigem Schnauzbart. Dem Mädchen fällt auf, dass der Mann sich nicht zu Max hinunterbeugt, obwohl er ihn fast um einen Kopf überragt. Er will offenbar gar nicht hören, was Max zu sagen hat, ist schon mit seinen eigenen Worten beschäftigt. Schließlich macht er sich noch größer und grollt mit tiefer Stimme über Max hinweg: »Ihr müsst euch noch untersuchen lassen.« Damit meint er die ganze versprengte Standschützentruppe, die sich ins Gast-haus gedrängelt hat. Er trinkt einen Schluck, und damit ist das Gespräch beendet. An seinem Bart hängt ein tropfender Kranz Bierschaum.

»Das ist der Unterjäger Happacher«, erklärt Max, nach-dem er sich wieder zu ihr durchgekämpft hat. »Der kommt von hier. Wenn wir Glück haben, landen wir bei dem.« Er zerrt sie hinter sich her, wieder in Richtung Happacher, der seinen Krug erneut ansetzt, den Kopf weit in den Nacken legt und den Krugboden zur Decke streckt, um keinen Trop-fen übrig zu lassen.

»Das ist mein Freund, der Richard«, sagt Max und schubst das Mädchen vor den Unterjäger.

Happacher legt ihr seine linke Hand auf die Schulter, die rechte Hand landet auf Max' Schulter, nachdem er den Krug abgestellt hat. Er beugt sich ein wenig zu den beiden hinun-ter. »Was wollt ihr trinken?«, fragt er. »Es kost' fast nichts, und wer weiß, wann wir wieder dazu kommen?«

Aus der Nähe betrachtet erkennt sie, dass Happacher keine dreißig Jahre alt sein kann. Er hat einen leichten Faltenfächer um die Augen, aber der scheint von der Bergsonne dahin-getrocknet zu sein. Seine Wangen hinter dem gezwirbelten Bart sind weich, seine Augen wach.

Sie haben noch nicht geantwortet, da drückt ihnen Happacher schon zwei Krüge in die Hand. »Wenn ihr alt genug seid zum Schießen, seid ihr auch alt genug zum Saufen.« Er stößt seinen frischen Krug an die ihren, schwingt in einem ausladenden Halbkreis sein Bier durch die Luft und trinkt ab.

Das Mädchen hat die zweite Hand zu Hilfe genommen, um den Krug abzustützen, und führt ihn so umklammert zum Mund, genau wie Max. Sie nimmt einen großen Schluck und möchte ihn am liebsten gleich wieder ausspeien.

Sie werden weitergeschoben, nach hinten in die Wirtschaft, wo die Luft noch träger im Raum hängt und an den Wänden zu kleben scheint. Das Mädchen sieht eine Tür, die rechts neben dem Tresen in den Hof führt. Die Tür ist so klein, dass sie wie ein Fenster auf Bodenhöhe aussieht. Ein dünnes Holzschild hängt darüber, auf dem »Ärztliche Kommission« steht. Sie lässt sich von der Menge in diese Richtung treiben, drängt nicht mehr nach vorne zum Ausgang.

Max versteht nicht, kommt ihr aber nach. »Was willst du denn da?«

»Nach jemandem fragen«, antwortet das Mädchen. Natürlich will sie sich auf keinen Fall untersuchen lassen. Wenn sie sich ausziehen müsste, wäre das Abenteuer gleich hier vorbei.

»Wieso ist der eigentlich kein regulärer Soldat, der Happacher? Wieso hat der sich als Standschütze verpflichtet?«, fragt sie Max, der sich hinter ihr durch die Tür drückt. Beide balancieren ihre Krüge, immer wieder schwappt etwas Bier über den Rand und platscht auf den Dielenboden, der von den vielen Stiefeln schon speckig gelaufen ist. Der erste Raum wird nur von einer flackernden Lampe spärlich beleuchtet.

»Vielleicht ist er der dritte Sohn eines Bauern«, sagt Max, der kurz innehält und einen Schluck nimmt, um nicht noch mehr zu verschütten. »Oder ein Veterinär, die haben sie auch nicht eingezogen.«

Es folgt ein kurzer, niedriger Flur. Die beiden können gerade so darin stehen, ohne sich den Kopf zu stoßen. Die Luft ist kalt und feucht wie in einer Gruft, riecht aber nicht mehr nach Meute wie in der Wirtschaft.

Im nächsten, heller beleuchteten Raum finden sie den Arzt, der sich nur durch eine Binde um den Arm auszeichnet, auf die ein Kreuz gestickt wurde. Er ist kahlköpfig, lediglich ein Kranz schwarzer Haare umrahmt seinen Kopf wie ein Hufeisen. Er sitzt vor einem Stapel Akten und macht Notizen. Dabei hat er sich auf seinen linken Ellbogen gelehnt, sein Daumen scheint seinen Kopf an der Wange zu stützen. Zwischen Zeigefinger und Ringfinger glimmt der letzte Zentimeter einer Zigarette, deren Rauch nach oben zur Decke tänzelt wie eine bewegliche Skulptur.

Der Arzt blickt auf und sieht die beiden Buben in der Tür stehen.

»Was wollt ihr denn?«

»Wir sollen uns untersuchen lassen«, sagt Max, als müsste er voller Überzeugung eine Ausrede fürs Zuspätkommen vortragen.

»Das macht doch sonst auch keiner«, antwortet der Arzt. Er schaut wieder auf seine Notizen, zieht ein letztes Mal an der Zigarette und wirft sie dann auf den Boden, wo er die Glut mit seinem Stiefel austritt. »Seid ihr nicht ein bisschen jung zum Saufen?«

Die beiden lassen ihre Krüge tiefer sinken, wissen aber auch nicht, wohin damit.

Das Mädchen sieht jeweils eine große Hängeregistratur links und rechts an der Wand stehen. Irgendwo da drin könnte ihr Vater stecken. Ein, zwei Bögen Papier, vielleicht mit einem Hinweis versehen, wohin er beordert wurde.

»Ich wollt' auch nach meinem Vater fragen«, stößt sie aus. »Der ist hier vor ein paar Tagen angekommen.«

»War er gesund?«, fragt der Arzt und lehnt sich zurück, die Hände an der Tischkante aufgelegt.

»Ja. Schon. Wieder.«

»Was bedeutet *wieder?*«

»Er wurde verwundet, an der Ostfront, ist aber inzwischen genesen.«

»Dann hat er sich gewiss nicht untersuchen lassen.«

»Aber er weiß doch gar nicht recht, wie gesund er ist.«

»Deswegen ja. Die wollen Krieg führen, die Irren. Die sind ja quasi nur hier, um Krieg zu führen! Für Gott und den Kaiser, fürs Vaterland. Die meisten haben noch nicht mal gelernt, wie man den Kopf richtig einzieht, aber schießen und Krieg führen wollen sie. Da brauchen sie keinen Arzt, der ihnen dazwischenfunkt, der ihnen den Krieg verbieten könnte. Sie nehmen ja eh jeden. Alte, Lahme, Junge. Wie alt ist dein Vater?«

»Dreiundvierzig.«

»Da hat er wenigstens Erfahrung, wenn er schon gedient hat. Vielleicht ist er gescheit genug, sich in einem Verschlag einzugraben und auf den Sieg zu warten, es kann ja nicht mehr lang dauern. Die Jungen werden gleich erschossen, so wie ihr. Die sind als Erste hin.«

Der Arzt kippelt ein bisschen mit dem Stuhl nach hinten.

Er nimmt eine weitere Zigarette aus seiner Brusttasche, zündet sie an, verschränkt die Arme und nimmt einen tiefen Zug. »Zum Sterben ist man ja nie zu jung«, sagt er und zieht noch einmal an seiner Zigarette. Ein Tabakfaden klebt an seiner Unterlippe. Er zupft ihn mit Daumen und Zeigefinger ab und atmet einige Sekunden lang Rauch aus. Er legt seinen Kopf zur Seite, mustert Max und das Mädchen erneut und beginnt zu lachen. »Zu jung zum Saufen. Aber nicht mehr zu jung, um totgeschossen zu werden.«

Das Mädchen fühlt sich mit einem Mal gefangen in diesem kalten, verrauchten Raum. Sie fragt sich, ob es einen anderen Ausweg gibt als durch den Schankraum, der zu klein ist für so viele Männer in ihren von Schweiß und Bierschaum vollgesogenen Uniformen. Max zupft an ihrem Ärmel, will sie wieder mit zurückziehen. Der Arzt lacht weiter vor sich hin und streicht sich mit einer Hand über den kahlen Kopf.

»Tut mir leid, wenn ich euch verschreckt habe«, sagt er, nimmt noch einen ewig langen Zug aus seiner Zigarette, stützt den Arm wieder auf, drückt den Daumennagel in die Wange, fährt mit seinen Notizen fort und sieht genau so aus, wie sie ihn vor wenigen Minuten angetroffen haben. Er scheint vergessen zu haben, dass sie noch im Raum stehen oder überhaupt je da waren.

Sie gehen den Weg zurück, den sie gekommen sind. Steigen durch die kleine Tür in den Schankraum und schieben sich zu Happacher durch, der ihnen ihre Krüge abnimmt, um sie durch gefüllte zu ersetzen. Als er das Gewicht spürt und sieht, dass sie noch halb voll sind, drückt er sie ihnen wieder in die Hände und befiehlt: »Austrinken!«

Dem Mädchen ist schon übel. Aber wenn sie sich weigert,

fliegt sie womöglich auf. Max hebt gleich den Krug an die Lippen. So wird es eben gemacht: Einer sagt, was zu tun ist, und der andere folgt.

Sie trinkt in kleinen schnellen Schlucken. Max verschluckt sich, hustet, setzt wieder an. Ihr Magen bläht sich auf, aber sie will nicht klein beigeben und würgt die Flüssigkeit mit Gewalt hinunter. Dann prostet sie Max zu, der den Krug gerade absetzt.

»Langsam, langsam, ihr seid doch noch grün hinter den Ohren«, sagt Happacher. »Mögt ihr einen Schnaps?«

Happacher ordert zwei Gläser, sie trinken auch den Schnaps. Das Mädchen stellt sich vor, es sei eine Wundertinktur, die einen erwachsener macht. Nach dem zweiten Schnaps fragt sie sich, ob es nicht eher Gift ist, mit dem sie zur Strecke gebracht werden soll. Sie kann nicht beurteilen, ob die Übelkeit aus ihrem Magen kommt oder ob die schlechte Luft der Grund dafür ist. Sie atmet eine Weile durch den Mund, das Unwohlsein schwindet. Das neue Bier wirkt zunächst warm und anregend. Dann wird ihr in Wellenbewegungen schlecht. Ein weiterer Schnaps wird ihr in die Hand gedrückt. Sie schluckt ihn runter, doch er will direkt wieder raus, gemeinsam mit allem, was da unten drin ist. Dabei hat sie schon länger nichts mehr gegessen. Die Männer kippen die Schnäpse wie bittere Medizin.

Schon häufig hat sie sich gefragt, warum Experimente, die sie als Kinder veranstalteten, bei den Burschen durch Mutproben ersetzt wurden. Warum sie Prüfungen vorzogen, deren Reiz darin bestand, dass man sich dabei wehtat.

Sie will nach draußen, aber Happacher hält sie fest. »Geh jetzt bloß nicht vor die Tür, die frische Luft haut dich um, glaub mir.«

Also bleibt sie drin, auch wenn sie nicht weiß, auf welchem Bein sie am sichersten steht und woran sie sich festhalten kann. Max ist ganz grün um die Nase. Er versucht seinen Schnaps in kleinen Schlucken zu trinken, wie ein Vogel an einem Wasserbecken. Happacher lacht und hält ihr schon wieder einen neuen Bierkrug hin. Obwohl sie genug hat, traut sie sich nicht, ihn abzulehnen. Also greift sie nach ihm, führt ihn mit einer Hand zum Mund, trinkt aber nicht. Max sieht blass aus und leicht verschwitzt, der grünliche Schimmer auf seiner Haut kommt dadurch noch stärker zum Vorschein. Tapfer nimmt er einen kräftigen Schluck aus seinem Krug.

Der Gasthof kommt in Wallung. Die meisten Männer umarmen sich oder haken sich unter. Das Mädchen bewegt sich unfreiwillig mit, wie ein kleiner Stein in einer Geröll-lawine. Alle singen.

Wohl ist die Welt, so groß und weit
Und voller Sonnenschein.
Das allerschönste Stück davon
Ist doch die Heimat mein …

Immer mehr stimmen ein. Max steigt auf den Schanktisch. Er kann das Lied auswendig und singt jede Strophe kurz an, um die Männer zum Mitsingen zu animieren. Sie tönen aus voller Brust, laut und durcheinander, aber dank Max' Eingabe wird so etwas wie ein Chor daraus. Ein Chor der Trunkenen, die nicht wissen, worauf sie sich einlassen.

Und wenn dann einst, so leid mir's tut,
Mein Lebenslicht verlischt,

Freu ich mich, dass der Himmel auch
Schön wie die Heimat ist.

Dem Mädchen wird wieder übel. Doch dann wird sie nach draußen geschoben, wohin nun alle drängen, zu den Tischen und Schränken, an denen das Material ausgegeben wird. Der erste tiefe Atemzug an der frischen Luft trifft sie unvermittelt wie eine Ohrfeige, sie kann kaum noch geradeaus blicken. Sie klaubt sich eine graue Uniformbluse in der kleinsten Größe vom Stapel, Kniebundhosen, Stutzen, schwere Stiefel, Wickelgamaschen, Brotbeutel, Rucksack, einen Mantel, dessen Kragenaufschlag den Tiroler Adler zeigt. Eine Kappe, ebenfalls mit dem Adler bestickt. Sie muss vier verschiedene probieren, bis sie eine findet, die klein genug ist, um auf ihrem Kopf zu halten. Schließlich das Gewehr. Ein Werndl, schwer, alt, Eisen und Holz. Wenn sie es neben sich stellt, ist es fast so groß wie sie selbst. Sie hat Glück, unter den Ersten zu sein. Die Uniformen reichen nicht für alle. Viele müssen vorläufig in den eigenen Wanderstiefeln Dienst tun.

Die meisten ziehen sich gleich an Ort und Stelle um. Das Mädchen sucht sich eine ruhige Stelle hinter dem Hof. Obwohl sie die Unterwäsche anbehält, achtet sie trotzdem darauf, dass niemand sie beobachtet. Die Jacke kratzt. Die ganze Uniform wirkt steif, als würde sie keinen Kontakt zum Körper aufnehmen wollen. Ihre zivile Kleidung steckt sie in einen Sack, der ihnen dafür gegeben wurde. Sie zieht den Sack zu und hofft, ihn nicht so bald wieder öffnen zu müssen.

Die ausstaffierte und betrunkene Truppe bewegt sich weiter, wie von einer unsichtbaren Kraft gelenkt. Es wirkt, als wären sie Glieder einer schweren Kette, die auf ein diffuses Ziel hingezogen wird. Sie gelangen an eine Baracke und lassen sich auf Pritschen fallen. Max legt sich in voller Montur mit seinem Gewehr zum Schlafen, so stolz ist er, eines führen zu dürfen. Das Mädchen tut es ihm gleich. Sie schließt die Augen und hat das Gefühl, dass jemand die Pritsche hochhebt, im Kreis trägt, schleudern lässt, hochwirft und wieder auffängt. Doch bevor sie sich dieses Gefühl erklären kann, ist sie noch tiefer in ihren Traum abgerutscht.

Am nächsten Morgen werden sie offiziell dem Unterjäger Happacher zugeteilt. Er wird die Kameraden zu den Infanteriestellungen vor Moos führen, dem letzten Ort vor der Grenze. Die neununddreißig Mann und das Mädchen bilden eine zusammengewürfelte Einheit aus Gendarmen und Standschützen. Happacher besorgt sich das Losungswort und den Feldruf, dann marschieren sie los, vorbei an Drahtverhausperren, nach rechts über das Feld.

Das Mädchen erkennt gedeckte Schützengräben und Erdunterstände auf den Wiesen, die von einem Landsturmbataillon besetzt sind. Wenn sie nach oben sieht, kann sich ihr Blick an einem weiten Panorama orientieren. Die Bergspitzen werden von der Sonne scharfzackig aus dem Horizont herausmodelliert. Ein Schein umgibt sie am Übergang zum Himmel.

Die Kameraden sehen nicht militärisch aus. Eher als kämen sie angetrunken von einem Schützenfest. Nach einem kurzen Marsch haben sie ihr Ziel erreicht, ein paar Verschläge, die mitten in die Landschaft gegraben und verbaut wurden. Nach rechts geht es Richtung Fischleintal, der Weg geradeaus führt hoch zum Kreuzbergpass.

»Bleiben wir in der Reservestellung?«, fragt Max den Unterjäger.

Happacher betrachtet seine Mannschaft aus Buben, jungen Burschen und Alten mit ernster Miene. »Wir müssen hier in der ersten Verteidigungsstellung Posten beziehen. Vor uns sind nur vierzig Mann Feldgendarmerie und Sextner Standschützen, die einzelne Bergspitzen besetzt halten. Im Ernstfall können die nicht viel ausrichten.«

»Wo ist denn der Feind?«, fragt Max.

»Noch ist kein Feind da.«

»Aber von wo wird er kommen?«

Happacher deutet vage vor sich in die Landschaft. »Vielleicht versuchen sie es direkt über den Kreuzbergpass. Oder aber über den Paternkofel. Den hält der Innerkofler besetzt. Der kann von unserer Seite aus böse Schäden anrichten, bis da ein Alpino raufkommt.«

»Mit wie viel Mann hält er den Paternkofel?«, will Max wissen.

»Der Innerkofler? Allein. Der spielt da oben fliegende Patrouille, mal auf dem einen Gipfel, mal auf dem nächsten«, sagt Happacher. Dann lässt er seinen gestreckten Finger ein wenig nach rechts wandern. »Kann auch sein, dass sie über einen längeren Pass oben bei den Drei Zinnen kommen.«

Für das Mädchen sehen die Felsen am Ende des langen Tals wie ein einziger breiter Bergkranz aus, aber mit viel Wald und viel Grün. Hinter jedem Berg ragt ein weiterer Gipfel auf. Sie hat keinerlei Orientierung, kann keinen Namen zuordnen und im Kopf behalten. Elfer, Zwölfer, Einser, Kreuzberg, Sentinellascharte, Schusterspitze, Hochleist ... Begriffe ohne Erinnerungswert. Nur die Rote Wand prägt sich ihr sofort ein. Ein Name wie eine Drohung. Dabei sieht der Berg, der ihn trägt, nicht gefährlicher aus als all die anderen. Max zeichnet die Bergsilhouette nach. Er scheint als Einziger begriffen zu haben, wo er ist und wer von wo kommen wird.

Sie legen ihre Rucksäcke ab, und bis zum Abend haben sie zwei neue Gräben ausgehoben und Drahtverhaue angelegt.

»Der Innerkofler ist eine Berühmtheit. Ein echter Held!«, erklärt Max, als sie gemeinsam Steine in ein Geflecht legen, das sie später dicht gestapelt vor feindlichem Beschuss schützen soll. »Der kommt aus Sexten, hat aber schon die ganz Großen in den Berg geführt, die feinen Leute aus Salzburg, Wien und Meran. Der schneidigste Bergführer überhaupt. Wenn wir den treffen würden, das wäre eine Sache!« Max scheint ob dieser Aussicht regelrecht enthusiastisch. Allein die Nähe zum berühmten Innerkofler löst bei ihm das Bedürfnis aus, besonders eifrig zu arbeiten.

Insgesamt verteilen sich vierhundert Mann auf vier Kilometer Stellungen rund um Moos und Sexten. Unterjäger Happacher richtet Dienste ein. Er entscheidet, wer wann wo Wache zu schieben hat, wer auf Patrouille zum Kreuzbergpass oder Meldegänge geht. Außer gelegentlichem Gemaule gibt es keine Probleme. Tagsüber werden Gräben angelegt, abends wird Wache gehalten. Die Männer, die zu alt sind, müssen nach Hause. Auch die, die sich schon im Taldienst als atemschwach erwiesen haben oder krank geworden sind. So reduzieren sich die Standschützenbataillone erst auf dreihundert und schließlich auf zweihundert Mann.

Der Erdunterstand, in dem Max und das Mädchen schließlich Wachstellung beziehen, liegt im Talkessel zwischen Sexten und dem noch kleineren Moos. Ihr Unterstand ist mit Stacheldraht geschützt, aber rundherum ist nur Natur. In das saftige Gras mischen sich dicke Butterblumen und Vergissmeinnicht. Sie erkennt den Blutroten Storchschnabel, der eigentlich rosarot ist und den sie besonders gern mag. Käfer mit grün schillernden Panzern krabbeln über Halme, Bienen summen. Es ist so ruhig und schön, dass es sich wie Ferien anfühlt.

Am nächsten Morgen deutet Max voller Stolz abwechselnd in sein Notizbuch und im Kreis auf die Berge. »Schau, das nennen sie hier die Sonnenuhr, weil man daran die Zeit ablesen kann. Der Einser, der Neuner, der Zehner, der Elfer, der Zwölfer, der Elferkofel, der Zwölferkofel, die Rotwandspitze, der Einser. Es müsste so acht Uhr sein. Ist das nicht großartig?«, sagt er und wendet sich nach links. »Und das ist das Helm-Massiv.«

In der Baracke gibt es Kaffee und Suppe mit herzhafter Einlage, dazu trockenes Brot mit Schinken. Schon nach wenigen Tagen vermisst sie den Kakao, den sie nach dem Aufstehen immer getrunken hat, und die dicken Brotscheiben, bestrichen mit Butter und Honig. Aber noch mehr fehlt ihr der Geruch von Seife und die saubere Wäsche, die sich auf ihren frisch geschrubbten Körper legt. Die Uniform hat sie mittlerweile eingetragen, doch der raue Stoff fühlt sich immer noch fremd auf ihrer Haut an.

Nach drei Wochen melden sich Max und das Mädchen eines Mittags wie befohlen bei Happacher in der größten Baracke, die am Ortseingang nach Sexten gebaut wurde und in der es jedes Mal furchtbarer zu riechen scheint. Vielleicht ist es auch nur der Kontrast zur klaren Luft. Das Mädchen hält die Nase so dicht wie möglich über die Kaffeekanne, die auf einem Bollerofen steht, während Max etliche Fragen nach der Sonnenuhr stellt. Happacher kann ihm keine Antwort geben, er schüttelt belustigt den Kopf.

»Aber Sie kommen doch von hier!«, sagt Max.

»Die Sonnenuhr, die haben sie sich für Touristen wie dich ausgedacht«, sagt Happacher und lacht.

»Aber es ist doch wie eine Uhr!«, empört sich Max.

»Der da«, sagt Happacher und deutet auf eine Spitze, »der wird hier Mittagskofel genannt, weil er anzeigt, wenn Mittag ist. Sonst ist die Uhrzeit recht egal, denn um neun Uhr ist für die Bauern genauso gut wie um fünf Uhr. Die Arbeit muss gemacht werden.«

Happacher schickt die beiden auf Meldegang in Richtung Innichen. Je jünger die Standschützen, umso weiter weg von der Front will Happacher sie haben.

»Was hat dein Vater eigentlich vom Krieg erzählt?«, fragt Max auf ihrem Marsch.

»Das Wichtigste ist ein guter Kamerad«, antwortet das Mädchen. Dann lacht sie verschämt. »Ohne einen guten Kameraden kann man nicht mal in Ruhe auf den Abort gehen, hat er gesagt.«

»Weil einen sonst beim Scheißen der Blitz trifft?« Sie müssen beide lachen.

»Weil man ohne guten Kameraden verloren ist«, sagt das Mädchen. »Weil man dann niemanden hat, der einen schützt. So hat er das gemeint, glaub ich. Ohne guten Kameraden wird man irr im Krieg.«

»Wer war denn sein bester Kamerad?«, fragt Max.

»Das weiß ich nicht. Vielleicht ist der auch gefallen. Sonst hätt' er von ihm erzählt, glaub ich.«

Wenn die beiden auf ihrem Meldegang von einem Ort zum nächsten wandern, sehen sie immer wieder hochbepackte Bauernwagen, auf denen sich Familien mit ihrem Hausrat davonmachen, weg von der Grenze. In Moos hatte noch ein Krämerladen an der Straße geöffnet, hundert Meter vor der Kirche gelegen, in dem eine Magd Schuhriemen, Bonbons, Seife und Zigaretten verkaufte, als stünde der Krieg nicht vor der Tür.

Doch an diesem Tag sehen sie die Magd auf einem großen Koffer am Weg gegenüber der Kirche in Sexten in der Sonne sitzen und warten.

»Was machst du da?«, fragt Max.

»Ich wart', dass mich jemand mitnimmt. Es wird Zeit, ich muss mir Arbeit in Innichen oder Franzensfeste suchen. Lang kann's nicht mehr gehen.«

Sie blickt die beiden an, in Uniform verkleidete Kinder. »Wer schickt euch denn daher?«, fragt sie.

»Niemand«, antwortet Max, »wir sind Freiwillige!« Sein Gesicht leuchtet vor Stolz.

»Und wie heißt ihr?«

»Richard und Max.«

»Philomena«, erwidert die Magd.

»Meine Mutter hieß Philomena«, sagt das Mädchen. Die Magd lächelt sie traurig an.

Sobald die beiden außer Hörweite sind, zählt Max Äußerlichkeiten auf, die das Mädchen überhaupt nicht bemerkt hat.

»Hast du gesehen, wie sich ihre Brüste unter dem Kittel gewölbt haben? Und die Waden, über den Fesseln, so schlank!« So geht es bis nach Innichen weiter. Die Haare, die Augen, immer wieder die Brüste. Wie sie sich wohl anfühlen, wie sie aussehen, wenn sie nicht von einem Mieder eingeschnürt sind.

Als sie vom Meldedienst zurückkehren, ist die Magd verschwunden. Vielleicht hat sie auf einem schwer beladenen Heuwagen Platz gefunden, wird in Innichen bei einem Bauern zur Untermiete wohnen und ihre Kurzwaren aus dem großen Koffer durch den oberen Türteil einer Scheune verkaufen. In Sexten und Moos lebt nun keine freie Seele mehr, außer ein paar Katzen, die um die Häuser schleichen und schließlich zu den Baracken kommen, auf der Suche nach Futter. Wer kein Gewehr trägt, hat hier nichts verloren. Jeden Tag erwarten sie einen Angriff der Italiener. Aber nichts geschieht.

Nur einmal schickt Happacher sie zu einem Meldegang an die vorderste Linie, in den letzten Unterstand vor der Grenze zu Italien, etwa auf halben Weg zum Kreuzbergpass. Ganz oben stehen zwei Grenzhäuser, eines für Österreich-Ungarn, das andere für das Königreich Italien. Ansonsten ist die Grenze unbesetzt. Zwei Artilleriegeschütze von schwerem Kaliber deuten in die Landschaft, ohne feuern zu dürfen. Noch ist der Krieg nur eine Drohung, so wie Unwetter, das am Horizont aufzieht. Aber er wird kommen, da sind sich alle sicher. Zu dunkel sind die Wolken, die über den Verhandlungen hängen.

2. Kapitel

Der Herzog von Avarna, italienischer Botschafter in Wien, hatte sich kurzfristig zum Besuch in der Hofburg angemeldet. Am Vormittag des 23. Mai 1915 klapperten die Hufe von vier edlen Pferden in den Durchfahrten. Schließlich hielt die Kutsche des Herzogs auf dem Franzensplatz vor dem Außenamt.

Es war Pfingstsonntag, und die Nachricht duldete keinen Aufschub. Dennoch stieg Avarna kontrolliert aus, setzte einen Stiefelabsatz nach dem anderen auf die kleinen Trittstufen und schließlich auf das Pflaster. Gemessenen Schrittes ging er in den Trakt der Reichskanzlei. Er hielt Tempo und Attitüde in dem diplomatischen Geist, den er der Situation für angemessen erachtete.

In den vergangenen Monaten war auf eine Art und Weise um Länder und Menschenleben geschachert worden, die Avarna als ehemaliger General für unwürdig hielt. Und er wusste aus vielen freundlichen Begegnungen, dass sowohl Kaiser Franz Joseph wie auch dessen Außenminister Graf Burián von Rajecz es ebenso sahen.

Deutschland hatte sich aus den Verhandlungen bereits zurückgezogen, nachdem Kaiser Wilhelm II. in einer Mischung aus Überheblichkeit und Tölpelhaftigkeit in Rom letzte Sympathien verspielt hatte. Aber insbesondere die Deutschen konnten eine dritte Front nicht gebrauchen, weswegen sie in Wien deutlich machten, wie wichtig ein Friede mit Italien sei. Das Habsburgerreich hatte seine gesamten Truppen in die Schlachten im Osten geschickt. Es war schlicht niemand mehr zur Landesverteidigung da. Italien sah vor allem die günstigen Umstände, an Ländereien zu kommen, ohne allzu viel Blut vergießen zu müssen. In Kriegsstimmung war man nicht.

Jeden Tag landeten neue Schreckensmeldungen von Toten und Verkrüppelten aus allen Teilen Europas auf Avarnas Schreibtisch.

Dazwischen gingen jedoch telegrafierte Depeschen ein, in denen italienische Forderungen aufgeführt wurden, die Avarna übermitteln musste.

So hatte ihn bereits im Februar eine Nachricht aus Rom erreicht, in der der italienische Außenminister Baron Sonnino darlegte, unter welchen Voraussetzungen man einem weiteren Friedensvertrag mit Österreich-Ungarn zustimmen werde. In sechzehn Artikeln eines ausführlichen Forderungskatalogs wurde präzise aufgeführt:

Art. IV – Im Friedensvertrag soll Italien erhalten: das Trientiner Gebiet und Südtirol, der geografischen und natürlichen Grenze folgend (Brennergrenze), dann auch Triest, die Grafschaften Görz und Gradisca und ganz Istrien einschließlich Volosca bis zum Quarnero, ferner die istrischen Inseln Cherso, Lussin und die kleineren Inseln Plavnik, Unie, die Canidolen, Sansego, die Orilen, Palazzuoli, San Pietro in Nembi, Asinello, Gruic und die kleinen Nachbarinseln.

Herzog Avarna wusste, dass Sonnino diese Forderungen in erster Linie gestellt hatte, um dem italienischen König einen Grund zu liefern, den Dreibund mit Deutschland und Österreich-Ungarn zu lösen. Eine Verhandlungstaktik, die Avarna nicht mochte.

Doch auch die Österreicher hatten es ihm nicht leicht gemacht. Noch einen Monat vor Avarnas letztem Besuch in der Hofburg notierte der ehemalige Legationsrat an der italienischen Botschaft in Wien, Luigi Aldrovandi Marescotti, mittlerweile wieder nach Rom zurückberufen:

Sonntag, den 25. April 1915

Vor einigen Stunden Telegramm Avarnas aus Wien eingetroffen, in welchem dieser die mühseligen Verhandlungen zusammenfasst, die sich dort in ermüdender Weise über mehr als einen Monat hergezogen haben. Avarna bestätigt durchaus mit der ihm eigenen besonderen Klugheit den Unverstand der österreichisch-ungarischen Regierung und die Unmöglichkeit, einen Vertrag zwischen uns und Österreich-Ungarn zustande zu bringen. »Es war bei den verschiedenen Gesprächen mit Burián stets mein Bestreben, ihn von der Notwendigkeit zu überzeugen, dass er nicht damit zögern dürfe, unsere nationalen Ansprüche zu befriedigen, indem er auf den Vorschlag Eurer Exzellenz eingeht. Ich habe ihm die schweren Folgen vor Augen gehalten, die seine Weigerung mit sich bringen könnte. Er hat sich jedoch bis jetzt weiterhin mit leeren Diskussionen aufgehalten, wie Euer Exzellenz wohl feststellen konnte, und scheint sich über den wahren Stand der Dinge zwischen uns nicht klar zu sein.«

Der Herzog von Avarna hatte bei einer Stippvisite in Rom seinen Abschied eingereicht, wurde allerdings gebeten, ihn zurückzuziehen, was er aus Treue zu Italien tat. Jetzt, einen

Monat später, bei seiner letzten Ankunft in der Hofburg, zeigte sein Gesichtsausdruck Ernst, aber keinen Groll. Er hatte bis zuletzt versucht, das Beste für alle Beteiligten zu erreichen.

Beim letzten Mal war er sogar einbestellt worden. Man hatte endgültig wissen wollen, ob Italien beabsichtige, seine Verpflichtungen im Dreibund zu erfüllen. Der Herzog hatte dazu nichts sagen können, weil er nichts wusste. Aber er wollte auch nicht dementieren, was er bereits ahnte. Was jedermann in Wien seit Monaten ahnte. Er kannte seine Verhandlungspartner zu lange, um den Unwissenden vor ihnen zu spielen. So waren die letzten Sitzungen unerfreulich verlaufen. Beklemmend und in gereizter Stimmung. Der Herzog von Avarna war sich darüber im Klaren, dass die Forderungen in vollem Bewusstsein darüber gestellt wurden, dass Österreich-Ungarn unter ungeheurem Druck stand.

Auch persönlich war es für Avarna in Wien ungemütlich geworden, im Theater genauso wie beim Nachmittagstee in den Salons mit seinen diplomatischen Kollegen. Er wurde nun als Gesandter eines gierigen, unaufrichtigen Königs betrachtet, die Propaganda lief auf Hochtouren. In der Oper wedelten die Damen mit Fächern, deren einzelne Streben Porträts von Kriegshelden zeigten, von Kaiser Franz Joseph bis hin zu Hötzendorf. Im Kinematografen wurden täglich neue Kriegsbilder gezeigt. Im Burgtheater führten sie »Wallensteins Lager« auf, was man nur als Kommentar auf die Kriegsgeschehen werten konnte, und auch in den Tageszeitungen wurde seit Wochen Stimmung gemacht, gegen das »feige Italien«, wie eine Zeitung schrieb.

Herzog Avarna hielt sein Schritttempo. Er hatte sich den Weg in den vergangenen Wochen gut eingeprägt, kannte jeden

Winkel, bis zu den Falten im Läufer, an denen man auch mit der blankpoliertesten Stiefelspitze hängen zu bleiben drohte.

Immerhin würde er bald nicht mehr hin- und hergeschickt werden, um wortreiche Forderungen und Ausflüchte zu vermitteln. Er trug die endgültige Entscheidung in einer dunklen Ledermappe unter seinem Arm. Gelegentlich vernahm er das leise Klackern der Auszeichnungen, die sich an seiner Brust drängten. Die Tür, hinter der Graf Stephan Burián von Rajecz saß, kam immer näher, und der Herzog murmelte seine wohlüberlegten Formulierungen vor sich hin. Er setzte seine letzten Schritte behutsamer und hatte das ungute Gefühl, womöglich anders handeln zu müssen, als es vorgesehen war. Avarna spürte, dass er sich in diesem Moment zu einer Person der Zeitgeschichte machte. Und dass die Geschichte retrospektiv nicht freundlich mit ihm umgehen würde.

Die hohe Tür wurde vor ihm geöffnet, und hinter einem schweren Schreibtisch, vier Meter im Längenmaß, saß Graf Burián mit seinem akkurat kurz gehaltenen Haarschnitt und einem Kneifer auf der Nase. Wie immer im Dienst trug Burián einen Dreiteiler mit einem hohen Krawattenknoten. Avarna hingegen trug volles Ornat, wie es sich für eine solche Visite gehörte. Eine rote Kordel verband seine Generalsepauletten quer über der Brust. Sie kannten sich seit vielen Jahren, waren beide Pragmatiker, die auch die vergiftete Stimmung der vergangenen Treffen rasch wieder hatten abschütteln können.

Burián stand auf, als Avarna die ersten Schritte auf seinen Tisch zumachte. Mit der linken Hand wies Burián zur Sitzgruppe, über der ein großes Ölgemälde hing, das fast bis zur Decke des Raumes reichte. Eine Jagdszene. Im Hintergrund sah man drei Reiter auf einer Lichtung, die Gewehre im Anschlag, vorne im Bild Jagdhunde, die einen prächtigen Hirsch zu Fall brachten. Sie hatten ihre Zähne in einen Hinterlauf, den Rücken und den Hals des Tieres versenkt. Der Hirsch blickte stolz aus dem Gemälde heraus, als hätte er noch nicht bemerkt, dass er bereits erlegt war.

Der Herzog ging auf das Kanapee zu, Burián schloss zu ihm auf. Für einen Moment sah es aus, als wollte Avarna seine dunkle Ledermappe noch im Stehen an Burián übergeben, doch dieser deutete entschieden auf den Platz, auf dem der Herzog schon häufig gesessen hatte. Noch im Hinsetzen übergab Avarna seine Mappe. Burián nahm sie entgegen, lehnte sich nach hinten und verharrte in dieser Position, während er den Umschlag aus der Mappe und den Brief aus dem Umschlag zog. Draußen hörte man eine Kutsche, ein Fenster stand leicht geöffnet.

Burián benötigte einige Minuten, um den Brief gleich zweimal zu lesen. Er wirkte innerlich gefasst, nur seine Körperhaltung ließ auf Anspannung schließen.

Wien, am 23. Mai 1915

Den Befehlen Seiner Majestät des Königs, seines erhabenen Herrschers entsprechend, hat der unterzeichnete königlich italienische Botschafter die Ehre, Seiner Exzellenz dem Herrn österreichisch-ungarischen Minister des Äußern folgende Mitteilung zu übergeben.

Am 4. d. M. wurden der k. u. k. Regierung die schwerwiegenden Gründe bekannt gegeben, weshalb Italien im Vertrauen auf sein gutes Recht seinen Bündnisvertrag mit Österreich-Ungarn, der von der k. u. k. Regierung verletzt worden ist, für nichtig und von nun an wirkungslos erklärt und seine volle Handlungsfreiheit in dieser Hinsicht wiedererlangt hat.

Fest entschlossen, mit allen Mitteln, über die sie verfügt, für die Wahrung
der italienischen Rechte und Interessen Sorge zu tragen, kann die könig-
liche Regierung sich nicht ihrer Pflicht entziehen, gegen jede gegenwärtige
und zukünftige Bedrohung zum Zwecke der Erfüllung der nationalen
Aspirationen jene Maßnahmen zu ergreifen, die ihr die Ereignisse aufer-
legen.

Seine Majestät der König erklärt, dass er sich von morgen ab als im
Kriegszustande mit Österreich-Ungarn befindlich betrachtet. Der Unter-
zeichnete hat die Ehre, Seiner Exzellenz dem Herrn Minister des Äußern
gleichzeitig mitzuteilen, dass noch heute dem k. u. k. Botschafter in Rom
die Pässe zur Verfügung gestellt werden, und er wäre Seiner Exzellenz
dankbar, wenn ihm die seinen übermittelt würden.

gez.: Avarna

Graf Burián ließ das Papier sinken, nahm seinen Kneifer ab und blickte in die Augen des Herzogs. »Dann hatten Sie in London also mehr Erfolg.«

»Sie hätten mit uns sprechen sollen, bevor Sie mit halb Europa einen Krieg beginnen. Die Rahmenbedingungen sind nun zu sehr verändert, um den Dreibund weiterhin aufrechtzuerhalten«, erwiderte Avarna mit Bedauern in der Stimme.

»Krieg zwischen uns? Zwischen Nachbarn? Zwischen Völkern, die verbrüdert sein sollten?«

»Sie haben sich auf Gedeih und Verderb mit den Deutschen eingelassen.«

»Nach all den Jahren des Bündnisses!«

»Mi dispiace. Persönlich bin ich untröstlich, wenn Sie mir die Bemerkung gestatten.«

»Sie können noch weniger dazu als ich. Es ist ein Unglück,

dass es so kommt, wie es kommen musste. Sie sind doch auf Krieg gar nicht eingerichtet.«

»Wir sind auch nicht darauf erpicht, uns da hineinzustürzen.«

»Sie werden uns in den Rücken fallen.«

»Ihr Rücken ist nun unsere Front«, sagte der Herzog von Avarna, stand auf, zog seine Uniformjacke glatt und streckte Stephan Burián ein letztes Mal die Hand zur Verabschiedung hin.

Noch am selben Tag verließen der deutsche Botschafter Fürst von Bülow und der österreichisch-ungarische Botschafter Baron Macchio die italienische Hauptstadt. Mit ihnen gingen das gesamte Botschaftspersonal, der bayerische Gesandte am Quirinal sowie der preußische und bayerische Gesandte am Vatikan. Mit zwei Sonderzügen fuhren sie am Abend in Richtung Brenner.

Der Herzog von Avarna verließ die italienische Residenz in Wien ebenfalls umgehend. Ein Sonderzug aus mehreren Erster-Klasse- und Salonwagen stand abends am Bahnhof bereit.

Außer dem niederländischen Gesandten Mark de Weede de Beerencamp erschien kein Diplomat zu Avarnas Verabschiedung. Folglich setzte sich der Zug ohne Geleit um 21.20 Uhr in Bewegung.

Wie gut man in der Hofburg auf den Bruch des Dreibunds vorbereitet war, zeigte sich auch daran, dass bereits am 23. Mai ein »Manifest Kaiser Franz Josephs an seine Völker« zur Veröffentlichung freigegeben wurde. Darin schrieb der Kaiser:

An meine Völker!

Der König von Italien hat mir den Krieg erklärt.
Ein Treuebruch, dessengleichen die Geschichte nicht kennt, ist von dem
Königreich Italien an seinen beiden Verbündeten begangen worden. Nach
einem Bündnis von mehr als dreißigjähriger Dauer, während dessen es
seinen territorialen Besitz mehren und sich zu ungeahnter Blüte entfalten
konnte, hat uns Italien in der Stunde der Gefahr verlassen und ist mit
fliegenden Fahnen in das Lager unserer Feinde übergegangen.

Laut Heeresbericht lieferten sich an diesem Tag bei Givenchy deutsche Truppen Nahkämpfe mit den Franzosen. Weiter südlich an der Straße zwischen Béthune und Lens konnte die Front nur mit Not gehalten werden. Nahe Ablain gelang es französischen Einheiten, mit zähen, verlustreichen Vorstößen in die vordersten Gräben der Deutschen vorzudringen. Südlich von Neuville verzeichneten die Deutschen Geländegewinne, nahmen neunzig Franzosen gefangen und erbeuteten zwei Maschinengewehre. Zwischen Maas und Mosel fanden heftige Artilleriekämpfe statt. Ein französischer Angriff im Priesterwald wurde zurückgeschlagen. An der Ostfront, in der Gegend bei Szawle, griffen österreichisch-ungarische Verbände mit Unterstützung der Deutschen den Nordflügel der Russen an, konnten eintausendsechshundert Kriegsgefangene nehmen und sieben Maschinengewehre sichern.

An der Dubissa und südlich des Njemen kam es zu nächtlichen Angriffen durch russische Einheiten. Auch östlich von Jaroslau, am oberen Dnjestr und bei Czernowitz stießen Österreicher und Russen heftig aufeinander.

Der Krieg tobte seit einem Jahr an der Ost- und der West-front. Alle Truppen, sogar die Tiroler Kaiserjäger, waren in die Schlachten verwickelt. Serben, Österreicher, Ungarn, Franzosen, Deutsche, Belgier, Russen, Engländer, sogar Australier, Kanadier, Nepalesen, Neufundländer, Montenegriner, Osmanen und Japaner kämpften gemeinsam mit ihren Verbündeten um Landgewinn.

Sie entwickelten neue Kanonen und Kriegstechniken, führten Materialschlachten zur See und eroberten erstmals den Himmel.

In Sexten, unterhalb der Drei Zinnen, gab es nun eben-falls eine Front, an der jedoch keine Soldaten standen. Nur ein paar Freiwillige waren sicherheitshalber dorthin beordert worden, schlecht bewaffnet und ohne die leiseste Ahnung, was auf sie zukommen sollte.

3. Kapitel

»Morgen geht es los«, sagt einer, der sich anhört, als müsste er es wissen. Es ist dunkel, das Mädchen hört nur die Stimme. Zum Schlafen liegen sie dicht an dicht in einem der aufgelassenen Ställe nahe der Grenze. Sie fragt sich, was losgeht, wenn es losgeht. Wer auf wen schießen wird, von wo die Gefahr droht. Bisher wirkt alles wie ein Spiel, das mit großem Ernst ausgeführt wird. Obwohl sich die Truppen auf engem Raum aufhalten, nur getrennt durch die Schluchten und Höhen, hat sie keine Ahnung, wo ihr Vater sein könnte. Allmählich kann sie sich wenigstens orientieren, hat sich in der fremden Umgebung eingelebt. Meran scheint ihr mit jedem Tag weiter entfernt zu sein, nur noch eine Erinnerung an Wohlstand und Stabilität, an feingliedrige, blasse Damen, die auf dem Balkon eines Kurhotels vor einer Staffelei sitzen und das Bergpanorama abmalen, das die Stadt umschließt. In Meran waren die Berge Dekoration, aber vielleicht ist das hier die Realität: die Härte der Landschaft, die Menschen, die davon zu leben versuchen, die Bedrohung von außen. So kommt es dem Mädchen mittlerweile vor.

Sie liebt den Blick in die Höhen bei dampfendem Kaffee, das Wetter, das den Tag bestimmt, und auch die Atmosphäre, wenn es regnet oder die Sonne scheint. Selbst ihren Kakao vermisst sie kaum noch. Manchmal wird sie nass vom

Regen. Doch dann wird ihr am Tag darauf wieder warm von der Sonne, und sie teilt all die Beobachtungen und Erlebnisse mit Max, der sofort sein Buch zückt, wenn es etwas Bemerkenswertes zu notieren gibt. Sie behält stets die Uniform an, wenn sie auf der Pritsche liegt. Wie fast alle anderen auch.

Der Geruch in der Baracke ist das Einzige, was wirklich schwer zu ertragen ist, also meldet sie sich gemeinsam mit Max bei Unterjäger Happacher zum Wachwechsel. Einige der Burschen und Männer schlafen schon, ein Teil der Truppe wird von Happacher zum Nachtdienst eingeteilt.

Sie gehen auf Patrouille, bis hoch zum Kreuzbergpass. Dort feuern schwere Geschütze in die Landschaft, ohne genaue Ziele anzuvisieren. Große, runde Projektile sind es. Im Moment des Abschusses bücken sich die Geschützmänner weg, worauf eine Granate in die weite Zone zwischen Himmel, Berg und Land geschleudert wird. Dorthin, wo man den Feind vermutet, wo aber nur Erde, Wurzeln und Steine aufgesprengt werden.

An einem Sommerabend werden Max und das Mädchen zu einem Erdunterstand zwischen Moos und dem Kreuzbergpass beordert. Sie sitzen dort und starren in die Dämmerung. Das Mädchen breitet den Mantel als Unterlage aus, legt sich den Rucksack unter den Kopf und schläft bald ein.

Nachts wird sie von Max wach gerüttelt. »Ricki!«, ruft er. »Richard!« Sie rappelt sich auf und kauert sich neben ihn. Sie sehen vor sich Laternen von einer Feldwache zur anderen huschen. Das Schauspiel ist faszinierend und surreal. Wie ein Schwarm fetter Glühwürmer kommen ihr die Lichter vor. Sie muss an einen Laternenumzug in Berchtesgaden denken, am Martinstag, bei dem ihr die Mutter ihre Laterne mit rotem und gelbem Seidenpapier verschönert hatte.

Bald haben die Lichter alles Liebliche verloren. Wie fette, böse Augen eines Ungeheuers kommen sie ihr vor, wie sie auseinandergehen, sich verstreuen und schließlich verlöschen. Eine Weile ist es dunkel. Dann sehen sie Lichtflecken im Himmel. Ganz oben, in der kulissenhaften Schwärze, blitzt Mündungsfeuer auf. Es dauert jeweils etwa eine Minute, dann erscheint wieder der helle Fleck. Aber sie hören nichts. Sie sind zu weit weg.

»Ist da oben schon Krieg?«, fragt das Mädchen.

»Nein, das ist bestimmt der Innerkofler.«

»Auf wen schießt er denn?«

»Der schießt nur, damit die Walschen denken, der Feind hat die Gipfel besetzt.«

»Er schießt also nicht auf jemanden, sondern für jemanden?«

»Der hat Schneid, der Innerkofler«, sagt Max. Das Mädchen hat den Eindruck, er wäre jetzt lieber oben, in der Roten Wand, Seite an Seite mit dem großen Bergführer, die Italiener verschrecken.

Nach einer Weile hört das Mündungsfeuer auf. Das Mädchen legt sich wieder hin und wird erst vom anbrechenden Tag geweckt. Im ersten Moment fragt sie sich, ob sie noch müde ist oder nicht. Ob sie weiterschlafen oder nur noch nicht wach sein will. Ihre Ablösung taucht im Seiteneinstieg auf, ein Landstürmer und ein junger Standschütze, der wenig älter ist als sie selbst.

»Ihr müsst euch melden«, sagt der Junge. »Es geht rauf, Nachschubtruppe für Standschützenbataillon Innsbruck II.«

Augenblicklich ist das Mädchen hellwach. Max' Wangen leuchten rot. Sie stolpern aus ihrem Unterstand und rennen zur Baracke. Ihre Kameraden wälzen sich gerade erst von den Pritschen, einer schneller, der andere träger.

Unterjäger Happacher steht vor der Barackentür, die Hände in die Hüften gestemmt, und unterhält sich mit einem Mann, den das Mädchen noch nicht gesehen hat.

»Die beiden auch?«, fragt dieser, worauf Happacher nickt.

Der Mann ist für seine Größe viel zu hager und trägt einen Bartschatten. Seine Stiefel und sein Aufzug weisen ihn als Bergführer aus. Statt eines Repetiergewehrs stecken ein Fahrtenmesser und eine kleine, halbautomatische Walther in seinem Gürtel. Er lächelt das Mädchen an. Es trifft sie so unvermittelt, dass ein Hitzegefühl in ihr aufsteigt. Sie blickt zur Seite.

»Tschurtschenthaler«, stellt er sich vor. »Oswald Tschurtschenthaler. Im Rang eines Oberjägers.« Sein Abzeichen hat er sich auf seine Strickjacke nähen lassen.

»Er wird uns raufführen«, sagt Happacher.

»Aber wer hat dann die Befehlsgewalt?«, fragt Max, als müsste er sich das für einen Test in der Schule einprägen.

»Sobald wir auch nur einen Meter den Berg hochgehen, ist der Tschurtschenthaler euer Mann. Ich bin euer Truppenoffizier, aber er kennt hier jeden Stein.«

Happacher ruft der Truppe letzte Anweisungen zu, alle packen hastig ihre Rucksäcke und versammeln sich.

Tschurtschenthaler geht voraus, Happacher gibt Marschbefehl, dann setzen sie sich in Bewegung, auf dem weichen Waldboden hinunter in Richtung Moos, etwa vierzig Männer und das Mädchen. Dort angekommen biegen sie nach links ins Fischleintal und marschieren zwei Stunden durch die gewaltigste Landschaft, die das Mädchen je gesehen hat. Die Bäume sind dichter, die Berge steiler. Das Moos und die Blumen riechen intensiv. Wie eine Landschaft aus den Märchengeschichten, in denen es um Hexen, Kobolde und Drachen geht. Nur noch viel, viel eindrucksvoller.

Sie folgen dem Fischleinbach, der ihnen hellblau entgegenrauscht.

»Warum ist der so hell?«, fragt das Mädchen. »Die Sonne kommt doch kaum bis dort hinunter …«

»Das ist der Lehm vom hellen Dolomitstein«, sagt Max. »Der hat viel Kalk, darum wirkt der Bach so hell und die Berge so weiß.«

Zuerst führt der Bach breit zwischen den Bäumen entlang. Je höher sie kommen, umso schmaler wird er. Sie füllen ihre Feldflaschen auf, waschen sich die verschwitzten Gesichter und biegen aus dem Wald nach rechts. Das Tal wird weit, liegt vor ihnen wie eine große grüne Pfanne voller schulterhoher Latschenkiefern, die von Bergen umringt ist. Harzduft dringt in ihre Lungen, als würden sie Arznei einatmen. Am Ende des Fischleintals sieht man immer weitere Gipfel aufragen, bis zur Zacke des Zwölfers, die zwischen den Nachbargipfeln steht wie das Korn in der Kimme.

Schon an der Stelle, an der das Tal breit wird, deutet Tschurtschenthaler zur Anderter Alm hoch, die in einer Scharte zwischen Roter Wand und Elfer liegt, auf halbem Weg zu den Gipfeln. Die Anderter Alm ist ihr Ziel für heute, die Information mitsamt dem Fingerzeig zum Berg wird von Mann zu Mann weitergereicht. Doch aus dieser Entfernung kann das Mädchen nichts erkennen. Nur Max macht sich eifrig Notizen.

Das Mädchen hat sich weit vorne im Zug eingereiht, studiert den Bergführer, seine Schrittlänge, wie er beständig geht. Früher war sie einige Male mit ihrem Vater in den Bergen, aber Tschurtschenthaler bewegt sich schon mehr wie ein Gebirgstier, effizient und jederzeit auf dem Sprung, wie ein Fuchs oder eine Gämse.

Der Trupp marschiert weiter. Am Grund des Tals ist es noch wie ein Sommerspaziergang, aber nach einiger Zeit drücken das Marschgepäck von oben und die Stiefel von unten. Es kommt ihr vor, als wären sie seit Wochen nur gelaufen. Sie hat unzählige Kilometer in den Knochen, ist vom Kreuzberg nach Moos, nach Sexten, nach Innichen, sogar bis nach Toblach und wieder zurück gegangen, manchmal mit Gepäck, immer mit Waffe. Meldung machen, Nachrichten überbringen, sinnlos die Unterstände prüfen und Bericht erstatten. Alles nur Training, denkt sie. Jetzt geht das Abenteuer erst richtig los.

Als sie das Fischleintal fast schon durchwandert haben, halten sie sich links am Berganstieg, um den Weg zur Alm zu treffen. Von der Mitte des Tals sieht das Massiv um Rotwand und Elfer niedrig aus, bezwingbar. Doch je näher sie kommen, umso schwieriger wirkt der Anstieg. Die Anderter Alm liegt noch in dem Teil, der aus der Entfernung aussieht, als würde das Gelände mäßig bergauf gehen. Aber am Fuß der Roten Wand wirkt der Anstieg steil und endlos. Der Trupp legt eine Pause ein. Es wird der kürzeste, aber mit Sicherheit anstrengendste Teil des Tages werden.

Das Mädchen geht mit Max ein paar Schritte in Richtung Talboden, wo die beiden wieder an den Fischleinbach gelangen. Max zieht Stiefel und Socken aus und hält die Füße in das eiskalte Wasser. »Guter Gott, die Haxen. Die müssen in Ordnung sein.«

Sie tut es ihm gleich und glaubt bereits zu spüren, wie ihre Füße unter Wasser abschwellen. Es ist schön hier. Kühl, ruhig und schön.

Der Weg zur Anderter Alm steigt immer steiler an. Die dünne Bergluft sorgt dafür, dass die schweren Männer schnaufen müssen. Sie werden langsamer. Das Mädchen ist erleichtert, nicht das schwächste Glied in der Kette zu sein. Nicht weil sie sich damit verraten könnte, sondern weil sie noch nie die Letzte sein wollte. Und weil sie schon in Meran beim Sport oder beim Spielen am Nachmittag immer den lahmsten Jungen als Grenze zur Niederlage angesehen hat, nicht das letzte Mädchen. Egal ob beim Wettrennen oder beim Klettern auf einen Baum.

Am Nachmittag erreicht die Mannschaft die Scharte zwischen Rotwand und Elfer: das Mittellager, die Anderter Alm, die schon gebaut wurde, als hier noch Touristen unterwegs waren. Jetzt, in Kriegszeiten, bietet der Teil des Elfers, der zur Anderter Alm zeigt, eine große Zielscheibe. Selbst wenn die Italiener den Elfer von der anderen Seite bezwingen könnten, wären sie leicht auszumachen. Die Alm liegt so tief und sicher in der Scharte, dass man von ihr aus weder Rotwand- noch Elferspitze sehen kann. Drei kleine Baracken haben sie hier aus hellen Holzbrettern aufgebaut. Daneben weitere, kleinere Hütten, eine für die Mensa, eine für Kriegsgefangene, die jeden Tag von der Ostfront erwartet werden, um beim Ausbau des Mittellagers zu helfen. An jeder Ecke wird gehämmert, zusammengesteckt und gestapelt.

Ein ordentliches Holzhaus steht etwas abseits, hochgesetzt auf kurzen Stelzen. »Für die Offiziere«, vermutet Max.

»Da schlafen der Happacher und der Tschurtschenthaler?«, fragt das Mädchen.

»Nein, das ist für die richtigen, echten Offiziere. Die der kaiserlichen und königlichen Armee. Tschurtschenthaler und Happacher sind ja nur Standschützenoffiziere. Keine offiziell ernannten Offiziere der kaiserlichen und königlichen Regimenter.« Max scheint sich selbst unsicher zu sein, wie er Happacher nun einzuschätzen hat. Er zieht sein Notizbuch hervor, macht eine Eintragung und verstaut es wieder.

Sie sichern sich zwei Schlafplätze nebeneinander in der Mitte der Baracke, werfen ihre Rucksäcke darauf ab und erkunden das Mittellager.

Die arbeitenden Männer beachten sie kaum. Niemand spricht sie an, die beiden fühlen sich wie bei einem geheimen Einsatz. Irgendwann kommt Bewegung in die Soldaten. Das Mädchen und Max laufen den anderen Männern hinterher und sehen, dass es zur Essensausgabe geht. Max rennt los, um ihre Teller und Löffel aus den Rucksäcken zu holen, während sich das Mädchen in die Schlange einreiht und auf ihn wartet.

Der Raum ist eng und verraucht. Der Boden der Mensa besteht aus Holzbohlen, die nach unten durchhängen, als wären sie aus dickem Leder. Es gibt Eintopf, der nach Mehl schmeckt, aber sie essen sich satt. Anschließend erkunden sie die Landschaft rund um ihr neues Dorf.

Links und rechts von ihnen ragen die Rote Wand und der Elfer hoch wie zwei gigantische Urzeitwesen, die sich vor Jahrtausenden zum Schlafen gelegt haben. Ihre Schnauzen liegen flach im Tal, ihre Rücken sind von riesigen, karstigen Felsstacheln gespickt. Die Wiesen und der Wald sind an ihnen hochgewachsen, denkt das Mädchen. Aber nur bis zur Hälfte, so hoch ragen die Viecher auf, dass es sogar die Bäume nur halb hinaufschaffen. Dann wird selbst ihnen die Luft zu dünn. Darüber nur noch Härte. Harter Boden, harte, kalte Winde. Die Bäume markieren den Übergang von einer freundlichen Natur, die etwas zum Überleben bietet, zu einem Teil der Welt, in dem der Mensch nichts verloren hat, der ihn nicht einmal als Feind oder Eindringling ansieht, sondern einfach als nicht existent. Zu klein, zu versorgungsbedürftig ist die menschliche Lebensform, um mehr als ein paar Stunden oder Tage oberhalb der Baumgrenze auszuhalten. Von der Anderter Alm betrachtet sieht dieser Teil besonders dramatisch aus. Hellgrau, hellblau, cremegelb und jetzt in der Nachmittagssonne auch leuchtend orange wie Aprikosen und rosarot wie ein frisch ausgenommener Lachs. Zwischen dem hellen Pastell gibt es aber auch dunkle, vertikale Risse. Die Wipfel sind weiß getupft und stehen in einem abwehrbereiten Winkel zueinander. Eine Landschaft, die so zufällig wirkt, dass es fast den Argwohn des Mädchens weckt. Gibt es wirklich eine höhere Macht, die so etwas erschaffen kann?

Am ersten Morgen auf der Anderter Alm wird ihnen neue Munition ausgeteilt. Dafür ist Adrian zuständig, ein besonders kräftiger Oberjäger, der aus dem östlichen Teil des Habsburgerreiches in die Berge beordert wurde. »Ein Slowake«, behauptet Max, als er Adrians Dialekt zum ersten Mal hört.

»Übben wir«, sagt Adrian und stellt etwa dreißig Meter vor ihnen einige Büchsen, Steine und Holzscheite ordentlich nebeneinander auf einen Balken, der neben der Mensa aus der Holzwand ragt. Adrian hat einen mächtigen Brustkorb, flächige Hände, dichte, breite, schwarze Brauen über tiefen Augen, bewegt sich jedoch präzise und mit einer natürlichen

Eleganz. Nachdem er mit dem Aufstellen der Ziele fertig ist, sucht er die Jüngsten aus der Truppe. Das Mädchen muss sich als Dritte einreihen. Sie ist erleichtert, dass sie offenbar nicht am jüngsten von allen aussieht.

Adrian steht da wie ein Fass, in seinen Händen wirkt das Werndl-Gewehr beinahe zierlich. Er lädt es mit einer fließenden, geübten Bewegung, und zwar so überdeutlich langsam, dass die Buben ihm folgen können. »Ihr könnt schieße, kennt ihr von die Standschützübungen. Aber hier müsst ihr schnell schieße.«

Er lässt die Mechanik zurückschnappen und hebt das Gewehr zum Kinn, ohne dass sich sein Körper dabei auch nur einen Millimeter bewegt. Dann legt er an, drückt ab, und ein Holzscheit fliegt in hohem Bogen nach hinten weg. »Ihr nun.«

Der erste Junge lädt die Waffe, vernestelt sich beim Rückzug, legt an und schießt zu tief.

»Nochmall«, sagt Adrian.

Der Junge lässt die Waffe sinken, nimmt eine Patrone aus Adrians großer, rissiger Hand, lädt erneut und legt an. Er schießt und trifft den Querbalken, in dem die Kugel stecken bleibt. »Diesmal hatte ich die Büchse fast!«, sagt er und scheint zufrieden mit sich zu sein. Hinter der Mensa hört man ein Maultier blöken.

»Du«, sagt Adrian und deutet mit ausgestrecktem Finger auf das Mädchen.

Sie denkt nicht groß nach und zieht ihr Werndl von der Schulter. Mit ihrem Vater hat sie schon häufig auf dem Schießstand geschossen. Da wollte sie ihm keine Schande machen, nachdem sie lange quengeln musste, dass er sie überhaupt mitnahm. Im Nachbarschießstand knallten die Schützenkönige, und sie wurde als Mädchen besonders genau beobachtet. Sie stand dort neben weißbärtigen Herren, und nicht jeder schien damit einverstanden, dass ihr Vater sie mitbrachte. Schließlich verstanden sich die Schützenkompanien als Miliz, die seit dem 16. Jahrhundert Gewehr bei Fuß stand, wenn Tirol angegriffen wurde. Sie organisierten sich militärisch, da gab es keinen Platz für Frauen.

Das Mädchen schiebt die Patrone in die Kammer, zieht den Kolben zurück, legt an, atmet aus und trifft die kleinste Büchse, die nach hinten wegschnellt. Sie streckt die Hand aus, Adrian gibt ihr noch eine Patrone. Auch mit dem zweiten Schuss trifft sie.

»Gut«, sagt Adrian. »Gute Schütze. Klein, aber sehr gut.«

So geht das mit einem Burschen nach dem anderen. Keiner ist so schnell und präzise wie sie. Dann kommen die Alten dran. Einige müssen erst lange anlegen, bevor sie schießen und treffen. »Bist du lange tot so«, sagt Adrian.

Am Ende der Übung drückt er jedem von ihnen zwei Patronenschachteln in die Hand. »Gibb nicht unbegrenzt«, sagt er und lacht. »Und wenn ihr nicht trefft, haltet euch an die kleine Richard hier!«

Stolz verstaut sie ihre Munition wie einen Schatz.

»Sind wir schon im Krieg mit den Walschen?«, fragt Max.

Adrian zuckt mit den Schultern. »Hab noch keine gesehen.«

Das Mädchen fragt sich, wie es wird, wenn da keine Büchsen und Scheite mehr stehen, sondern ein Kopf das Ziel ist.

In den darauffolgenden Tagen treffen von überall her Einheiten aus dem österreichisch-ungarischen Reich ein. Pioniere beginnen eine Seilbahnstation als Verbindung zu den

Gipfelposten zu bauen. Leitungen für Strom und Sprechanlagen werden verlegt.

Leutnant Nagy, ein blutjunger Absolvent der Ludovica-Akademie in Pest, übernimmt das Kommando auf der Anderter Alm. Sein Gesicht wirkt versteinert, aber gleichzeitig auch jugendlich. Das Mädchen schätzt, dass er nur wenig älter als zwanzig Jahre ist. Es kommt ihr falsch vor, dass alle Männer, auch die viel älteren und erfahrenen, auf ihn hören sollen. Nagy tritt nur aus der Offiziersmesse, wenn er Befehle gibt. Dann steht er steif vor der Truppe und klemmt seine Kappe unter den Arm, mit der Zierkordel aus kaisergelber Seide. Happacher und Tschurtschenthaler ertragen ihn geduldig, aber Adrian hört man gelegentlich laut schnaufen.

Eines Morgens verkündet Nagy in gebrochenem Deutsch, dass er für die Pionierarbeit auf den Gipfeln Freiwillige brauche, die Berufssoldaten alleine seien zu wenig.

Sie erfahren nichts Genaueres über Sinn und Unsinn ihres Einsatzes. Aber die Rote Wand muss gesichert werden, um von ihr aus den Kreuzbergpass im Blick zu behalten, die wichtige Passage von Italien nach Österreich.

Ein paar Pioniere haben bereits Stromaggregate nach oben zur Roten Wand geschafft, mit denen Scheinwerfer betrieben werden.

»Ganze sechzig Zentimeter Durchmesser haben die«, erklärt Max euphorisch, »und einen drehbaren Beobachtungsstand. Dazu Panzerhaubitzen und Maschinengewehre, mit denen der Pass kontrolliert wird.« Nachts kommen dem Mädchen die Scheinwerfer vor wie große, runde Monde, die von der Roten Wand herunterleuchten und den Pass in geisterhaftes Weiß tünchen.

Nagy betont die Bedeutung ihres Einsatzes für das Habsburgerreich. Als einer der Standschützen »Tirol!« ruft, fügt Nagy hinzu, dass es um die Verteidigung des Bodens gehe, um Mütter und Schwestern, die man zu beschützen habe.

»Für Gott, Kaiser und Vaterland«, ruft einer der Neuen, der die Uniform der Rainer aus Salzburg trägt. Ein richtiger Soldat, aber er kann kaum älter als Max sein.

»Wie heißt du?«, fragt er das Mädchen.

»Richard«, sagt sie.

»Ich bin Quirin«, sagt er und streckt seine Hand fingerschnippend in die Höhe. Auch Max' Finger schnellt umgehend nach oben, das Mädchen meldet sich ebenfalls freiwillig.

Am Ende besteht die Mannschaft aus Pionieren, Standschützen, Rainern und russischen Gefangenen. Zwanzig Mann insgesamt. Tschurtschenthaler soll sie führen. Gegen Mittag bläst der Kompaniehornist Alarm, und alles läuft so selbstverständlich ab, als würde es einer eingeübten Choreografie folgen. Jeder soll sich Schanzzeug greifen. Sie verstauen Feldspaten, Pionieräxte und Zeltmaterial in ihren Rucksäcken, die immer schwerer werden. Die richtig schwere Last wird allerdings auf die Rücken der Russen verteilt. Die Feldküche in Einzelteilen, Proviant, Eisenstücke, mit denen die Gipfelstation der Seilbahn errichtet werden soll. Stahlseile und Kabel für die Sprechverbindung.

Sie brechen auf, angeführt von Leutnant Nagy, der wiederum Tschurtschenthaler folgt. Sie verlassen das kleine Barackendorf und wandern oberhalb des letzten Waldstückes bis zu den hellen Felsen der Rotwand. Max atmet schon schneller, dreht sich aber immer wieder um und stößt die Namen der Berge aus. »Elfer, Zwölfer, Einser, Schusterspitze …«

»Ich verstehe das nicht«, sagt Quirin, der hinter Max und dem Mädchen geht. »Ich weiß nicht, wo vorn und hinten ist.«

Sie geht neben Max und ist dankbar für die Gleichmäßigkeit der Schritte, auch wenn die schwere Ausrüstung sie fast zu Boden drückt. Sie will nicht sprechen und schon gar nicht lange irgendwo sitzen und essen müssen.

Sie erreichen einen Gletscherbach, der vom Schnee der Berggipfel gespeist wird, und folgen dem Rinnsal.

Die Jüngeren gehen zügig, fast ungeduldig. Tschurtschenthaler dreht sich häufig um und blickt über sie hinweg zu den Alten und den Russen. Manchmal bleibt er stehen, prüft etwas am Boden oder zieht aus seiner Hosentasche eine Karte, obwohl das Mädchen sicher ist, dass er keine braucht.

Jedes Mal setzt sich der Treck wie ein Riesenwurm in Bewegung. Zuerst Tschurtschenthaler mit seinen kleinen, kraftsparenden Schritten, dahinter Nagy, dann die Rainer, die Standschützen, die schwer beladenen russischen Gefangenen. Hinter ihnen vier alte Standschützen, mit angelegtem Gewehr, falls einer mit Proviantlast versuchen sollte, sich über einen Gebirgskamm aus dem Staub zu machen.

Der Weg führt über ein abschüssiges Firnfeld, in einem weiten Kreis über Felsstufen bis hoch zu einer Schutterrasse.

Leutnant Nagy wirkt ungeduldig, auch wenn er nach einiger Zeit so aussieht, als könnte er eine Pause gebrauchen.

Im unteren Teil der Roten Wand können sie noch normal steigen. Aber bald brauchen sie Seile und Haken. Das Mädchen schaut nie nach unten. Sie heftet ihren Blick auf den Vordermann oder das bisschen Stein, das sie direkt vor ihren Fußspitzen sehen kann. Bei steilen Anstiegen fühlt sie sich wohler, da hat sie den Fels unmittelbar vor sich. Aber wenn sie länger quert, verliert sie das Gefühl für die richtige Bewegung, wird von der Sorge übermannt, falsch zu treten oder die eigenen Schrittmaße falsch einzuschätzen. Nach einiger Zeit fühlen sich ihre Oberschenkel wie dicker Kautschuk an und bewegen sich nur noch mechanisch weiter. Ihre Schultern sind ausgehärtet, wie trockener Mörtel.

Mit jedem Schritt wird es kühler. Sie klettern über Steinstufen und Felsbänder, die von einem zum anderen Steig führen. Immer höher, bis sie ein fast waagerecht verlaufendes Felsband erreichen, dem sie bis zu einer Eiswasserrinne folgen, die vom Gipfel herführt. An dieser Stelle, nur Hunderte Meter unter ihnen, führt der Bach ins Tal hinunter. Hätte man Flügel, könnte man zur Anderter Alm schweben, denkt das Mädchen. Oder gleich bis nach Moos oder Sexten. Tritt man aber daneben, genügen ein paar Meter Fall, um am Berg zu zerbrechen.

Irgendwo hier oben, auf einem der Nachbargipfel, könnte der Vater sein. Vielleicht ganz nah, in Signalweite, auf einem der Unterstände oder in einem der Verschläge, die sie an die Felswand gebaut haben. Vielleicht klettert er direkt gegenüber am Elfer herum oder dahinter auf dem Plateau, das sie von hier aus sehen kann. Doch wo genau er sein könnte, hat ihr bisher keiner sagen können. Dabei erfasst die Habsburger Bürokratie jeden, der sich in den Bergen zum Einsatz gemeldet hat. Welche Posten besetzt sind, wo jemand Wache schiebt, desertiert oder schon gestorben ist, wer wie viele Bretter Holz und wie viele Nägel beantragt hat. Einsatzbefehle, Meldegänge, Patrouillen, der Stand der Seilbahnbauten und Telefonverkabelung. Alles wird registriert. Irgendwo in diesem mächtigen Apparat aus Einberufungen, Anträgen,

Absagen und Genehmigungen muss sie die Fährte ihres Vaters aufnehmen.

Tschurtschenthaler stößt einen schrillen Pfiff aus, der dem eines Murmeltiers ähnelt. Leutnant Nagy reagiert mit einem Befehl. Ein letztes Mal setzt sich der Wurm in Bewegung, zieht sich ächzend in die Länge und schleppt sein Hinterteil träge nach. Sie kommen an einen Klettersteig, den sie nehmen müssen, um den Gipfelposten zu erreichen. Der Fels wird fast schwarz, die Sonne ist schon hinter den Bergen verschwunden. Die einzelnen Wolken in der Ferne wechseln von Orange in kühles Grau. Sie stehen auf dem Gipfelblock. Max zieht sein Buch heraus und betrachtet sorgfältig das gesamte Massiv. Karstig und zerfurcht enden die Nachbargipfel unter dem Himmel.

Man sieht nichts außer Bergen, so weit das Auge reicht. Eine Landschaft, die gleichzeitig Furcht einflößend und erhebend wirkt. Das Mädchen hat noch nie so etwas Gewaltiges gesehen, etwas so wenig von Menschen Gemachtes. Nichts wirkt vertraut oder vergleichbar. Sie fühlt sich, als hätte sie die ihr bekannte Welt verlassen. Als würde sie den Mond bereisen. Oder den Meeresgrund, der angeblich auch voller Krater, Täler und Berge sein soll.

Mittlerweile ist es dunkel geworden. Nur der Mond sorgt für scharfe Konturen in der Landschaft. Nach und nach erscheinen immer mehr Sterne am Himmel, jeder von ihnen so groß und glitzernd wie die Brosche am Kleid der Petronelli. Erst als Max und das Mädchen sich von diesem Blick in die Sterne losreißen, sehen sie Licht, das durch die Ritzen einer Kaverne zwischen Holzbrettern und Fels dringt. In zwei ausgesprengten Höhlen hat sich die Gipfelmannschaft ihre

Station gebaut. Verkabelung führt von einer Unterkunft zur nächsten.

Über einer Tür, die in die Holzwand eingepasst wurde, steht auf einem Schild »Villa Weiberfeld«. Darunter heißt es: »Militärisches Sperrgebiet! Warnung! Zutritt lebensgefährlich. Posten schießt bei Annäherung!«

Tschurtschenthaler klopft, worauf die Tür von einem jungen Standschützen mit Gewehr im Anschlag geöffnet wird. Dieser nimmt seine Waffe herunter und salutiert. Tschurtschenthaler und Nagy treten ein, wobei sie sich bücken müssen, um nicht im Türstock hängen zu bleiben. Max und das Mädchen folgen ihnen.

Drei weitere Männer sitzen mit gekrümmten Rücken und leeren Gesichtern um einen Ofen herum, der dicken schwarzen Rauch aus einem kurzen Rohr an die Höhlendecke bläst.

Die Männer wirken wie erstarrt. Es dauert einige Augenblicke, bis der erste wieder auf seinem Blechteller zu schaben beginnt. Alle sehen aus wie ihr Vater, nachdem er aus Galizien zurückgekommen war, nur noch halb am Leben. Deswegen fürchtet sie sich nicht vor den geschwärzten Gesichtern und den harten Blicken. Sie sucht darin etwas, das ihr vertraut vorkommt. »Telefone, Elektrik verlegt, soweit von der Witterung zugelassen. Wir warten nur, dass der Elektrozug anschließt«, berichtet der Standschütze, obwohl niemand gefragt hat.

Die erste Nacht verbringt die Mannschaft in Zelten. Zu essen gibt es zwei Scheiben Zwieback, am nächsten Tag soll die Verpflegung wieder besser werden. Schon im Morgengrauen beginnen die Männer einen ordentlichen Posten zu errichten. Das Mädchen, Max, Quirin und alle anderen bis auf Leutnant Nagy leisten in den kommenden Wochen Pionierarbeit. Sie spannen Kabel, bauen neue Unterstände in den Fels, damit außer den Gefangenen niemand mehr im Zelt schlafen muss, durch das der Wind pfeift und in dem der Boden so kalt ist wie ein tiefes Grab.

Bald nimmt die neue Stellung erste Formen an. Frischer Proviant und Werkzeug kommen jetzt mit der Seilbahn, neue Soldaten müssen zu Fuß aufsteigen. Zwischendurch übt die Truppe an der Waffe und lernt neue Befehle. So vergeht Woche um Woche, ein Monat hängt sich an den vergangenen. Das Mädchen bemerkt es bald nur noch an der Andacht am Sonntag.

Es wird weiter exerziert, eine Offiziersunterkunft gebaut. Max behauptet, sie müssten das nur tun, um die Mannschaft beschäftigt zu halten. Damit kein Lagerkoller entsteht und die Männer sich nicht gegenseitig an die Gurgel gehen.

Leutnant Nagy denkt sich täglich etwas Neues aus. Er sendet Kitzelpatrouillen los, um die italienischen Stellungen auszukundschaften. Nach einer Weile berichtet der Erste, dass er durch sein Zeissglas Aktivitäten am Elfer erspäht hat. Doch er kann nicht sicher sagen, ob es Italiener waren oder eigene Leute.

Nach der Abreise aus Meran war das Mädchen voller Vorfreude auf die kommenden Abenteuer in den Bergen gewesen. Aber mittlerweile hat sie ein ganz neues Gefühl kennengelernt: Langeweile bei gleichzeitiger Anspannung. Jeder Tag hier oben ist sowohl eintönig als auch herausfordernd. Alles verläuft nach Routine. Dabei darf sie nie unaufmerksam sein, weil es ihr Ende sein könnte oder das eines Kameraden. Nachts liegt sie auf ihrer Pritsche, betet abwechselnd einen Rosenkranz für sich, einen für den Vater und manchmal auch einen für Max. Mehr als drei schafft sie nicht, dann schläft sie vor Erschöpfung ein.

Nachdem alles neu angelegt ist, wird ein kleiner Trupp, bestehend aus acht Russen und vier Bewachern, zur Anderter Alm losgeschickt, um Artillerie auf den Rotwand-Posten zu schaffen. Max, Quirin und das Mädchen werden eingeteilt. Zwei Kaiserjäger, Jäger Friedolin und Jäger Tessler, führen den Trupp.

Als sie nach langem Abstieg die Anderter Alm erreichen, erkennt das Mädchen den Flecken kaum wieder, so viel wurde neu gebaut. Adrian begrüßt sie mit kräftigen Hieben auf die Schultern, die auch einen ausgewachsenen Mann aus dem Gleichgewicht bringen würden. Es fühlt sich fast so an, wie nach Hause zu kommen. Der ruppige, herzliche Adrian, die vertraute Baracke.

Am frühen Abend sitzen sie noch draußen mit den Russen zusammen, obwohl es mittlerweile empfindlich kalt geworden ist. Die Lärchen verblassen langsam. Zwei der Russen, ein langer und ein gedrungener, sind wahre Alleinunterhalter. Sie sehen aus, als würden sie daheim, wo immer das auch sein mag, gemeinsam auftreten. Der Gedrungene imitiert Leutnant Nagy, wie dieser kerzengerade vor der winzigen Offiziersmesse einherschreitet. Dabei muss er gar nichts sagen. An seinem pfauenartigen Gang, wie er die Brust rausstreckt und die Hände hinter dem Rücken greift, wird sofort klar, wer gemeint ist. Er macht nach, wie Nagy mit hocherhobener Nase einen Stein übersieht, ins Straucheln gerät und sich kaum fangen kann, weil er auf keinen Fall die gravitätisch gefalteten Hände hinter dem Rücken lösen will. Die ganze

Mannschaft schüttelt sich vor Lachen. Der lange Russe lacht am lautesten und zeigt dabei seine Zahnlücken. Es ist schon eine Weile her, dass das Mädchen gelacht hat. Sie merkt, wie gut es tut. Wie flüssige Sonne wärmen sie die Späße, als hätte sie einen tiefen Schluck gute Laune genommen. Später werden die Gefangenen in ihre Unterkunft geschickt, während Adrian, das Mädchen, Quirin und Max sich in die Baracke zurückziehen und an den niedrigen Tisch setzen.

»Du bist aus Meran, oder?«, fragt Adrian.

»Eigentlich aus Berchtesgaden«, antwortet das Mädchen.

»Aber du bist aus Meran gekommen.«

»Ja, wir leben in Meran.«

»Ist schön, Meran?«

»Sehr schön. Zumindest bevor der Krieg losgegangen ist.«

»Du kennst Villa Giflklamm?«

»Nein, nur vom Namen. Die soll aber nicht so schön sein.«

»Ah, du bist noch eine Junge. Wenn du Mann bist, ist die schön, die Villa Giflklamm. Vielleicht schon in ein Jahr, oder schon in eine Monat. Dann findest du die Villa Giflklamm auch schön.«

Das Mädchen schaut zu Boden. »Ja, vielleicht«, sagt sie. Dann steht sie auf und legt sich zum Schlafen auf ihre Pritsche, während Adrian den Burschen noch von schönen jungen Frauen erzählt.

Tags darauf müssen sie wieder hoch, das Geschütz zur Roten Wand bringen. Der Winter rückt näher, der September geht schon bald zu Ende. Vierzig Mann wird der Trek diesmal groß sein.

Die Russen zerren das Geschütz so weit wie möglich hinter sich her. Aber für die steilen Anstiege müssen sie die Kanone lösen, alles in Einzelteilen mit Seilen über den Kamm ziehen und wieder zusammensetzen.

Als sie die Klettersteige erreichen, werden die großen Speichenräder abgenommen und die Kanone vom Schlitten losgeschraubt. Es braucht allein sechs Mann, nur um das Rohr an einem Seil senkrecht hochzuhieven. Sie schaffen die Einzelteile über Felsstufen nach oben, bis sie das lange, waagerecht verlaufende Felsband erreichen. Es ist eigentlich zu schmal, um die Kanone zu schleppen, nur einen Fuß breit. Jäger Tessler teilt den langen und den gedrungenen Russen ein, einen Seilzug auf dem darüber liegenden Felsband auf- zubauen. Langsam, bedeutet er ihnen mit einer Handbewe- gung.

Die Russen nehmen ein Sockelteil des Seilzuges und las- sen es in ihre verschränkten Hände sacken. Schritt für Schritt schieben sie sich das Felsband entlang, die Körper ungünstig verdreht, um möglichst gut Tritt zu fassen. Doch schon nach wenigen Metern lässt der lange Russe, der vorne geht, das Teil ausgleiten. Er bemüht sich nicht einmal nachzugreifen, und es fällt mit metallischem Klang in die Tiefe.

Jäger Friedolin und Jäger Tessler geraten sofort in Streit darüber, ob der Lange das Teil absichtlich hat abrutschen lassen. Die Russen mischen sich ein. Es ist offensichtlich, dass sie schimpfen und fluchen. Daraufhin brüllen sich die Jäger an, damit sie sich bei dem Lärm wenigstens noch hören können. Währenddessen schiebt sich der Lange nach rechts weg. Entweder um zu türmen oder um weiter zum Gipfel zu gehen. Das Geschrei wird lauter, nur Max und das Mädchen halten den Mund. Sie sieht, wie sich der Lange, die Hände an die Felswand gedrückt, Zentimeter um Zentimeter wei- terschiebt, bis Jäger Friedolin darauf aufmerksam wird und mitten im Satz abbricht. Er zerrt seinen Karabiner von der Schulter, rutscht dabei selbst fast ab, legt an und schießt. Die Kugel schlägt deutlich über dem Kopf des Russen in den Fels, doch dieser erschrickt dermaßen, dass er nach hinten kippt und abstürzt. Das Mädchen schreit kurz auf, will zu der Absturzstelle vorlaufen, bleibt dann aber wie versteinert stehen. Max schluckt so trocken, dass sie es hören kann, dann muss er keuchen. Er dreht ihr den Rücken zu und hustet in seine Faust und seinen Jackenärmel. Quirin blickt mit hängendem Kiefer in die Tiefe. Alle vierzig Mann sind bis ins Mark erschrocken, einige wanken. Währenddessen hat Jäger Friedolin noch einmal durchgeladen. Er deutet auf die verbliebenen Gefangenen und macht klar, dass er sich zur Not verteidigen wird.

Der Gedrungene blickt nach unten zu seinem Freund. Jäger Friedolin hält die Männer weiter in Schach, sein Kollege Tessler hat sein Gewehr ebenfalls abgenommen und angelegt. Die beiden Kaiserjäger wollen nicht schießen, das ist deutlich zu erkennen. Der Gedrungene, der eines der schweren Wagenräder trägt, stellt es vor sich auf dem Felsvorsprung ab und lässt es los. Es kippt langsam zur Seite und rauscht zu Tal, dem Sockelteil und dem langen Russen nach. Das Kanonenrohr können sie ohne Seilzug nicht transportieren.

Jäger Friedolin schreit aus vollem Hals, stößt Befehle aus, bei denen er sich verhaspelt, was keinen Unterschied macht, weil der Gedrungene ihn sowieso nicht versteht.

Das Mädchen fürchtet sich jetzt wieder vor den Russen. Im Mittellager bei der Anderter Alm hatte sie zum ersten Mal gesehen, wie ähnlich sich die Männer waren. Wie einige

Gefangene mit Standschützen zusammengesessen und Schnäpse getrunken hatten. Sie hatten sich Bilder und Briefe gezeigt und mit den Händen erzählt. Es ließ sich eine Brücke bilden, von einem Russen zu einem Tschechen zu einem Ungarn zu einem Österreicher. Es genügte für das Wichtigste. Woher, Frau, Kinder, wie viele? Bis dahin hatte das Mädchen die Russen immer nur finster zusammenhocken sehen. Sie waren in ihrer Unterkunft eingesperrt oder verrichteten die harte Arbeit. Langsam, aber ohne Schmerzen oder Mühen zu zeigen. Sie waren wie Gespenster aus Fleisch und Blut für sie gewesen, bis zum Vorabend.

Nun starrt der Gedrungene den Jäger Friedolin unverwandt an. Der weiß nicht, wie er sich verhalten soll, brüllt »Los!« und noch mal »Los!«. Jäger Tessler ruft: »Dawai, dawai!« Der Russe setzt sich langsam wieder in Bewegung, schiebt sich auf dem Felsband nach vorne. Die anderen tragen weiter ihre Last, das zweite Rad, die Verbindungsstücke, obwohl die Kanone ohne Rohr natürlich unbrauchbar sein wird. Das Mädchen fragt sich, warum die Kaiserjäger den Russen nicht erlauben, ihre Last ebenfalls abzuwerfen. Doch sie sagt nichts, dazu sind die Jäger zu angespannt. Wenn Tessler voraussteigt, gibt Friedolin ihm Feuerschutz und umgekehrt. Das Mädchen erkennt, dass die beiden jetzt ebenfalls Angst vor den Russen haben. Auf diese Weise geht es viel langsamer voran, bis sie die Eiswasserrinne erreichen.

Nach einer weiteren Stunde stoßen sie oben wieder zur Truppe, die Kaiserjäger immer noch mit ihren Karabinern im Anschlag, die Russen erschöpft und schicksalsergeben. Sie werden sofort aneinandergekettet. Tessler und Friedolin beraten sich mit Leutnant Nagy, der kurz darauf in der kleinen Offiziersmesse verschwindet.

Erst jetzt wird dem Mädchen klar, dass etwas Schreckliches passiert ist. Sie versucht sich vorzustellen, dass der tote Russe eine Tochter hat, genau wie sie eine ist. Doch was weiß sie schon, wie ein russisches Mädchen reagiert, wenn es erfährt, dass der Vater irgendwo auf der Welt von einem Berg gefallen ist? Gleichzeitig hat sie ein schlechtes Gewissen der Tochter gegenüber, von der sie nicht einmal weiß, ob es sie gibt. Es trauert sich leichter um diese ausgedachte Tochter als um den Mann, der vor ihren Augen in den Tod gestürzt ist. Ihre eigenen Gedanken und Gefühle werden ihr zunehmend fremd.

Am nächsten Morgen wird das Mädchen von Max geweckt. Er zupft an ihrem Ärmel. »Komm, es tut sich was draußen!«, sagt er. Sie rappelt sich auf, zieht sich die Hose an, wobei sie den Kopf leicht zur Seite neigen muss, um nicht an einen Deckenbalken zu stoßen.

Der Gedrungene steht an einem Felsen, die Hände auf den Rücken gefesselt. Vor ihm stehen fünf Soldaten, denen Patronen ausgeteilt werden. Die restlichen Gefangenen sind rechts von ihnen in einer Reihe aufgestellt und sollen zusehen.

»Eine Patrone ist ein Blindgänger«, sagt Max aufgeregt. »Damit sich ein jeder hinterher einreden kann, dass er den Mann nicht getötet hat.«

Das Mädchen will das nicht mit ansehen. Sie erinnert sich nicht mehr, wie der Ort heißt, aus dem der Gedrungene stammt. Aber sie weiß noch, dass er zwei Finger hochgehalten hat, als nach Kindern gefragt wurde. Er hatte so eine lustige Art, den Leutnant Nagy nachzumachen, der nun genau so dasteht, die Hände hinter dem Rücken, die Brust nach vorne gedrückt. Doch jetzt ist es alles andere als lustig. Wozu braucht es hier oben überhaupt ein Geschütz? Sie haben noch nicht einmal einen Feind gesehen.

Sie schafft es nicht wegzuschauen, obwohl sie Angst hat, gleich etwas zu erleben, was sie lieber nicht in ihrem Kopf und in ihren Träumen hätte. Es ist zu spät. Leutnant Nagy gibt den Befehl. Die Männer legen an, feuern, der gedrungene Russe knickt in den Knien weg. Er fällt, so wie er vorgestern noch in einem kleinen Stolpern das Ungeschick seines heutigen Richters nachgemacht hat. Das Mädchen hofft für einen Augenblick, es könnte wieder nur ein Scherz sein. Doch dann fällt der Russe auf sein Gesicht und bleibt reglos liegen. Nur sein linkes Bein zuckt für eine Sekunde weiter, als hätte es nicht begriffen, dass es nicht mehr gebraucht wird.

Noch bevor die anderen Gefangenen den Toten wegtragen, gibt Leutnant Nagy den Befehl, das fehlende Sockelteil zu bergen. Ein neuer Trupp wird zusammengestellt. Dafür werden genau die Russen ausgewählt, die der Exekution zugesehen haben. Max, Quirin und das Mädchen sollen ebenfalls wieder mitgehen, ebenso die Kaiserjäger Tessler und Friedolin, damit sie die Stelle finden, an der das Teil liegen muss.

So zieht die Gruppe erneut Richtung Tal, diesmal angeführt von Bergführer Tschurtschenthaler. Nach drei Stunden erreichen sie die Stelle, an der das Sockelteil aufgeschlagen sein könnte. Es dauert aber noch eine weitere Stunde, bis einer der Kaiserjäger es zwischen zwei Felsblöcken ausmacht. Das Holzrad liegt nur wenige Meter entfernt, es fehlen lediglich zwei Speichen. Von dem langen Russen fehlt zunächst jede Spur. Er muss noch tiefer gestürzt sein.

Sie suchen weiter, bis Quirin plötzlich von einem Mauer-vorsprung ruft: »Da unten liegt er!« Tschurtschenthaler ist mit wenigen Sätzen bei ihm. An seinem Gesicht ist abzule-sen, dass es kein schöner Anblick ist. Das Mädchen bleibt wie angewurzelt stehen.

»Den bekommen wir da nicht herauf«, ruft Tschurtschen-thaler und kehrt mit ein paar Sprüngen wieder zur Truppe zurück.

Er nimmt sein Kletterseil und schlägt neue Haken ein, um die Männer zu sichern, die das Sockelteil im Felsen veran-kern sollen. Zwei Russen bauen den Seilzug auf, langsam und konzentriert. Bei jedem Arbeitsschritt prüfen sie die Be-lastbarkeit. Tessler und Friedolin haben ihre Gewehre immer in der Hand. Doch diesmal geht es besser. Durch Tschur-tschenthalers Konstruktion können sich die Russen auf dem Felsband gegen die Wand stemmen. Das Mädchen hört, wie sich Tessler und Friedolin gegenseitig Vorwürfe machen, dass sie nicht selbst auf eine solche Idee gekommen sind.

Am nächsten Tag setzen Pioniere die Kanone auf dem Pla-teau zusammen, flicken die Speichen und bauen einen klei-nen Verschlag daneben, der Schutz geben soll, wenn Schnee fällt. Die Seilbahn bringt Geschosse nach. Die Pioniere haben Haken in den Felsboden getrieben, um das Geschütz sicher zu verankern, falls es vom Rückstoß ins Rollen geraten sollte.

Die Kanone geht dem Kaiserjäger Friedolin bis hoch zum Bauch, das Rohr zeigt in Richtung Kreuzbergpass. Jäger Tessler schiebt sich so weit wie möglich nach vorne und blickt durch sein Zeissglas, kann aber niemanden auf dem Pass ausmachen.

»Lasst uns trotzdem ein paar Eisengrüße rüberschicken!«,

sagt Tessler. Zwei Männer laden das Geschütz mit einer Zwölf-Zentimeter-Granate, die sie von hinten in die Kanone schieben. Friedolin schließt die Ladeklappe. Zu dritt richten sie anschließend das Geschütz aus, nach den Anweisungen Tesslers, der durch sein Zeissglas blickt und Kommandos gibt. Max verfolgt das ganze Schauspiel mit äußerster Spannung. Er hat die Kanone einmal von der Seite und einmal von vorne gezeichnet und notiert sich nun die Winkelanweisungen dazu. Doch als das Mädchen aus Angst vor dem bevorstehenden Krach zurückweicht, geht er mit. Sichtlich erleichtert, dass er nicht der Einzige ist, der Respekt vor dem schwarzmetallischen, angerosteten Ungetüm hat.

Nur Quirin bleibt direkt neben der Kanone und Kaiserjäger Friedolin stehen, mit vor Aufregung rotem Gesicht und beiden Zeigefingern in den Ohren.

Nachdem die geladene Kanone mehrfach von allen Umstehenden überprüft worden ist, zieht Kaiserjäger Friedolin am Abzug, und das Rohr explodiert in der Mitte. Das Mädchen erlebt den Knall wie eine mächtige Welle, die den gesamten Körper anhebt und zu Boden wirft. Sie realisiert erst, was passiert ist, als sie sieht, dass einige Männer Blutfetzen auf der Jacke oder im Gesicht haben. Friedolin hält sich den Arm, obwohl nicht mehr viel davon übrig ist. Das Blut pulst in regelmäßigen Abständen aus dem Stumpf. Quirin hat nichts abbekommen, aber sechs weitere Männer torkeln wie betrunken umher. Einer, der zehn Meter entfernt stand, streicht sich durch die Haare und sieht, dass seine Hand blutig ist. Ein Metallsplitter hat eine zwei Zentimeter breite Bahn seiner Kopfhaut weggerissen. Wie Spielpuppen, deren Mechanik sich aufgehängt hat, bewegen sich die Männer auf der Stelle, einer stöhnt, ein anderer schreit. Nur Kaiserjäger

Tessler liegt noch an der Stelle, von der aus er Zielanweisungen gegeben hat. Ein tellergroßes Loch klafft in seinem Rücken, etwa fünf Zentimeter unterhalb des Nackenwirbels.

»Ist er verletzt?«, fragt Max, der noch immer auf die zerborstene Kanone starrt.

»Der ist tot«, antwortet das Mädchen leise. Sie stellt fest, dass es ihr nicht ganz so viel ausmacht, da sie Tesslers Gesicht nicht sehen muss. Die Gesichter der Russen, des einen, der in die Tiefe stürzte, und des anderen, der erschossen wurde, sind ihr hingegen eingebrannt.

»Das Projektil war kaputt«, sagt Max, der sich vorsichtig den rauchenden Kanonenresten zuwendet. »Das passiert oft.« Er kann seine Faszination so wenig verbergen wie ein Wissenschaftler, der sich einen neuen Versuchsaufbau ausdenkt.

Die Leichtverletzten werden vor Ort verarztet. Kaiserjäger Friedolin, dem sie den Armstumpf abgebunden haben, wird in die Gondel gesetzt, um ihn schnell ins Tal zu bringen. Doch schon nach wenigen Sekunden reißt das Stahlseil. Oben hören sie noch einen kurzen Schrei und dann in der Tiefe ein metallisches Schmettern am Fels.

Kaiserjäger Tessler legen sie in ein Steingrab. Das Mädchen schleppt sich in die Baracke. Sie fällt ins Bett und starrt an die Decke, bis es wieder Morgen wird. Sie hat das Gefühl, dass es nicht der Feind ist, vor dem sie sich fürchten muss, sondern der Zufall. Als es schon dämmert, nimmt sie sich vor, doppelt vorsichtig zu sein, für sich und für Max. Und sie hofft, dass auch ihr Vater auf der Hut ist.

4. Kapitel

Die Sonne wärmt noch für wenige Stunden, doch der kalte Wind dringt schon durch alle Lagen der Kleidung. Er hört nie auf, bläst entweder stark oder stärker. Dass er zwischendurch nachlässt, merkt man erst, wenn er wieder anhebt, weil die Eiseskälte sofort bis in die Schuhsohlen hineinzieht. Jeder Mann bleibt so lange wie möglich in einer der kleinen Stuben, auch wenn die Luft dort schlecht ist und bald auch die Stimmung. Wie Neandertaler hocken sie aufeinander, alles reduziert sich auf das Urmenschliche, aufs Überleben, Nahrungsaufnahme und Schlafen. Das Mädchen bekommt Heimweh nach Meran. Nach den schönen, kultivierten Menschen, die sie auf ihrem Weg in den Botanischen Garten oder zur Pferderennbahn gerne beobachtet hat.

Hier oben mag das Mädchen eigentlich nur den Tagesanfang. Oft steht sie gemeinsam mit Max früh auf, um vor dem Unterstand zu sitzen und der Sonne zuzusehen, die über die Berge fließt.

»Ein wunderbar schöner Tag«, sagt Max. »Man kann gar nicht glauben, dass Krieg ist, so still ist es hier.«

Wieder wird eine Kitzelpatrouille losgesendet, diesmal in Richtung Sentinellascharte. Vier Mann brechen auf: Quirin, zwei Standschützen und ein k.u.k Soldat. Nach zwei Stunden kehren sie nur noch zu dritt zurück. Quirin stützt gemeinsam mit einem Standschützen dessen Kameraden, der sich den Knöchel gebrochen hat. Der Soldat wurde getötet, als er von einem Kamm aus beobachten wollte, wie weit die Italiener auf dem Elfer vorgedrungen waren.

»Noch bevor der mit seinem Fernglas nach unten sehen konnte, ist er erschossen worden!«, erklärt Quirin den anderen. »Das ist alles unglaublich schnell gegangen. Bevor wir noch was machen konnten, ist der schon nach vorne in die Tiefe gestürzt.«

Der Soldat trug Pläne und Aufzeichnungen zu den Posten auf der Roten Wand bei sich in der Feldtasche.

»Das ist bös«, sagt Max.

»Warum?«, fragt Quirin.

Am nächsten Morgen werden sie von Erschütterungen geweckt. Wie ein heftiges Unwetter toben die Kanonen los, zum ersten Mal kann das Mädchen den Feind wenigstens hören. Die Einschläge kommen bis Mittag stetig näher. »Die wissen, wo wir liegen«, sagt Max.

Leutnant Nagy befiehlt, das Geschütz zu verlegen. Die Unterstände können bleiben, aber mit der Artillerie müssen die Pioniere auch Telefonkabel einrollen und neu spannen. Die Seilbahn muss verlegt werden, weil sie die empfindlichste Stelle am Posten darstellt. Vor einigen Wochen ist es Alpini gelungen, das Seil einer Bahn zum Karnischen Kamm durchzuschießen. Nagy teilt Patrouillen ein und schickt Tschurtschenthaler los, einen geeigneten neuen Ort für die Kanone zu finden.

In den folgenden Tagen gewöhnen sie sich an den Artilleriedonner. Immerhin zeigt er an, dass der Feind da ist, dass sie hier nicht umsonst frieren und schuften wie die Maulesel.

Während noch eifrig gewerkelt wird, kehrt einer der älteren Standschützen in das Lager zurück. Er war auf Patrouille in Richtung Sentinellascharte und hält seine große, zerbrochene Pfeife in der Hand. Max sieht seinen traurigen Gesichtsausdruck und bietet ihm an, die Pfeife zu reparieren. Der Alte schaut Max an und sagt: »Ich hab einen erschossen. Der war nicht älter als du. Der hätte mein Enkel sein können. Ich hab mich unter einen Felsvorsprung geduckt, um meine Pfeife anzuzünden, und dabei gar nicht gesehen, dass da einer über den Kamm kommt. Erst als die Pfeife gebrannt hat, bin ich wieder vor, und da stand er schon. Ein Zweiter dahinter hat gerade versucht hochzukommen. In dem Moment hat sich der Junge zu mir umgedreht und seine Büchse von der Schulter rutschen lassen. Aber er hat sie nicht mehr rechtzeitig hochbekommen, da hab ich schon geschossen. Der ist rückwärtsgestolpert und runtergefallen. Ich weiß gar nicht, wo ich ihn getroffen hab.« Der Alte schüttelt den Kopf, sieht zu Max und dem Mädchen. »Der war noch ein Kalb. Er hat in einer viel zu großen Jacke gesteckt, als hätt' er den Kleiderbügel noch drin, so sind ihm die Schulterstücke abgestanden. Und geschrien hat er, das ging durch alle Knochen.«

»Und der andere?«, fragt das Mädchen.

»Sein Kamerad ist sofort verschwunden. Ich hab noch gewartet, aber der ist nicht mehr aufgetaucht.«

Als Leutnant Nagy von dieser Geschichte erfährt, erteilt er sofort den Befehl, die Stelle zu sichern. Nach einer kurzen Besprechung pirschen sich das Mädchen, Max, Quirin und drei Kaiserjäger zurück zum Kamm Richtung Elfer. Sie robben sich näher an die Stelle, an der der Alte Feindkontakt hatte, werfen ein paar Steine. Dann schiebt sich Max über den Kamm, um hinunterzusehen.

Der tote Junge hängt an einem Felsstück. Die Schlaufe seines Gewehrs hat sich am Fels verfangen, der eingeklemmte Arm steht senkrecht nach oben, der Kopf ist in einem unmöglichen Winkel verdreht.

»Der hängt da«, sagt Max. Er schiebt sich noch etwas weiter vor. »Sonst keiner zu sehen.«

»Kannst du nach ihm greifen?«, fragt einer der Kaiserjäger, die hinter Max stehen und ihre Gewehre schussbereit in Richtung Elfer strecken.

»Könnt schon gehen«, sagt Max. Er schiebt sich noch etwas weiter vor. Das Mädchen befürchtet, er könnte abrutschen, und stürzt sich auf seine Waden. Quirin kommt ihr zu Hilfe. Ein Kaiserjäger wirft Max ein Seil zu. Der lehnt sich noch weiter nach unten, stöhnt laut, weil ihm die Luft aus dem Brustkorb gedrückt wird, während er einen Knoten anlegt.

»Hochziehen!«, ruft er. Sie ziehen Max zurück, dann gehen sie zu dritt ans Seil und ziehen den Leichnam des jungen Italieners auf das Plateau.

Die Männer durchsuchen ihn, aber er hat keine Pläne oder Karten bei sich. Nur zwei kleine Bilder, die vermutlich seine Eltern zeigen. Und ein Benzin-Feuerzeug, das außen lackiert ist. Aus seinen Unterlagen können sie ablesen, dass er neunzehn Jahre alt ist und Ricardo Passerini heißt. »Ein Richard«, sagt Max, »wie du.« Das Mädchen fühlt sich schlecht. Sie hat sich keine Vorstellung von dem machen können, was sie hier oben erwarten würde. Aber es sollte etwas anderes sein. Etwas weniger Erbärmliches und Endgültiges.

Sie sichern die Stelle mit Stacheldraht, bauen Schießscharten aus Steingeröll. Den Jungen begraben sie notdürftig unter Steinen. Unter den höchsten Stein klemmt das Mädchen eine Enzianblüte, wie um zu beweisen, dass es auch

Schönes gibt in dieser unwirtlichen Umgebung. Ein blauer Flecken Trost zwischen den weißen Brocken.

Blumen gehören auf ein Grab. Das hat sie gelernt, als sie noch ganz klein war und ihre Mutter beerdigt wurde. Sie sollte eine Schaufel Erde in das Grab werfen und Blumen draufstecken, als es zugeschüttet war. Erde gibt es keine hier oben, aber eine Blume soll er haben, der italienische Richard. Damit eine freundliche Geste ihn begleitet, auf seiner Reise ins Jenseits.

Nach dem Zwischenfall mit den Italienern sollen immer mindestens zwei Mann Wache zwischen Sentinellascharte und Elfer schieben. Ausgerechnet an der Stelle, wo der Wind besonders hart vom Drei-Zinnen-Plateau hochweht. Wo man nach wenigen Minuten blaue Finger bekommt und die einzige Zerstreuung darin besteht, sich nach der Wachablöse zu sehnen und im Minutentakt nach der Uhrzeit zu fragen.

Eines Morgens lässt Leutnant Nagy das Mädchen und Max antreten. Max ist ihr davongewachsen, das fällt ihr ausgerechnet in diesem Moment auf. Er hat sicher drei, vier Zentimeter zugelegt, seitdem sie sich am Bahnhof begegnet sind.

Sie sollen einen Meldegang zum Mittellager machen, neue Männer und Proviant ordern. Alle anderen arbeiten an der Seilbahn, die immer noch instand gesetzt werden muss, genau wie die Telefonverbindung zum Posten auf der Roten Wand.

Max und das Mädchen steigen ab in Richtung Anderter Alm. Sie sprechen kaum, sind aber beide froh über diese willkommene Abwechslung und kommen schnell voran. Mit jeder Stufe und jedem Stieg wird es allmählich wärmer. Sie verlassen schon den Teil, in dem der Schnee nie wegtaut.

Wenn es erst richtig schneit, wird der Aufstieg um ein Vielfaches schwieriger werden. Dann sind sie da oben am Posten abgeschnitten, wenn keine Seilbahn fährt und kein Telefon funktioniert.

Das Mädchen ist froh, zurück zum Mittellager zu kommen. Sie hofft, dass neue Soldaten aus anderen Truppenteilen da sind, die sie nach ihrem Vater fragen kann. Sie ist immer noch irritiert, dass Max so gewachsen ist. Er ist jetzt fast so groß wie die Männer im Lager.

Mit jedem Schritt abwärts können sie im Tal mehr erkennen. Die Lärchen leuchten wie gelbe Kerzen zwischen den dunkelgrünen Tannenbäumen und Fichten. Es riecht nach Spätherbst. Der Gletscherbach, der sich von einem Felsvorsprung zum nächsten hangelt, wird breiter. An einer geschützten Stelle machen sie Pause, um ihren Durst zu stillen. Zum ersten Mal seit Wochen wird dem Mädchen warm. Es ist, als würde die Sonne ihre Knochen bescheinen und die Wärme von innen nach außen dringen. Sie überlegt, wie schön es wäre, sich zu waschen. Aber sie kann sich unmöglich vor Max ausziehen.

»Sag mal, Ricki, wollen wir gegenseitig Wache stehen, und der andere wäscht sich kurz?«, fragt Max, der ihre Gedanken zu lesen scheint. Max hat Sorge, dass eine Patrouille sie überraschen könnte und sie erklären müssen, warum sie ihren Meldegang nicht auf schnellstem Weg erledigen. Das Mädchen versucht, nicht zu euphorisch zu wirken. Sie will nicht verweichlicht erscheinen. Doch sie hat so sehr das Bedürfnis, alle Kleidung von sich zu reißen, dass sie das Risiko eingeht, dass Max ihr Geheimnis entdecken könnte.

Sie muss an Richard aus Meran denken, ihren Kindheitsfreund aus dem Nachbarshaus, der sie mit einem Mal nicht mehr ernst genommen hatte, als er begriff, dass sie anders war als er. Aber Max ist ihr viel näher, vertrauter. In der wenigen gemeinsamen Zeit hier oben hat sie mit Max schon viel mehr erlebt als in den ganzen Jahren mit den Nachbarsjungen. Trotzdem lässt Max ihr jetzt nicht den Vortritt, schließlich ist sie nur ein Kamerad. Er reißt sich gleich die Jacke herunter, und sie muss sehen, dass sie wegkommt, außer Sichtweite, damit er es ihr später hoffentlich gleichtut.

Das Mädchen steigt auf ein Plateau, von dem aus man den Klettersteig hoch zur Roten Wand und auch den Elferanstieg im Blick hat. Der Gewehrlauf liegt quer über ihren Beinen und zeigt Richtung Tal. Der Schaft klemmt unter ihrer rechten Achsel. Zum ersten Mal seit Wochen ist sie für ein paar Minuten ganz allein. Sie stellt sich vor, der Rest der Welt würde verschwinden. Ganz weg sein, von einem gewaltigen Granatmörser zerrissen und nur sie als Einzige wäre übrig geblieben.

Die Sonne scheint auf ihre Stirn. Sie atmet die kühle Luft ein, und es fühlt sich an, als bräuchte sie sonst gar nichts. Sie ist seit Monaten von zu Hause fort und hat noch keinen Hinweis auf den Aufenthalt des Vaters. Doch er fehlt ihr nicht. Sie fragt sich, ob sie wirklich nur seinetwegen losgezogen ist oder auch, weil sie nicht zurückgelassen werden wollte. Weil sie dachte, hier spielte sich ein abenteuerliches, sinnvolleres Leben ab als in Meran. Immerhin geht es ja um Gott, Kaiser und Vaterland. Mittlerweile sind diese Gründe verblasst. Sie hat vor allem das Gefühl, dass es darum geht, wo etwas zu essen herkommt, dass man keinen falschen Schritt macht und keine andere Dummheit begeht. Denn das könnte sofort das Ende bedeuten. Was von ihren Erwartungen übrig bleibt, ist wenig mehr als zermürbende Strapazen und die Kameradschaft mit Max. Aber kein Abenteuer und kein Sinn.

Sie steht auf, stellt ihr Gewehr senkrecht vor sich hin und prüft, ob sie ebenfalls gewachsen ist. Als sie ihr Werndl ausgehändigt bekommen hat, vor einem ganzen Lebensalter, wie es ihr jetzt vorkommt, da konnte sie ihr Kinn auf dem Lauf abstützen. Nun muss sie dazu den Kopf ein wenig senken. Vielleicht ist sie auch größer geworden, einen Zentimeter nur. Zu wenig, um sicher sein zu können.

Sie nimmt das Gewehr mit beiden Händen auf, hält es quer vor ihrer Brust, um kampfbereit zu wirken, so wie sie es beim Exerzieren gelernt hat. Sie legt an, zielt rüber zum Elfer, stellt das Gewehr neben sich ab. Kein Sinn, denkt sie wieder und macht die Übung von vorne.

Es dauert eine ganze Weile, bis Max zurückkommt. Er strahlt und fällt ihr vor Freude in die Arme. »Herrlich«, sagt er. »Einfach herrlich.« Die Berührung durchzuckt sie. Es ist lange her, dass sie jemand in den Arm genommen hat. Sie weiß nicht, wie sie reagieren soll. Männer umarmen sich ihrer Beobachtung nach nicht. Ihr fällt auf, dass Max' Kleidung klamm ist. »Ich bin zu schnell reingeschlüpft. Sieh zu, dass du dich lang genug trocknen lässt.« Er deutet vor zum Plateaukamm, wo noch ein Flecken Sonne auf den Fels scheint. »Da setz ich mich hin und halte Wacht.«

Max schreitet zu dem Sonnenfleck, als gehörte ihm der Berg. Er lässt sich auf seinen Rucksack fallen, streckt alle viere von sich und lehnt sich breit grinsend zurück. Von dieser Stelle aus kann er sie nicht mal mit dem Fernglas beobachten, wenn sie sich wäscht.

Das Mädchen steigt runter zum Bachlauf. Sie dreht sich dabei mehrmals um, aber schon beim zweiten Mal ist Max außer Sichtweite.

Am Bach zieht sie ihre Kleidung aus und legt alles nebeneinander. Sogar die Gamaschen breitet sie so aus, dass sie sich in der Sonne aufheizen können. Dann stellt sie sich unter das Wasser. Ein dünner Strahl prasselt auf ihre Stirn, und sie verkrampft, als es kalt ihren Körper herunterrinnt. Sie schnauft und japst, aber es fühlt sich gut an, frisch und klar. Seit Wochen hat sie sich mit alten Lappen und angewärmtem Wasser gewaschen, die Uniform dabei nur leicht geöffnet. Das machen fast alle so, weshalb sie bisher nicht um ihre Tarnung fürchten musste.

Sie schrubbt sich unter den Achseln und stellt fest, dass sie Muskeln an den Oberarmen bekommen hat. Sie sieht an sich hinunter, sucht eine Entsprechung an den Beinen und erkennt, dass auch ihre Waden sich stärker abzeichnen. Sie spannt die Oberschenkel an, und tatsächlich treten dort lange Muskelplatten unter der Haut hervor. An ihren Hüften drücken sich die Knochen deutlich durch. Auch ihre Brüste sind etwas gewachsen, nur um die Brustwarzen herum. Noch sieht es aus, als hätten sie dort zwei Wespen gestochen, durch die feste Baumwolljacke ist nichts zu erkennen. Aber sie sorgt sich, dass es mehr werden könnte.

Sie bleibt unter dem Strahl, stößt kräftig Luft aus, reibt sich ordentlich ab, weil ihr die Seife fehlt. Sie schnuppert an ihrer Hand und wundert sich, dass sie streng nach sich selbst riecht, in einer Intensität, die ihr neu ist. Durch das Plätschern meint sie ein Geräusch zu hören. Sie fährt herum, bedeckt sich mit den Händen. Aber es ist niemand da. Wenn Max sich anschleichen wollte, würde sie ihn vermutlich sowieso nicht hören. Der Wind ist zu stark, vielleicht war es auch ein Tier.

Nach zwei Minuten hält sie es nicht mehr aus. Sie springt unter dem Strahl weg, tritt von einem Fuß auf den anderen, um sich aufzuwärmen. Sie reibt sich die Tropfen vom Körper und widersteht dem Drang, sich mit der Kleidung abzutrocknen. Der Wind lässt sie frösteln, aber durch die Bewegung und die Sonnenstrahlen wird ihr von innen warm. Sie wartet so lange, bis sie keinen Tropfen mehr auf der Haut zusammenstreichen kann. Dann zieht sie ihre Kleidung wieder an, die Unterwäsche, die Socken, die Hose, das Hemd. Die Uniformjacke riecht wie vergorenes Obst, ist aber von der Sonne aufgeheizt. Das Mädchen fühlt sich so wohl wie seit Wochen nicht mehr.

Sie geht zu der Stelle, an der Max in der Sonne gelegen hat, doch er ist nicht mehr dort. Ein Pfiff ertönt. Sie blickt nach oben und sieht Max über sich auf einem Felsvorsprung kauern. »Was?«, ruft sie. Max nimmt schnell einen Finger vor den Mund, als Zeichen, dass sie still sein soll. Er winkt sie zu sich hoch.

Zum Klettern ist der Vorsprung an der Vorderseite zu steil, also läuft sie zu einem sanfteren Aufstieg kurz vor dem Bachlauf, unter dem sie sich gerade gewaschen hat. Erneut fragt sie sich, ob Max sie wohl beobachtet hat.

Sie duckt sich instinktiv, als sie sich zu Max auf den Vorsprung schiebt, und kauert sich neben ihn. Er deutet nach links, zum höher gelegenen Plateau gegenüber auf dem Elfer. Dort taucht immer wieder mal ein Filzhut mit einer langen Feder auf.

»Alpini«, sagt Max.

»Woher weißt du das?«

»Die Kappe.«

»Die Kappe?«

»Runde Kappe, lange Feder.«

Max nimmt sein Gewehr, zieht so leise wie möglich die Kammer auf, schiebt eine Patrone hinein, lässt den Kolben wieder nach vorne gleiten und legt an.

Ein zweiter Mann ist zu sehen, er trägt eine Art Schirmmütze ohne Feder. Die Köpfe verschwinden schnell wieder und tauchen kurz auf, wie Fische an der Oberfläche eines Teiches.

»Vermutlich bauen die was«, sagt das Mädchen. »Einen Unterstand.«

»Oder eine Geschützstellung«, entgegnet Max grimmig.

Schließlich kommt einer der Italiener so nah an den Rand, dass sein gesamter Oberkörper zu sehen ist. Er dreht ihnen den Rücken zu und hält dabei etwas fest, lehnt sich noch weiter nach hinten, dem Abhang entgegen. Max legt an, atmet nicht. An der Bewegung des Mannes ist zu erkennen, dass er an irgendetwas zerrt. Es wäre leicht, ihn zu treffen. Doch Max drückt nicht ab.

»Lass«, sagt das Mädchen schließlich.

Max ruckt mit dem Kopf und legt erneut an.

»Lass«, sagt sie noch mal. Ein weiterer, viel größerer Mann kommt an die Kante, um dem ersten zu helfen. Max drückt immer noch nicht ab. Als sie ihre Hand auf seinen Arm legt, lässt er die Waffe sinken. Sie robben zurück, sehen die Männer noch eine Weile auf der Plateaukante. Dann steigen sie am hinteren Ende des Felsvorsprungs hinunter.

Max wirkt verärgert. Das Mädchen weiß nicht, warum oder auf wen.

»Die hätten Jagd auf uns gemacht«, sagt Max und stapft über den Bachlauf, an dem sie sich gewaschen haben.

»Es wäre sicher besser, wir sagen gar nichts in der Station«, sagt das Mädchen.

»Sicher nicht, das ist doch Feigheit vor dem Feind«, sagt Max. »Dafür sind wir doch hier.« Er ist wütend auf sich. Wütend, dass er es nicht fertiggebracht hat, abzudrücken. Er nimmt seinen Rucksack und schreitet mit großen Schritten in Richtung Tal.

»Bist du denn sicher, dass es Walsche waren?«, fragt das Mädchen.

»Die Feder kenn ich, meine Tante lebt in Aronzo, da hab ich die bei Wehrübungen gesehen.«

Plötzlich knallt es, und fast zeitgleich schlägt eine Kugel durch Max' Hals. Während das Echo den Knall mehrmals wiederholt, sprüht das Blut aus einer Seite und verdickt sich zu einem Strahl, fast so dick wie das Rinnsal, unter dem sie sich gerade gewaschen haben. Max dreht sich halb zu ihr um, die Augen vor Erstaunen aufgerissen. Durch den Einschlag ist er aus dem Gleichgewicht geraten, der abschüssige Weg lässt ihn umkippen.

Er fällt, rutscht einen Meter zu Tal, wälzt sich auf den Rücken, will etwas sagen, doch sie hört nur ein Krächzen. Dann knallt es ein zweites und ein drittes Mal. Eine Kugel schlägt direkt vor Max ein, die dritte trifft sein Bein. Sie hört noch den Schall der dritten Kugel, die vom Elfer abprallt, als sie sieht, wie eine vierte Kugel ein Stück aus seinem Oberschenkel reißt. Eine fünfte Kugel öffnet ein faustgroßes Loch in seiner Rippenpartie. Nach einer kurzen Pause knallt es ein sechstes Mal, die Kugel schlägt in seinem Kopf ein, auf Höhe des Jochbeins.

Das Mädchen kauert sich an die Felswand, immer noch im sichttoten Raum des Feindes. Sie ist wie gelähmt. Sie weint nicht und schreit nicht, sondern bleibt in genau dieser Haltung hocken. »Der Max kann's nicht sein«, sagt sie leise, weil sie denkt, dass sie dann eher erhört wird. »Es kann einfach nicht den Max erwischen, warum ausgerechnet den? Da stellen sich andere viel dümmer an! Die haben es eher verdient. Nehmt einen anderen, nur bitte nicht den Max.«

Sie starrt auf seinen Körper und hofft, dass er sich wieder bewegt. Gleich wird er auf mich zurobben, stellt sie sich vor. Er wird Schmerzen haben, aber auch stolz sein, dass er seine erste Kampfeswunde vorzeigen kann. Das werden sie im Mittellager schon alles wieder hinbekommen, die alten Haudegen, sobald sie beide es bis dorthin geschafft haben. Obwohl sie es besser weiß, wartet sie weiter angestrengt auf eine Regung von Max. Wenn sie nur fest daran glaubt, dann wird er wieder aufstehen.

Je länger sie da sitzt, desto unwirklicher kommt ihr alles vor. Sie würde gerne sein Notizbuch haben. Nicht weil es dem Feind nicht in die Hände fallen darf, sondern weil sie hofft, etwas von Max aufheben zu können. Sie hat nie reingesehen, aber er hat bei jeder Gelegenheit etwas hineingezeichnet und Notizen gemacht, wie auf einer Schatzkarte. Er hat doch gerade erst damit angefangen, erwachsen zu werden, denkt sie. Er war noch ein naseweiser Junge, aber vielen der älteren Männer voraus.

Sie spürt, wie der Schmerz einsetzt. Sie heißt ihn willkommen und ist froh, dass sie überhaupt noch etwas spürt. Vermutlich sollte sie loslaufen. Aber wie und wohin? Sie weiß, wo das Sichtfeld der Italiener in Richtung Tal beginnt. Der tote Max liegt an dieser Stelle wie eine Wegmarke. Nach oben wird sie ebenfalls ins Sichtfeld der Italiener geraten. Die haben gerade erst Stellung bezogen und wissen genau, dass eine Patrouille aus mindestens zwei Männern besteht. Die warten auf sie. Wahrscheinlich legen sie am oberen Teilstück auf den Steig an. Also bleibt sie weiter sitzen. Ihre Muskeln werden hart wie der Stein, an dem sie kauert. Sie wartet, bis es stockfinster ist. Der Himmel ist zu ihrem Glück bedeckt, und der wolkenverhangene Mond spendet kaum Licht. Das wird ihr Deckung geben. Sie knetet ihre Beine und Waden, dann springt sie mit einem Ruck auf und rennt zum toten Max. Sie zerrt an seiner Brusttasche, kann das Notizbuch aber nicht darin ertasten. Sie kann förmlich spüren, wie die Italiener sie im Visier haben, ihren Atem beruhigen und gleich abdrücken werden. Auch in den Seitentaschen findet sie nur lose Gegenstände. Sie zerrt am Rucksack, bestimmt hat er sein Buch da reingestopft. Doch es kann nur noch einen Wimpernschlag dauern, bis eine feindliche Kugel in ihrem Körper einschlägt. Also lässt sie den Rucksack los und rennt, so schnell sie kann. Sie wird nicht langsamer, es fühlt sich an, als würde sie senkrecht nach unten laufen. Nach ein paar Schritten gerät sie ins Straucheln und stürzt zu Boden. Dabei klammert sie sich an ihr Gewehr und schlägt sich die Stirn auf, weil sie die Hände nicht zum Schutz hochnehmen kann. Ein spitzer Brocken drückt ihr direkt neben der Kniescheibe tief ins Fleisch, was einen solchen Schmerz durch ihren Körper jagt, dass sie aufschreit. Ein heller, mädchenhafter Schrei. Das Echo hallt ihr hinterher, als wollte sie sich selbst Angst einjagen.

Sie schiebt ihren Kopf vorsichtig in den Nacken und bewegt zuletzt die Zehen in ihren Stiefeln. Es tut höllisch weh, aber nichts scheint gerissen oder gebrochen zu sein. Also rappelt sie sich wieder auf und versucht sich die Umrisse der Bergkämme in Erinnerung zu rufen. Schritt für Schritt steigt sie langsam weiter ab. Da es ohnehin dunkel ist, lässt sie ihre Tränen laufen.

Nach zwei weiteren Stunden erreicht das Mädchen endlich die Anderter Alm. Es sind neue Unterkünfte dazugekommen. Die Offiziersmesse wurde um einen Austritt erweitert. Ein Lazarett steht da, und am hinteren Ende erkennt sie ein Gefängnis. Aus der einen Seilbahnstation sind drei geworden, deren Stahlseile in unterschiedliche Richtungen zeigen. Seit sie und Max mit den Russen hier waren, ist die Station noch weiter gewachsen. Laternenschein dringt aus den Mannschaftsquartieren.

Sie geht gleich zur ersten Baracke, in der sie und Max geschlafen haben. Sie öffnet die Tür, blickt nach rechts zu Tisch und Ofen, von wo sich ihr müde Augenpaare zuwenden. An dem niedrigen Holztisch sitzen vier Männer und lassen beim Anblick des Mädchens ihre Hände mit den Karten auf den Tisch sinken. An der Wand dahinter haben sich drei Burschen um den Ofen gekauert. Der Rest schläft schon. Einer der Männer steht auf und kommt auf sie zu. Erst jetzt erkennt sie, dass es Adrian ist. Er legt ihr eine seiner riesigen Hände sanft auf die Schulter, schaut sie ernst an und fragt: »Was los, kleine Mann?«

»Alpini. Truppe, im Berg. Max erschossen.« Sie stößt es aus wie ein Telegramm, weil sie nicht weiß, wie sie es korrekt formulieren soll. Was der wichtigere Teil der Nachricht ist: dass die Italiener den Weg hoch zum Pass unter Feuer haben oder dass Max tot ist.

Adrian führt sie zum Tisch, drückt sie in seinen Stuhl und zieht sich einen kleinen Schemel heran, der neben dem Kohleofen steht. Alles, was er in seine Hände nimmt, sieht wie ein Puppenhaus-Utensil aus. Sie fühlt sich winzig, wenn er ihr gegenübersitzt. Von seinem Schemel ist nicht mal mehr ein Bein zu sehen. Die anderen Männer mustern sie ernst. Einer versucht immerhin, sie anzulächeln.

»Erzähl in ruhig«, fordert Adrian sie auf.

Das Mädchen fängt an zu stammeln, bringt aber keinen geraden Satz heraus. Adrian zieht einen Flachmann aus dem Innenfutter seiner Jacke und kippt etwas Schnaps in eine der Blechtassen, die auf dem Tisch stehen. Aber sie kann die Tasse nicht mal bis zum Mund führen, so sehr zucken ihre Hände vor Aufregung, Schmerzen und Müdigkeit. Adrian nimmt ihr die Tasse ab, drückt ihre Hände nach unten und führt die Tasse an ihren Mund. Er träufelt ihr den Schnaps behutsam auf die Lippen, die ebenfalls zittern. Je mehr sie aufnimmt, desto ruhiger wird sie. Adrian schenkt noch einmal nach. Sie greift nach der Tasse und trinkt einen kräftigen Schluck, der in Mund und Magen gleichzeitig brennt.

»Langsam«, sagt Adrian. Er nimmt ihr die Tasse aus der Hand und stellt sie vor ihr auf den Tisch, wie eine Belohnung, die sie sich erst verdienen muss.

»Los, Junge, nochmal.«

Also erzählt sie von ihrem Abstieg, von dem Felsvorsprung, dem Wasserrinnsal, unter dem sie sich gewaschen haben. Davon, dass Max die Alpini entdeckt hatte, während sie mit Waschen dran war. Sie erzählt auch, dass Max den Italienern nicht in den Rücken schießen wollte, dass sie sich zurückgezogen haben und unachtsam weitergegangen sind. Und dass Max dann von etlichen Kugeln getroffen wurde.

»Kein Alpini«, sagt Adrian.

»Aber Max hat sie erkannt. Die Kappe, die Feder.«

»War vielleicht ein Alpini oder zwei. Aber nicht mehrere.

Alpini wie Kaiserjäger. Gute Schütze, die schieße nicht hundert Mal auf eine kleine Bursche.«

»Er war nicht mehr so klein.«

»Hatte sie ein paar Alpini in eine neue Mannschaft. Die Rest hat Angst und keine Ahnung, was tun. Wie bei uns.«

»Aber die haben immer wieder auf den Max geschossen.«

»Sie hatte Angst. Deswegen.«

Adrian schiebt ihr die Tasse wieder hin. Sie nimmt noch einen Schluck, das Zittern der Hände ist abgeklungen. Sie spürt, wie die Erschöpfung in ihren Kopf kriecht, sich in ihrem Körper breitmacht. Doch da ist noch etwas anderes, etwas Bleiernes, das sie schwächt. Vielleicht das, was Adrian ihr zu trinken gegeben hat. Sie kippt weg.

Als sie zu sich kommt, liegt sie auf einer Pritsche an der hinteren Wand der Baracke. Sie blickt nach vorne, auf den Tisch, den Ofen. Ein Mann reißt die Tür auf, kommt herein, schließt sie schnell wieder, um die Wärme nicht rauszulassen. Ein paar Schneeflocken wirbeln um ihn herum. Dann sackt sie wieder weg.

Als sie erneut aufwacht, sitzt ein Militärgeistlicher neben ihrem Feldbett. Er hat Krater in den Wangen, tiefe Pockennarben, geschorene Haare, aber freundliche Augen.

»Feldkurat Tönner«, sagt er, als er bemerkt, dass das Mädchen ihn beobachtet.

»Ich bin …«, will sie sagen.

»Ich weiß, ich weiß«, sagt er. »Das hast du mir schon erklärt.« Er legt ihr die Hand auf die Stirn, um ihr Fieber zu prüfen. »Ich werd auch nach deinem Vater fragen, wenn ich wieder im Tal bin.«

Er nimmt die Hand von ihrer Stirn, schlägt die Bibel auf

und beginnt ihr etwas vorzulesen. Sie versteht es nicht, auch wenn ihr die Worte bekannt vorkommen.

Sie denkt an Max und ist erleichtert, dass er wenigstens frisch gewaschen war, als er erschossen wurde. Dass er jetzt da oben nicht schmutzig und stinkig liegt, sondern sauber wie ein Kiesel im Fluss. Er hat sich bestimmt wohlgefühlt, bevor alles vorbei war. Der Feldkurat liest weiter, und sie schläft über seiner sonoren Stimme ein.

Das Mädchen schreckt vom Lärm der Artillerie auf. Feldkurat Tönner hat eine Pritsche neben ihre gestellt und ist ebenfalls vom Donner geweckt worden. Er setzt sich auf.

»Die Italiener haben sich am Elfer eingenistet und feuern als Weckruf mit Zwölf-Zentimeter-Kanonen«, erklärt er. »Aber sie sind zu weit weg, um wirklich Schaden anzurichten.«

Sie hört, dass kurz darauf zurückgefeuert wird, ganz aus der Nähe. Wie um ein Argument in einem Streitgespräch nicht unerwidert zu lassen. Das Donnern legt sich, sie schläft ein. Mittags geht die Schießerei wieder los.

Sie wird immer müder, obwohl sie so viel schläft. Sie friert und schwitzt gleichzeitig. Wenn sie wach ist, kann sie kaum einen geraden Satz sagen. Wenn sie träumt, sind die Bilder klarer. Sie haften an ihr, wenn sie aufwacht, und ziehen sie sofort zurück in die Nebelwelt. Sie sieht Max vor sich, beobachtet ihn dabei, wie er ein paar Einträge in sein Notizbuch macht. Sie hört seine Stimme und sieht, wie sein Körper von den Einschlägen herumgeworfen wird. Vielleicht wäre er noch am Leben, wenn sie sich nicht so lange gewaschen hätten. Lebendig und stinkend. Sie will aufstehen, doch ihr fehlt die Kraft.

Das Wachsein fühlt sich verschwommen an. Sie versucht

sich die Gesichter des großen und des kleinen Russen ins Gedächtnis zu rufen. Sie wirkten wie eingebrannt, nachdem es passiert war. Aber jetzt hat sie schon Mühe, sich Max' Gesicht genau vorzustellen, die gerade Nase und die Lippen, deren unterer Teil dicker war als der obere.

Ein kaltes Gefühl auf ihrer Brust lässt sie aufschrecken. Ein Stethoskop liegt dort. Drei starke Finger klopfen rhythmisch auf ihr Brustbein. Sie riecht den sauren Atem eines starken Rauchers, das Nikotin an seinen Fingern, sieht die Armbinde mit dem roten Kreuz. Er drückt auf ihren Bauch. Sie kann seine Schädelplatte sehen, wie ein Totenkopf mit Haarkranz sieht er aus. Er sagt etwas, aber nicht zu ihr.

Nachts wird sie wieder wach, als alle anderen schon schlafen. Sie sieht, dass auch Adrian seine Pritsche gewechselt hat. Er liegt nun neben ihr und dem Feldkuraten.

Adrian schläft mit nacktem Oberkörper. Er schnarcht ein wenig, vom Schnaps, wie sie vermutet. Auf seinen dicken Oberarmen hat er merkwürdige Tintenzeichnungen. Es ist jedoch zu dunkel in der Baracke, um etwas Genaues zu erkennen.

Am Morgen steht ein Teller mit ein wenig Brot und Schmalz auf einer kleinen Kaffeekiste neben ihrer Pritsche, außerdem eine Kanne Wasser. Sie ist nicht hungrig, glaubt aber, dass sie etwas essen sollte. Sie würgt ein paar Bissen hinunter. Erst als sie trinkt, merkt sie, dass sie halb verdurstet ist. Sie hört nicht mehr auf zu schlucken, bis die Kanne leer ist. Draußen ist die Artillerie zu hören.

Ein junger Standschütze, kaum älter als Max, kommt herein. Er schüttelt sich Schneeflocken von den Schultern, geht zu seiner Pritsche, die zwei Reihen neben ihrer steht, und flucht vor sich hin: »Nicht mal beim Scheißen ist man sicher, weil sie direkt über uns sind und keine Deckung da.« Als er sieht, dass sie wach ist, lächelt er. »Aber keine Sorge, wir schicken den Italienern gleich ein paar Salven zurück!«

Sie sackt weg, in einen traumlosen Schlaf. Beim nächsten Erwachen liegt eine Handvoll getrockneter Zwetschgen auf der Kaffeekiste. Sie schmecken furchtbar, staubig und ein wenig ranzig, sind aber einfacher zu beißen und runterzuschlucken als ein Schmalzbrot. Das Mädchen hat aufgehört zu schwitzen. Ihr Fieber geht langsam zurück, aber ihr Hals fühlt sich immer noch an wie wundgeschmirgelt.

In kräftigen, dicken Ölfarben erscheinen ihr manche Träume, realer als das echte Leben. Ihr Vater tritt auf eine Bühne und trägt einen schwarzen Frack, dessen Enden er erst zurückschlagen muss, bevor er an einem Klavier zu spielen beginnt. Er stimmt eine traurige Melodie an, nur die ersten Takte, die er ständig wiederholt.

Das Mädchen steht neben ihm und will anheben zu singen, wie die Petronelli. Doch ihr fehlt die Stimme, und so starrt sie nur ins Publikum. Vor der Bühne des Pavillons sitzen ihre Mutter und ihre Schwestern. Dabei waren weder die Mutter noch die Schwestern mit nach Meran gekommen. Die Mutter hatten sie schon in Berchtesgaden begraben, und die Schwestern waren zu ihren Männern gezogen, eine nach Köln, die andere nach Salzburg. Die Mutter trägt ein weißes Nachthemd. So zumindest erinnert sich das Mädchen an sie, obwohl sie früher auch Kleider getragen hatte, mit richtigen Spitzenkrägen.

Im Traum lauscht die Mutter, wie das Mädchen seine Stimme wiederfindet und eine Melodie singt. Ihr Vater bewegt seinen Oberkörper zum Rhythmus wie ein echter Pianist. Als sie wieder aufwacht, erinnert sie sich an eine Zeile. *Und fällt das Blatt zu Boden, fällt mit ihm die Hoffnung ab.*

Noch im Halbschlaf versucht sie sich einen Raum zu bauen, in dem alle auf sie warten. Die Mutter, Max und sogar die zwei lustigen Russen. Damit sie nicht einfach tot sind. Sie stellt sich einen Raum mit einer schweren Tür vor, den sie mit einem großen Schlüssel aufschließen kann, wenn sie Sehnsucht nach diesen Menschen hat, und den sie wieder verriegelt, wenn sie unter den Lebenden sein will. Doch es gelingt ihr nicht, sich diesen Raum richtig auszumalen.

Tschurtschenthaler ist gekommen. Das Mädchen braucht eine Weile, um seinen Umriss mit den verklebten Augen zu erfassen. Draußen muss es bereits dämmern. Sie erkennt nur seinen Schatten, der wie ein alter Stamm wirkt, der sich beharrlich über die Baumgrenze schiebt. Seine längsten Zweige ragen hinüber zu den Stellen, wo nur noch einzelne Gräser und Blüten blühen, weil die Luft so dünn und der Boden so hart und karg ist. Sie ist nicht sicher, ob sie tatsächlich wach ist, so unwirklich kommt ihr Tschurtschenthalers Erscheinung vor. Wie ein Edelweiß im Fels. Er streckt seinen langen, muskelbespannten Arm vor und legt ihr seine Hand auf die Stirn.

»Du hast immer noch hohes Fieber.«

»Max«, sagt sie.

»Ich weiß«, sagt Tschurtschenthaler. »Ich bin euch nachgeschickt worden, nachdem keine Meldung kam.«

»Hast du ihn gefunden?«

»Nein.«

Sie will nach den Italienern fragen, ob sie auch auf Tschurtschenthaler geschossen haben. Und nach den Männern auf der Roten Wand, die sie im Stich gelassen hat, weil sie nicht mehr die Kraft hatte, Meldung zu machen. Doch es gelingt ihr nicht, einen dieser Gedanken zu Ende zu denken. Sie fühlt nur das schlechte Gewissen und tiefe Müdigkeit, die sie wieder übermannt.

Schließlich träumt sie von der Roten Wand, wie sie dort oben eingeschneit wird und langsam erfriert. Kurz darauf schreckt sie hoch und stellt fest, dass sie die Filzdecke weggetreten hat, mit verschwitztem Hemd auf der Pritsche liegt und tatsächlich friert.

Sie ist noch nicht ganz wach, aber die Stimmen dringen bereits zu ihr durch. Adrian, der tiefer spricht als jeder Mann, den sie bisher hat reden hören, lässt sich über die Offiziere aus, über die schlechte und ungerechte Verpflegung. Und den Wahnsinn, dem sie sich hier oben alle aussetzen müssen.

In der Dämmerung ihres Bewusstseins schieben sich echte Bilder und Angst übereinander. Sie sieht ihren Vater, er hält auf einem Bergposten Wache. Der Wind bläst, Schnee treibt um ihn herum. Auch er verliert den Kampf gegen die Kälte, starrt ausdruckslos ins Weiß und sagt kein Wort, so wie er nie viel gesagt hat. Nicht mal, als die Mutter starb.

Das Mädchen hört den Feldkuraten Tönner, der mit Adrian spricht. Auch er ist zornig über den Krieg.

»Der Mensch ist weniger wert als jedes Tier«, sagt Tönner. »Wegen jeder Kleinigkeit wird hier oben mit Erschießen gedroht.«

Adrian antwortet ihm, aber das Mädchen versteht nicht, was.

Als sie wieder richtig zu sich kommt, trägt sie ein frisches

Hemd. Sie fasst sich sofort an die Brust, fragt sich, ob da noch ein Irrtum denkbar wäre, wenn man sie mit nacktem Oberkörper sehen würde. Wenn jemand herausgefunden hat, wer sie wirklich ist, was werden sie mit ihr machen?

Sie will aufstehen, stellt ihre Füße neben dem Feldbett auf, doch schon vom Aufrechtsitzen wird ihr schwindelig. Sie blickt sich um. Vor dem Bett liegt ihre Kleidung, ordnungsgemäß zusammengelegt. Sie schlüpft in die Hose, das Oberhemd, die Jacke, knöpft sie zu, bindet die Gamaschen. Sie streicht ihre fettigen Haare mit ein paar Tropfen Wasser aus der Kanne glatt und tapst an den Feldbetten vorbei bis zum Ofen. Als sie die Tür öffnet, schmerzen ihre Augen vor Helligkeit. Nicht nur weil sie so lange in der Baracke gelegen hat, sondern weil draußen alles weiß ist. Es dauert einige Minuten, bis sie etwas erkennen kann.

Etwa hüfthoch liegt der Schnee, eine dicke, strahlend weiße Decke, von dreckigen Spuren durchfurcht, unter milchigem Himmel. Die Äste der Bäume in der Umgebung, die noch nicht zum Heizen oder für den Barackenbau gefällt wurden, neigen sich, von der weißen Last beschwert, zu Boden. Die Luft schmeckt sauber.

Gegenüber bauen sie eine weitere, lang gezogene Baracke. Der Rohbau ist bereits fertig, der Dachstuhl gezimmert, aber nicht gedeckt. Durch den Türstock in der Front, in dem noch die Eingangstür fehlt, kann sie sehen, dass drinnen gearbeitet wird.

Zwei Maultiere werden an ihr vorbeigeführt, mit Säcken beladen. Auf einem von ihnen sitzt ein Standschütze, der mit den Füßen fast bis auf den Boden reicht. Er treibt das Maultier mit einem kurzen Stock an. Sie wird unsicher, ob sie noch träumt oder schon wieder auf den Beinen ist.

Vor der Mensa schlägt der Koch mit einem Beil auf etwas ein. Das Mädchen braucht einen Moment, um zu erkennen, dass es ein Kuhschädel ist, der vom Rumpf getrennt wurde. Endlich öffnet sich der Schädel und gibt das Hirn frei, das der Koch entnimmt, um es in die Menage zu verkochen.

Von rechts hört sie stählernes Klirren, das Schlagen eines Hammers. Sie geht in Richtung des Geräusches, ein paar Schritte neben der Spur, weil sie das Knirschen des Schnees hören will. Dann tritt sie in den vorgetrampelten Weg und läuft zum Neubau, vor dem sie Adrians breites Kreuz ausmachen kann. Sie weiß nicht recht, wie sie sich ihm nähern soll. Also stellt sie sich neben ihn und sieht dorthin, wo auch er hinsieht. Ein Querbalken im Giebel wird eingesetzt und festgenagelt. Es muss schnell gehen, der Schnee fällt dichter.

»Zackzack«, ruft Adrian nach oben, »ist nicht für Ewigkeit.«

Neben der Baracke sieht sie Russen Bretter zusägen, mit Handschuhen, deren Fingerkuppen abgeschnitten sind. Ihre Kleidung ist noch verwahrloster als die der Standschützen, sie hängt an ihnen wie alte Haut.

»Brauche wir Baracken. Bekommen wir die neuen Rainer und die neuen Kaiserjäger, richtig gute Soldaten. Gute Zeichen. Der Tschurtschenthaler bringt sie her«, sagt Adrian und blickt weiter zum Rohbau.

»Aber bist *du* nicht ein richtiger Soldat?«, fragt das Mädchen. Adrian dreht sich zu ihr um. Sein Gesicht leuchtet rot. Er weiß Bescheid über mich, denkt sie, er hat mein Hemd gewechselt. Gleich schickt er mich weg. Gleich fliege ich auf. Doch Adrian beantwortet einfach ihre Frage. »Einer allein ist wenig.«

Das Mädchen braucht einen Moment, um sich wieder auf

ihr Gespräch konzentrieren zu können. »Wie viele kommen denn?«, fragt sie und starrt vor sich auf den Schnee.

»Einige.«

»Viele?«

»Nicht viele, viele brauche sie woanders. Aber hier komme einige.«

»Der Tschurtschenthaler musste runterkommen, weil ich keine Meldung gemacht habe.«

Adrian legt seine schwere Hand auf ihre Schulter. »Wieder gesund, Ricki?« Sie nickt schwach. »Ist schade mit dem Max«, sagt Adrian, »so, so schade.« Er ist der einzige Erwachsene, der immer auf Max gehört hat. »Was sagt dein schlaue Buch?«, hatte er gefragt, und Max hatte es aufgeschlagen, selbst wenn nichts zu der gestellten Frage darin stand. Nur um Adrian nicht zu brüskieren, bevor er eine Antwort gab.

Adrian sieht die Tränen in ihren Augen aufsteigen. »Der Tschurtschenthaler ist alte Gämse«, sagt er. Wieder hat sie das Gefühl, dass er ihre Gedanken lesen kann. »Da musst du keine schlechte Gewisse haben. Die Italiener habe gedacht, da kommt eine Gämse die Berg runter, und habe nicht auf ihn geschossen.«

Der Schnee wird noch dichter. Dicke, schwere Flocken legen sich auf das Lager, als würde jemand über ihnen Kissen ausschütteln. Adrian pfeift auf zwei Fingern und deutet den Männern mit einer Geste an, die Arbeit einzustellen. Sie steigen von den Leitern herunter, legen ihre Werkzeuge ab, packen zusammen. Die Russen sammeln sich rechts neben der Hütte in einer kleinen Gruppe vor ihrem Wachmann.

Das Mädchen sieht von einem Gesicht zum nächsten. Keiner blickt zurück. Alle starren ins Leere, wollen nicht auffallen. Sie sind unrasiert und so mager, dass sie kantig und alt aussehen. Max hatte ihr einmal erklärt, dass die österreichisch-ungarischen Truppen schon bald nach Kriegsbeginn schwere Niederlagen in Galizien hinnehmen mussten. Das hier sind die armen Teufel, die es bei den ersten Angriffen erwischt hat und die nun seit einem Jahr im Arbeitsdienst um ihr Überleben kämpfen. »Die Russen sind teilweise gar keine richtigen Russen«, hatte Max gesagt, »die werden nur so genannt.« Die meisten von ihnen sind nicht bergfest, kaum einer spricht Deutsch oder Ungarisch, manchmal kann ein Slowake wie Adrian übersetzen.

Nachdem sich die Soldaten in Richtung Baracken aufgemacht haben, zieht der Trupp Russen im Gänsemarsch an ihnen vorbei. Das Mädchen will sich gerade wegdrehen, als Adrians Arm nach vorne schnellt und eines der verhärmten Männlein aus der Reihe rupft. Er greift dem Russen um den Hals und schlägt ihm die Nase ein. Sofort läuft ein dickes Rinnsal Blut in seinen Bart. Erschrocken beobachtet sie, wie der Russe in seine Jacke greift, das Beil herauszieht, das er stehlen wollte, und damit auf Adrians Kopf zielt. Adrian weicht nur ein wenig aus, neigt seinen Kopf zur Seite, sodass der Unterarm des Russen auf seiner Schulter landet und das Beil in der Luft hängen bleibt. Er schlägt ihm ein zweites Mal auf die Nase, Blut klebt an seiner Faust. Sie will sich übergeben, kann aber nur würgen, weil sie nichts im Magen hat. Adrian hat den Russen immer noch im Griff, dessen Kameraden sehen sich das Schauspiel teilnahmslos aus nächster Nähe an. Dann greift Adrian mit der blutigen Hand das Beil, wirft es im hohen Bogen durch den Türstock in die neue Baracke und schleift den Russen hinter sich her. »Wolle flüchten«, erklärt er dem Mädchen. »Dabei wisse die gar nicht, in welche Richtung nach Hause.«

Das Mädchen folgt ihm. Sie weiß nicht, was sie sonst tun soll. Adrian stoppt am Gefängnis und lässt den Russen wie einen Apfelbutzen fallen. Die Wachmänner heben ihn unter den Achseln hoch, sperren auf und schleppen ihn ins Dunkel.

Ein paar der Russen schauen zu ihnen herüber, während sie in ihre Baracke geführt werden. Das Mädchen ist schon wieder erschöpft und todmüde. Gerade so schafft sie es zurück auf ihre Pritsche und betet zum ersten Mal seit langer Zeit wieder Rosenkränze. Einen für den Vater, einen für die Mutter und die Schwestern, dann noch einen für sich und einen für Max und Adrian.

Am nächsten Morgen kommt eine Abteilung Soldaten im Mittellager an, Tschurtschenthaler führt sie. Die Männer haben ernste Gesichter und unterschiedliche Uniformen, einige sind mit Auszeichnungen dekoriert. Zwei von ihnen werden in der Baracke einquartiert, in der das Mädchen schläft. Auch Tschurtschenthaler wird bei ihnen schlafen.

Tagsüber verteilen sie sich über das gesamte Gelände, und das Mädchen sieht sie nicht mehr. Doch abends sitzen der Feldkurat Tönner, Tschurtschenthaler, Adrian und einer der frischen Kaiserjäger, ein Mann namens Anton Ramsauer, um den niedrigen Tisch zum Kartenspiel versammelt. Die Spiele verlaufen unkonzentriert, weil die Männer hauptsächlich Neuigkeiten austauschen. Das Mädchen setzt sich neben Quirin auf den Boden und rückt an die Wand.

Die Männer rauchen Zigaretten, obwohl die Luft in der Baracke schon zum Schneiden ist. Das Mädchen hustet.

»Du musst auch rauchen, sonst wird dir schlecht«, erklärt Ramsauer. Er hat eine Art zu sprechen, die alles, was er sagt, logisch klingen lässt. Seine Stimme ist fest und sanft. Genau wie sein Gesicht, in dem die Wangenknochen hervortreten und zwei tiefe Falten links und rechts neben dem Mund verlaufen, was ihn hart wirken lässt. Doch seine Augen sind groß und mit dicken Wimpern umkränzt.

Adrian dreht sich um und hält ihr eine selbst gedrehte, krumme Zigarette hin. Sie nimmt sie mit Daumen, Zeige- und Mittelfinger und führt sie an die Lippen. Adrian reißt ein Zündholz an und beugt sich zu ihr hinunter. Sie saugt den Rauch in den Mund.

»So geht nicht«, sagt Adrian. »Zeig ihr mal, Tonio.«

Anton Ramsauer wird Tonio genannt, weil er italienisch aussieht, in Trient studiert hat und Italienisch spricht. Er zieht an seiner Zigarette und öffnet den Mund, um zu zeigen, dass der Rauch sich darin wölbt. Dann lässt er die weißen Schwaden aus seinem Mund hoch zur Nase quellen und atmet in einem Zug alles in seine Lunge. Sie macht es ihm mit dem nächsten Zug nach und hat das Gefühl, als würde sie gleichzeitig alles Blut aus ihrem Kopf in ihre Brust saugen. Ihr Herz wummert.

Tonio berichtet von seinen ehemaligen italienischen Studienkollegen, die sich nicht für den Krieg begeistern wollen. Er hat noch Briefkontakt mit einem Freund aus San Dorligo, der ihm alle paar Wochen an die Front im Osten geschrieben hat. »Der hat gar nicht verstanden, warum man jetzt mit dem österreichischen Kaiser und den Tirolern Krieg anfängt. Wir sind doch Nachbarn«, sagt Tonio dunkel und drohend. »Und vor allem, wo fast alle Soldaten in Galizien festsitzen.«

Adrian will von Tonio wissen, wie es in anderen Teilen des großen Reiches aussieht. Also erzählt dieser von seinen Gefechten in den Karpaten. Von den Nachschubproblemen, dass sie tagelang ohne Essen waren und die Munition abzählen mussten. Wie viele andere Soldaten ist auch Tonio in die Dolomiten beordert worden, um den kaum ausgebildeten Standschützen auszuhelfen. Sonst könnten die Italiener bis Bayern durchmarschieren, wenn sie erst mal den Kreuzbergpass überquert haben. Tonio ist »ein Studierte«, wie Adrian spottet, »hat gleich eine Offiziersrang«.

»Nur einen ganz kleinen«, erwidert Tonio, als müsste er sich dafür entschuldigen. Nach seiner Zeit in Trient hat er noch in Innsbruck Medizin studiert, bevor der Krieg losging. Das Mädchen hört ihm gerne zu, er kann gut erzählen. Und auf der Anderter Alm ist die Nachrichtenlage dünn.

»Wir höre nur Erfolg«, sagt Adrian. »Gehe überall voran, der Krieg.« Aber eigentlich wissen sie nichts hier oben. Sie bekommen nur die offiziellen Mitteilungen der Heeresleitung, und wenn die Leitungen zusammengebrochen sind, noch nicht mal die.

»Das sind Durchhalteparolen, was sie an Meldungen an die Front schicken«, sagt Tonio. »Siege, lauter Siege!«, spottet er, zum ersten Mal hebt sich seine Stimme leicht. »Von einer Niederlage liest man nie etwas. Auch nicht von Toten, obwohl wir doch wissen, dass gestorben wird. Angeblich sind die Russen fast besiegt, es sind hundertachtzigtausend gefangen gesetzt worden, viele wurden erschossen. Aber dann ziehen sie immer wieder gute Soldaten ab, an die Front nach Galizien, noch mehr Russen zu erschießen.« Er lächelt höhnisch und saugt noch einmal Rauch durch die Nase, bevor er weiterspricht. »Da sind, wie es scheint, doch noch einige Russen übrig. Vielleicht könnten sie die letzten auch noch erschießen, damit der Unsinn einmal aufhört.«

»Viele laufen zum Feind über«, sagt Tschurtschenthaler.

»Auch die zweite Garde Offiziere ist schon gefallen. Ganz Junge sollen Batterien befehligen.«

Solche wie Leutnant Nagy, der von der Verwaltung eingesetzt wurde und den einheimischen Standschützen sagen soll, wo es langgeht, denkt sich das Mädchen. Männern wie dem Bergführer Tschurtschenthaler, der doppelt so alt ist und die Gegend kennt wie sonst kaum einer.

Das Mädchen fragt sich, wie es den Männern oben in der Roten Wand ergeht. Jenen, die Nagy jetzt ausgeliefert sind, der vermutlich zum ersten Mal erlebt, wie Schnee und Kälte einem zusetzen können. Der keine Ahnung davon hat, wie sich Angst vorm Frieren anfühlt. Davor, sich nicht mehr bewegen zu können und gleichzeitig zu müssen, weil sogar die Haut wehtut, vor lauter Wind und beißenden Schneekristallen.

Nun ist Tonio an der Reihe zu fragen. Er will wissen, wie die Frontentwicklung in den Alpen ist. Worauf er sich einstellen muss.

»Sepp Innerkofler ist am Paternkofel gefallen«, sagt Feldkurat Tönner. Tschurtschenthaler blickt grimmig auf die Tischplatte.

»Haben die Italiener ihn überrannt?«, fragt das Mädchen.

»Nein, ein frischer Offizier hat ihn auf Befehl der Kommandoführung vom Paternkofel abgezogen«, erzählt Tschurtschenthaler. »Seitdem die Standschützen die ersten Gipfel gesichert haben, ist einiges passiert. Befehle werden nun aus Bruneck durchgereicht, ohne Widerspruchsmöglichkeit. Habsburger Bürokratie. Vier Wochen später sollte er den Berg mit ein paar Mann wieder einnehmen. Weil den Diensthabenden aufgegangen ist, dass er strategisch wichtig ist, wie der Innerkofler immer schon gesagt hat.«

»Ah, verdammte Etappehengste«, sagt Adrian und legt eine Karte ab. Er gewinnt schon wieder, wie bisher fast alle Spiele. Tönner mischt die Karten neu und verteilt sie, während Tschurtschenthaler erzählt, dass Sepp Innerkofler lang dagegen argumentiert hatte, den Paternkofel wieder einzunehmen. Die Alpini hatten sich in der Zwischenzeit oben eingenistet und konnten Zielübungen auf die Angreifer veranstalten. Ein Aufstieg von Tiroler Seite war nur noch unter schweren Verlusten möglich.

»Der Innerkofler hat so lange Kontra gegeben, bis der Offizier sich ereifert hat, dass die Tiroler feige seien.«

Quirin, der immer noch neben dem Mädchen sitzt und ebenso gebannt zuhört, gibt einen Zischlaut von sich. Ansonsten hängt gespanntes Schweigen über der Runde.

Tschurtschenthaler schaut vom einen zum anderen. Seine Augen bleiben auf dem Mädchen hängen. »Der Innerkofler hat schließlich seinem Ältesten gesagt, er dürfe nicht mit aufsteigen, weil die Mutter genug Kummer mit einem Gefallenen haben würde. Dann hat er einen kleinen Trupp in den Paternkofel geführt, wo er beim letzten Anstieg erschossen wurde. Seitdem wird darüber getratscht, ob die Italiener ihn von oben erwischt haben. Oder ob ihn vielleicht sogar seine eigenen Leute mit dem alten Maschinengewehr vom Nachbargipfel erschossen haben.«

Quirin beugt sich zu dem Mädchen und flüstert kaum hörbar: »Hast du schon mal was von diesem Innerkofler gehört?«

»Ein Bergführer«, sagt sie. »Ein echter Held. Der Schneidigste überhaupt.« Sie ist froh, dass Max nicht mehr von Innerkoflers Ende erfahren muss. Sie dreht sich von Quirin weg und drückt ihre Zigarette aus.

»Haben sie die Leiche denn nicht untersucht?«, will Tonio wissen.

»Die Italiener haben ihn geborgen«, antwortet Tschurtschenthaler. »Und jetzt soll er posthum einen Orden bekommen, für seine Tapferkeit.« Er schüttelt den Kopf, während er wieder in seine Karten blickt.

»Mache sie immer so, wenn sie ein schlechte Gewisse haben«, sagt Adrian. »Dann hänge sie noch eine Orden um.«

»Ja«, sagt Tonio, »an der Ostfront genauso. Ihren Schmarrn, den wir ausbaden müssen, als Tapferkeit verkaufen.«

Feldkurat Tönner legt endlich wieder eine Karte ab, und das Spiel nimmt ein wenig Fahrt auf. Vor allem Adrian hat einiges Geschick darin, seinem Gegenüber wortlos mitzuteilen, was Schlag und was Trumpf ist. Er tippt sich beiläufig an sein Herz, wenn Herz sticht, fasst sich betont unauffällig ans Ohr, wenn Laub angesagt ist, und pustet bei Schell die Backen auf. Eigentlich aber werfen sie nur Karten ab und schreiben Punkte auf, weil sie weitererzählen wollen.

Später am Abend holt Adrian eine Flasche hinter seinem Feldbett hervor, die er dort gebunkert hat, und schüttet den Inhalt großzügig in eine der Blechtassen. Die Tasse geht herum, auch zu Quirin und dem Mädchen. Der scharfe Schnaps wärmt ihr den Bauch, verbreitet seine Wirkung von dort aus in alle Glieder.

Sie zieht noch mal an einer Zigarette, die Quirin sich angesteckt hat, saugt den Rauch zuerst in den Mund und dann hinunter in die Lunge, wo er sich gleich mit dem Schnaps verbrüdert und ihren Körper schweben lässt. Schweiß tritt ihr auf die Stirn. Sie denkt, dass sie husten muss, kann es aber unterdrücken.

»Du musst auch wieder ausatmen«, sagt Quirin.

»Ist noch ein bisschen krank, die Ricki«, sagt Adrian. Das Mädchen verschluckt sich dabei und prustet den Rauch raus. Vor ihren Augen dreht sich alles. Hat er sich gerade versprochen? Und warum sagt keiner was? Sie mustert die Gesichter der anderen und kann nicht glauben, dass niemand reagiert.

»Gibt auch gute Nachrichten?«, fragt Adrian, nachdem er seine neuen Karten aufgenommen hat.

»Hier oben müssen wir die Grenze halten, hier geht's um alles«, sagt Tonio.

»Die Italiener sind keine Gegner«, sagt Tschurtschenthaler. »Die müssen die Soldaten zum Einsatz zwingen. Die Carabinieri treiben sie mit vorgehaltener Pistole bis an die Frontlinie. Außer den Alpini haben die keinen Tau, wie sie im Gebirge Krieg führen sollen. Die wenigsten sind bergfest, viele sogar höhenängstlich.«

»Schrecklich«, sagt Feldkurat Tönner. »Schrecklich.«

»Bei uns sind auch nicht alle bergfest«, sagt Adrian. »Die komme von überall her. Viele Standschütze sind gut in Berg, aber Soldaten nicht.«

Das Mädchen zieht noch mal an Quirins Zigarette. Sie saugt den Rauch in die Lunge und riecht den Ruß nicht mehr, der neben ihr aus dem Ofen dringt. Adrian schenkt nach, die Blechtasse kreist. Alle Gesichter leuchten rot, außer das von Tönner, der die Tasse bei der dritten Runde unberührt weitergibt.

Die Männer spielen eine Weile fast schweigend. Sie murmeln nur Begriffe vor sich hin, sprechen von guten und rechten Karten, von der Welli und dem Schlag. Das Mädchen hat zwar Watten gelernt, folgt dem Spiel jedoch nicht. Sie beobachtet lieber die Mimik der Männer. Sie fragt sich, ob das, was sie an den verschiedenen Fronten erlebt haben, sich in ihren Gesichtern widerspiegelt. So wie sie bei ihrem Vater den Eindruck hatte, er wolle ihr nicht erzählen, was er gesehen hat. Nicht nur um sie zu schonen, sondern weil er sich selbst nicht mehr daran erinnern wollte. Die Erinnerung sprang ihn dann unvermittelt an, ließ ihn kraftlos und betrübt wirken, von einem Moment auf den anderen. Adrian ist in wenigen Monaten um zehn Jahre gealtert, denkt sie, und der Feldkurat sieht so bedrückt aus, als hätte er genug Leid für ein ganzes Leben gesehen. Tschurtschenthalers Mimik scheint erstarrt zu sein, um nichts von seinem Inneren preiszugeben. Und Tonio, der von allen am meisten Tod und Elend gesehen haben muss, blickt so drein, als könnte ihm gar nichts etwas anhaben.

Wieder geht die Blechtasse herum. Adrian erzählt Räuberpistolen, um die Runde abzulenken. Vom Sprengteufel, der die Öfen in den Unterständen auf den Gipfeln mit Granaten präpariert, sodass sie explodieren, wenn sie geöffnet werden. Zuerst dachte man, es sei ein italienischer Saboteur. Doch dann geschah es auch bei den Italienern. Verschläge gingen in Flammen auf, Munition explodierte, ein Artilleriegeschütz war so präpariert, dass es beim Feuern auseinanderflog.

»Eine böse Geist«, sagt Adrian, worauf der Feldkurat losschimpft: »Ach, Schmarrn, so ein Schmarrn.«

»Es könnten auch mehrere Männer sein, die auf beiden Seiten das gleiche Ziel verfolgen«, sagt Tonio.

Das Mädchen nickt ein, betäubt vom Schnaps. Ihr Kopf sinkt an Quirins Schulter. Sie hört noch, wie die Männer sich über die abgeschnittenen Posten an der Roten Wand unterhalten und darüber spekulieren, was wohl auf dem Elfer los sei.

Als Adrian glaubt, dass sie schläft, erzählt er mit gesenkter Stimme von Max, der auf halbem Weg von Italienern erschossen wurde. Sie registriert es, träumt aber schon vom Sprengteufel, dessen Körper mit Fell besetzt ist, dessen Nase bis zu seinem Kinn runterreicht und der mit flammendem Gesicht in eine Baracke springt und Granaten hineinwirft, während keine Kugel ihm etwas anhaben kann.

Am nächsten Morgen wacht das Mädchen mit einem schrecklichen Geschmack auf der Zunge auf. In der Nase hängt noch der Gestank der Zigaretten. Ihre Organe scheinen vergiftet zu sein, alt, rauchig und korrodiert fühlen sie sich an. So also geht es einem Mann, wenn er morgens aufsteht, denkt sie. Als sie die Filzdecke zurückschlägt, kann sie kaum atmen. Es sind so viele Soldaten in der Baracke, dass keine Luft mehr für sie bleibt. Sie steigt in ihre Stiefel, geht leise zur Tür und öffnet sie. Eine weiße Wehe rieselt ihr auf Kniehöhe entgegen. Es hat geschneit. Alles ist mit frischem Schnee bedeckt, auch die Wege.

Hinter ihr rührt sich etwas. Tonio macht sich am Ofen zu schaffen. Er setzt eine Blechkanne auf, schüttet Kaffeepulver hinein. Sie blickt in den dichten, grauen Himmel und friert. Doch sie will nicht mehr in den derben Geruch zurück.

Nach einer Weile kommt Tonio raus, hält ihr eine Filzdecke und einen Becher Kaffee hin. Sie wickelt sich in die Decke ein, trinkt einen Schluck, während die Sonne langsam aufgeht und durch die Wolkendecke dringt. Noch steht sie nicht hoch genug, um sie zu wärmen, aber sie gibt den Umrissen der Gipfel eine helle Kontur.

Der Berg gegenüber ist nur bis zum unteren Drittel bewaldet, wie weiß beladene Schindeln reihen sich die Bäume aneinander, darüber der helle Dolomitstein, der im Kontrast zum frischen Schnee nun dunkelgrau wirkt. Und ganz oben der mittlerweile hellblaue Himmel, der sich wie eine Decke über allem wölbt. Es sieht aus wie gemalt. Vielleicht braucht man hier keine Musik und keine Malerei, keine Petronelli. Weil die Natur genügend Schauspiel bietet.

Vor lauter Erhabenheit vergisst sie völlig, warum sie hier ist. Sie vergisst den Krieg, die Gefahr und den Vater. Sie blickt auf die Gipfel, von denen die Sonne gerade den letzten Nebel verscheucht, als würde Gott einen Schleier von seinem schönsten Werk lüften.

Tonio bietet ihr eine Zigarette an. Sie nimmt einen Zug, um die Freundlichkeit nicht zurückzuweisen. Wieder pumpt ihr Herz hektisch, aber diesmal kann sie das Gefühl einordnen, während sie den dichten Rauch in die kalte Luft entlässt. Ein dumpfes Hämmern setzt ein, zunächst sind es nur zwei Schläge, dann noch einer, mit leichtem Abstand. Das Echo der Schläge vermischt sich mit neuen Schlägen und Erschütterungen. Sie braucht einen Moment, um zu verstehen, dass es nicht ihr Herz ist. Sie hat sich noch nicht daran gewöhnt, dass der Hahnenschrei hier von Kanonenschüssen ersetzt wird.

Hinter ihnen kommt Adrian aus der Baracke, mit freiem Oberkörper, in Hose und offenen Stiefeln, die Gamaschen hat er sich noch nicht umgewickelt. Er zündet sich eine Zigarette an, nimmt einen kräftigen Schluck vom Kaffee und stapft an ihnen vorbei durch den Schnee hin zur Baumgruppe, die am nächsten zum Lager steht. In der Latrine stinkt es ihm wohl zu sehr, denkt das Mädchen. Sie kann es verstehen.

Adrian ist schon einige Minuten verschwunden, als plötzlich ein Geschoss neben der Baumgruppe einschlägt. Danach gleich noch eines, vier Meter weiter. Es reißt einen ganzen Baum über der Wurzel aus, er wird krachend zur Seite gerissen und kippt dann bergab. Der Schnee stiebt hoch bis zu den Baumspitzen, verteilt sich in einem weiten Kreis um die Einschlagstelle. Gespenstische Ruhe legt sich über den Augenblick. Das Mädchen hält die Luft an, als würde das die Zeit am Verstreichen hindern. Kurz darauf kommt Adrian hinter ein paar Bäumen rechts neben der Einschlagstelle hervor. Er nimmt einen letzten Zug an seiner Zigarette, wirft sie weg und geht ohne ein Wort an ihnen vorbei zurück in die Baracke, wo er sich bis Dienstbeginn noch eine halbe Stunde zum Schlafen legt.

5. Kapitel

Die Tage beginnen sich rasch zu ähneln. Der immer gleiche Dienst. Schnee schippen, Holz machen, Scheite spalten, Bretter sägen. Stellungsarbeit, Wachdienste, Patrouillengänge.

Das Mädchen hat ein Gewehr bekommen und Abenteuer erlebt. Doch auf beides würde sie nun gerne wieder verzichten. Die Welt ihres Vaters und der Männer kennt sie mittlerweile besser, als ihr lieb ist. Eine Welt der Härte und Stärke und weniger Worte hatte sie erwartet. Doch Härte und Stärke erlebt sie nur im Ertragen der Dinge, nicht im Tun. Und die Worte werden nicht gespart, sie fehlen den Männern einfach nur. Die wenigen, die tatsächlich etwas tun und nicht nur warten, dass etwas geschieht, scheinen ihr eine Sonderform der Spezies zu sein.

Sie ist sich nicht sicher, zu welcher Sorte ihr Vater gehört. Bevor sie in die Berge ging, kannte sie außer ihm keinen anderen Mann. Sie versucht sich immer wieder vorzustellen, ob ihr Vater Max zugehört hätte. Und wie er sich neben Tschurtschenthaler und Tonio, dem Feldkuraten Tönner und Quirin anstellen würde.

Quirin lässt sich häufig zum Dienst mit dem Mädchen einteilen. Er tut zwar so, als wollte er sie unter seine Fittiche nehmen, aber sie ahnt, dass er sich hier oben mehr fürchtet als sie, weil ihm die Berge und der Schnee fremd sind. Weil er sich nicht auskennt mit der Natur, die sich feindlicher zeigt als der Gegner.

Auf dem Weg an die Front hatte sie sich zum ersten Mal gefragt, wen wohl eine Kugel treffen würde und wen nicht. Seitdem schließt sie Wetten mit sich selbst ab, und die Quoten für Quirin stehen nicht gut. Wer so wenig Ahnung hat und so viele Worte darum macht, der legt sich den Gewehrlauf quasi selbst an die Schläfe. Ein Fehltritt, einmal im Schneetreiben verlaufen, das genügt schon für so einen. Und sie möchte lieber nicht dabei sein, wenn es passiert. Sie möchte ihn gar nicht gut genug kennen, um ihn vermissen zu müssen, wenn es so weit ist. Am liebsten würde sie gar nicht wissen, dass er existiert. Denn hinterher hat sie sicher ein schlechtes Gewissen, wenn sie Quirin aus einer Lawine graben müssen oder ihn hinter der Latrine mit einem Loch im Kopf finden, weil er zu weit aus der Deckung gegangen ist. Einstweilen hat sie ihn aber am Hals. Max ist nicht mehr da, und mit jedem Zentimeter Schnee dauert alles etwas länger. Die Meldegänge durch das Fischleintal, die Patrouillen, die Räumdienste.

Wenn sie traurig wird, sucht sie das Gespräch mit Feldkurat Tönner. Er hat seinen Altar in einer nahe gelegenen Höhle aufgestellt und hält dort regelmäßig Gottesdienste ab. Aber auch zwischendurch ist er für ein ruhiges Gespräch zu haben.

In den vergangenen Tagen hat das Mädchen nur ganz selten an Max gedacht. Sie schämt sich, dass er so schnell aus ihrer Erinnerung verschwunden ist. Wie tot doch die Toten sind, denkt sie.

Abends animiert Tönner die Burschen und Männer zum Singen, was ihm gelegentlich gelingt, bevor sie mit ihrem

Kartenspiel beginnen. Sie stehen draußen vor der Tür, dick eingepackt und enthusiastisch, um die Kälte zu vertreiben und sich einen Schnaps zu verdienen. Sogar durch die Wände der Baracke hört das Mädchen den grölenden Chor.

Und wenn dann einst, so leid mir's tut,
Mein Lebenslicht verlischt,
Freu ich mich, dass der Himmel auch
Schön wie die Heimat ist.

Und plötzlich sieht sie Max wieder auf dem Tresen des Ausschanks in Sexten stehen. Mit roten Wangen und leuchtenden Augen, das erste und wohl auch letzte Bier seines Lebens in den Händen. Wenn die Trauer sie anspringt, dann aus unerwarteten Winkeln. Auf gewisse Weise ist sie erleichtert, dass sie nicht ständig an ihn denken muss.

Jeden Morgen donnert die Artillerie. Es wird zurückgefeuert, danach legt sich Ruhe über die Landschaft. Manchmal setzt ein mächtiges Prasseln ein, wie ein gedämpftes, hundertfaches Knochenbrechen. Dann geht eine Lawine ab und knickt eine Reihe Bäume um wie Halme.

Wachdienst bedeutet vier Stunden draußen stehen, in den Schnee, die Nacht oder den Nebel starren, das Gewehr im Anschlag. Das Mädchen schiebt meistens Wache mit Quirin und versucht dessen Gesprächsanläufe versiegen zu lassen. Ablösung kommt erst, wenn sie Hände und Füße schon länger nicht mehr spürt. Dann folgen, falls sie Glück und keine Albträume hat, vier, fünf Stunden bleierner Schlaf auf der Pritsche.

Wenn nicht exerziert wird, müssen sie Holz schleppen,

Dachpappen, Nägel, Kohle, Pfosten, Werkzeug, Elektrik, Leitungen, Kanthölzer, Zement, Stacheldraht, Stahlseile, Munition, Fleischkonserven, Fischkonserven, Speck, Kaffee, Zwieback, Zucker, Tabak, Petroleum und Kerzen.

Zu essen bekommen sie Graupen, Gemüsesuppe, Zwieback. Wurst gibt es nur noch in der Offiziersmesse. »Die haben gedacht, der Krieg wäre schon lange vorbei«, erklärt Tonio abends über einer Tasse dünner Suppe sitzend. »Jetzt können sie nur hoffen, dass recht viele fallen, damit der Rest noch was zu beißen hat.«

Das Mädchen wird der Einheit zugeteilt, die Tonio weiter ausbildet. So kameradschaftlich er sein kann, so schnell wechselt seine Stimmlage in den Befehlston, wenn es an Übungen geht.

Er bringt den Standschützen bei, sich bei Feindkontakt nicht einfach auf den Boden zu werfen, sondern sofort Deckung zu suchen. Aus der Deckung rollt er heraus, die Hände um das Gewehr geklammert, stellt die Ellbogen auf und stabilisiert sich augenblicklich. Das Gewehr lagert schon in seinen Händen, die linke weiter vorne, die rechte am Schieber. Er legt sofort an und bleibt dabei ganz ruhig.

»Ihr müsst davon ausgehen, dass dem Gegner die Nerven auch gleich reißen«, sagt er, bevor er zielt, schießt und wieder zurückrollt. Er lässt die Patrone aus der Kammer springen, legt eine neue ein und rollt in die andere Richtung. Ein Ablauf, wie das Mädchen ihn vom Schulhof kennt, wenn sie in den Pausen Gummihüpfen gespielt haben und mit den Füßen immer wieder dieselben Muster gesprungen sind.

Seite, Seite, Mitte, Breite, Seite, Seite, Mitte, raus! Irgendwann war der Ablauf so in ihren Körper übergegangen, dass sie nicht mehr darüber nachdenken musste, wie sie wann ihre Füße zu setzen und zu kreuzen hatte.

»Im Gelände könnt ihr den Feind häufig nicht sehen«, erklärt Tonio, »und er euch auch nicht. Aber er kann euch hören. Also müsst ihr den Standort wechseln, wenn ihr geschossen habt, sonst fliegt euch gleich eine Granate um die Ohren.«

Sie üben den schnellen Stellungswechsel, schießen, hinter der nächsten Gelegenheit Deckung suchen.

»Denkt daran, Standort wechseln. Sonst bumm!«, sagt Tonio immer wieder.

Er lässt den Ablauf pausenlos üben. »Deckung. Raus aus der Gefahrenlinie. Wenn ihr getroffen seid, seid ihr nichts mehr wert«, ruft er ihnen zu. »Selbstschutz ist auch Schutz des Vaterlandes.«

Er bringt ihnen den Umgang mit Granaten bei, lässt sie wiederholen, wie lange sie zählen müssen, wenn der Stift gezogen wurde. Stundenlang üben sie die richtige Wurftechnik, bevor sie die erste echte Granate werfen dürfen. Quirin drängelt sich meistens vor, wenn es darum geht, die Übung als Erster nachzumachen. Er will gerne zeigen, dass er schon an Waffen ausgebildet wurde. Das Mädchen hat sich angewöhnt, ihm zuzusehen und seine Fehler zu vermeiden. Sie bekommt Panikschübe, wenn sie sich vorstellt, sie könnte die Granate fallen lassen oder falsch werfen, sodass sie von einem Felsen zurückprallt und einen Kameraden verletzt. Doch schließlich trifft sie einen Erdtrichter, den schon Quirins Übungsgranate vor ihr ausgehoben hat. Die Granate explodiert mit hellmetallischem Knall und sendet eine Druckwelle aus. Das Mädchen hofft, nie eine davon im Einsatz zünden zu müssen. Zu unkontrolliert erscheint ihr die Wirkung.

Die Werndl-Einzellader werden gegen Mannlicher-Repetiergewehre ausgetauscht. Das neue Gewehr ist leichter und kürzer. Trotzdem dauert es Tage, bis sie ihr altes Gewehr nicht mehr vermisst. Das Werndl war ihr vertraut. Das neue ist einfach nur eine Waffe, mit der sie umgehen muss. »Ruckzuck-Gewehr« nennt Quirin das Mannlicher, weil es einen Laderahmen mit fünf Schuss hat, die man nacheinander in die Kammer repetieren kann. Auch das Nachladen und Abfeuern muss exerziert werden.

Zudem arbeiten sie täglich am Ausbau der Stellungen. Sie errichten Drahtverhaue, füllen den brüchigen Dolomitstein in Gitterkörbe, die zusammengeschnürt wie Felsen schützen, durch die keine Kugel dringt. Sie spannen Stacheldraht davor, legen ihn ins Feld und schaufeln Schnee darüber, um den Feind in die Falle zu locken.

Nachts schieben sie Grabenpostendienst, in drei Schichten. Das Mädchen und Quirin halten sich mit Zigaretten bei Laune. Sie raucht jede Stunde eine, obwohl ihr danach ein wenig kälter ist. Aber ohne Zigaretten wäre es noch langweiliger.

Nur selten steigen sie von der Anderter Alm hoch Richtung Rotwand oder wandern runter ins Fischleintal. Die Italiener lauern inzwischen hinter dem Elfer, vielleicht schon im Berg selbst.

Als sie von einem Meldegang nach Sexten durch den tiefen, pappigen Schnee zurückmarschieren, sieht das Mädchen, dass Rotwand und Elfer von so weit weg betrachtet wie zwei Hörner eines Viechs aussehen, nicht wie einzelne Massive. Dadurch rückt auch der Feind hinter dem Elfer in weitere Ferne. Je länger niemand mehr stirbt, desto unwahrscheinlicher erscheint allen die Bedrohung. Wer soll sich auch vor gegnerischen Kugeln fürchten, wenn ein falscher Tritt bei der Patrouille viel gefährlicher ist.

Erst Anfang November macht sich der Feind wieder bemerkbar. Zwei Wachposten werden von Italienern mit Bajonetten erstochen, nachdem sie sich in deren Gebiet verlaufen haben. Wenige Tage später verirrt sich eine Aufklärungseinheit im Schneetreiben. Die Männer kommen vom Weg ab, einer stürzt über eine Felsspalte, seine Kameraden müssen ihn zurücklassen. Als sie am nächsten Tag nach ihm suchen, sind keine Spuren mehr zu finden.

Hinzu kommt, dass die Männer ewig auf Nachschub warten müssen, wenn sie eine Höhenstellung besetzen und dort eingeschneit werden. Bei Schneestürmen hungern die Wachposten manchmal zwei Tage, bevor sie abgelöst werden. Wenn mal eine Stunde die Sonne scheint, ist es die reine Wonne, weil die Kleidung richtig trocken wird.

Feldkurat Tönner hat durchgehend zu tun, denn die Wachdienste lassen die Männer im dunklen Keller ihrer Seele nach Dingen graben, die sie sonst vor sich selbst versteckt halten. Das Mädchen sieht mehr als einmal, dass einer der Älteren sich noch Tränen von der Wange wischt, wenn er von Tönner zurückkehrt. Die Jüngeren hoffen auf göttliche Gnade, höhere Gerechtigkeit oder beten schlicht um rasche Heimkehr.

»Wenn man zu jeder Zeit sterben kann, dann werden die Bedürfnisse ganz schlicht«, erklärt Tönner, als das Mädchen eines Abends wissen will, was die Buben und Männer ihm erzählen. »Einmal noch von der Mutter in den Arm genommen werden. Einmal noch die Frau oder das G'spusi sehen. Einmal noch zu einem leichten Mädchen können oder überhaupt einmal mit einer schlafen, bevor man stirbt. Am Ende geht es immer nur um eine Frau.«

Vielleicht ist es das, was mich so sehr von den anderen unterscheidet, denkt das Mädchen. Wenn sie tief in ihrem Inneren forscht, wen sie gerne noch einmal sehen würde, dann fallen ihr nur Max und die Mutter ein. Die kann sie aber erst treffen, wenn sie stirbt. Sollte ihre Suche nach dem Vater durch ein Missgeschick beendet werden, wäre sie schneller bei denen als bei ihm. Wenn es einen Himmel gibt, in dem sich alle treffen, dann ist der Tod nicht das Schlimmste, was ihr passieren könnte. Vielleicht ist der Himmel auch ein Raum, in dem alle auf sie warten, zu dem sie den Schlüssel aber erst haben darf, wenn ihr Leben vorbei ist.

Wenn sie nicht Wachdienst schieben, sitzen Quirin und das Mädchen mit den Männern in der Baracke zusammen. Sie lehnen an der Wand, hören Tonio, Adrian, Tschurtschenthaler und dem Feldkuraten zu und beobachten das Kartenspiel. Außer den beiden dulden die Männer nur den allerjüngsten Standschützen neben dem Tisch, der erst vor wenigen Tagen zu ihnen gestoßen ist. Der kleine Karl ist vierzehneinhalb. Die Antwort schoss aus ihm heraus, als Tonio ihn fragte, wie alt er sei.

»Vierzehnhalb«, sagte Karl, das »ein« verschluckte er vor Aufregung. Seitdem wird er von allen nur »Vierzehnhalb« gerufen und wie ein Glücksbringer behandelt.

Vierzehnhalb setzt morgens Kaffee auf und holt Flaschen aus Adrians Verstecken. Er wäscht das Geschirr und putzt andächtig Waffen, auch die der anderen, wenn sie ihn lassen. Bei den Schießübungen hat Tonio mehr Geduld mit ihm als mit den älteren Soldaten und Standschützen.

»Zu jung zum Rasieren, aber schon alt genug, um zu sterben«, sagt das Mädchen. Auch sie ruft ihn nicht Karl, sondern Vierzehnhalb. Sie ist in der vergangenen Woche sechzehn geworden. Es kommt ihr vor, als läge ein ganzes Leben zwischen ihnen.

Einmal pro Woche werden neue Einheiten von Tschurtschenthaler ins Mittellager geführt und von Adrian in die Baracken verteilt, während andere Truppen das Lager wieder verlassen und eine andere Stellung zugeteilt bekommen.

Feldkurat Tönner hat frische Sänger für seinen Chor gefunden. Acht Männer bilden jetzt den Liederkreis, abends singen sie Tirolerlieder oder Schlager. Sie proben »Ich lade gerne mir Gäste ein« im Chor. Besonders stimmungsvoll wird es, wenn es ums Trinken geht.

Wenn ich mit andern sitz' beim Wein
Und Flasch' um Flasche leer',
Muss jeder mit mir durstig sein,
Sonst werde grob ich sehr!

Vierzehnhalb ist Teil der Gruppe und singt am lautesten von allen, obwohl er in seinem Leben noch keinen Tropfen Alkohol getrunken hat.

»Auftreten sollten sie damit nicht«, sagt Tschurtschenthaler eines Abends, als sie durch die Wand hören können, dass wieder einige Stimmen kollabieren.

»Oder nur als Gesangsgruppe Heiserkeit«, ergänzt Tonio, der sich bereits auf seiner Pritsche langgemacht hat.

Trotzdem hören alle zu.

»Vierzehnhalb hat schöne Stimme«, sagt Adrian, der zwei Pritschen weiter liegt. »Hört sich an wie eine Engel.«

Für die Erkundung der unmittelbaren Umgebung werden das Mädchen und Vierzehnhalb nun häufig mit dem Bergführer Tschurtschenthaler losgeschickt. Vierzehnhalb kommt aus Vierschach, ganz in der Nähe. Da die beiden am kleinsten und leichtesten sind, brechen sie nicht so schnell ein, wenn Tschurtschenthaler sie an einem Seil gesichert auf eine Schneeplatte oder eine Eisfläche vorschickt.

Adrian und Tschurtschenthaler nehmen die beiden auch mit, um Wege und Steige zu sichern, sobald es nicht schneit. Tschurtschenthaler bindet sich dann ein Seil um, klettert eine Wand nach oben, schlägt einen Haken ein und führt das Seil durch. Das Mädchen klettert nach, schließlich folgt Vierzehnhalb.

Adrian macht sich daran, Stufen und Steige vorzubereiten, die später von Pionieren ausgebaut werden sollen, während das Mädchen und Vierzehnhalb Wache schieben. Das Mädchen hat keine Angst bei diesen Erkundungen. Es ist unmöglich, in Adrians Anwesenheit Angst zu haben. Und es ist allemal besser, als in der Kälte Postendienste abzuleisten oder sich bei Deckungs- und Angriffsübungen im Schnee zu wälzen, bis die Leinenjacke vollgesogen ist. Die Feuchtigkeit dringt dann durch die Kleidung, die am Ofen in der Baracke auch nicht mehr richtig trocken wird, weil dort mittlerweile etliche Jacken, Hosen, Unterhosen und Socken hängen. Die Luft in der Baracke schmeckt wie modriger Dampf aus einem Teekessel.

Das Mädchen vermutet, dass auch Adrian und Tschurtschenthaler die Ausflüge nutzen, um dem Barackendorf zu entfliehen. Für Baueinsätze gibt es Sonderrationen, eine wertvolle Währung bei dem sparsamen Nachschub. Die Stimmung im Mittellager wird mit jedem Tag, den die Männer hungrig, frierend, endlos gelangweilt und angespannt verbringen müssen, immer gereizter.

»Ricki, Vierzehnhalb«, ruft Tschurtschenthaler und befreit sie damit von alldem. Dann gehen sie wieder los, ein neues Stück Berg erkunden.

Als der Schneefall im Dezember so stark wird, dass nicht mal mehr dauerhaft Wege eingespurt werden können, kommt das Leben im Mittellager vollständig zum Erliegen. Die Männer schleppen sich zwar noch mehrmals am Tag in Schichten raus, um die wichtigsten Zugänge freizuschaufeln und ihre Nahrungsrationen abzuholen, kehren dann aber schnell wieder in die Baracke zurück. Seit Wochen haben sie keine Nachrichten mehr von irgendeiner Front gehört, und es sind auch keine neuen Soldaten mehr nachgekommen.

»Die Italiener sind sicher schon längst zu Hause im Warmen und warten, bis es taut«, vermutet Quirin grimmig, als sie abends bei ihrer Karten- und Schnapsrunde zusammensitzen.

»Humbug, die armen Schweine frieren da draußen genauso wie wir, wahrscheinlich noch mehr, weil sie es nicht gewohnt sind«, sagt Tonio und wirft eine Karte ab. Er nimmt einen Zug an seiner Zigarette, lässt den Rauch aus dem Mund quellen, zieht ihn durch die Nase ein.

Auch das Mädchen dreht sich eine Zigarette. Sie rupft die Tabakkrümel von dem Ende, das sie sich anschließend in den Mund steckt, zündet den Stängel an und versucht den Rauch so zu inhalieren, wie Tonio es macht. Doch sie verschluckt sich dabei und muss husten. Die Männer lachen laut und lang, weil sie mittlerweile jede noch so kleine Gelegenheit nutzen, um sich abzulenken und zu amüsieren.

Zwei Wochen später kommt es zur ersten Prügelei zwischen zwei Standschützen. Die beiden schlagen aufeinander ein, ungestüm und ungelenk. Mit ihren Fäusten zielen sie auf den Kopf des anderen, verfangen sich aber in den ankommenden Schlägen, greifen sich an die Gurgel, stolpern über eine Pritsche, wälzen sich am Boden. Adrian hechtet über drei Pritschen, nimmt den kürzesten Weg, packt einen der Männer an der Jacke und stößt ihn in die Ecke. Tonio springt ihm bei und hält den zweiten Mann an der Hüfte fest, bis dieser sich wieder beruhigt.

»Wenn das so weitergeht, brauchen wir keine Italiener, dann bringen wir uns bald gegenseitig um«, sagt Tonio später zu Adrian, als die Streithälse auf ihren Pritschen liegen und erschöpft ins Nichts starren.

Die Patrouillen und Wachdienste werden aufrechterhalten, ähneln aber immer mehr Mutproben. Die Posten sind nur noch schwer zu erreichen, die Wege schon am nächsten Tag nicht mehr da. Wenn das Mädchen mit Quirin zusammen Wachdienst hat, bauen sie sich ein Dach aus zwei Decken und kauern gemeinsam darunter, um sich gegenseitig zu wärmen. Seit langer Zeit haben sie keine Spuren des Feindes mehr gesehen. Auch der morgendliche und mittägliche Artilleriedonner ist ausgeblieben. Lawinen krachen herunter, die Schneestürme ersticken das Kämpfen.

Das Mädchen bemerkt eine auffällige Veränderung bei den Männern.

Die Schmalen werden zäher, die Kräftigen sehniger. Sogar in Adrians rundes Gesicht legt sich eine Schärfe, die aus seinem Schädel zu dringen scheint.

Die Schneemassen lassen schließlich die Seilbahn zu den

Gipfelstationen zusammenbrechen. Umlenkrollen oder Beförderungsspulen kollabieren, ein Sockel wird bei einem Unwetter ins Tal gerissen. Die Verbindung zur Truppe von Leutnant Nagy in der Roten Wand ist endgültig gekappt. Sie können ihnen auch keine Nahrung mehr schicken. Niemand weiß genau, wie viel sie oben noch zu essen haben, wie lange sie durchhalten können. Allzu lange kann es nicht sein, nachdem schon seit Wochen rationiert wird. Das Murren der Standschützen wird ebenso laut wie das der regulären Soldaten, wenn sie die letzten Zipfel Schinken in der Offiziersmesse verschwinden sehen.

»Das ist eine Maggisuppe, die täten bei uns zu Hause nicht mal die Hunde fressen«, schimpft Quirin am Abend.

Wenige Tage nach der ersten wüsten Prügelei stehen sich mittags ein Standschütze und ein Rainer mit geballten Fäusten in der Baracke gegenüber. Ihre Pritschen stehen nebeneinander.

Adrian ist bereits zwischen ihnen. Er hat den richtigen Instinkt, einen Konflikt zu bemerken, bevor er eskaliert.

»Der hat aus meinem Proviant gestohlen«, ereifert sich der Rainer.

»Du Sauhund lügst! Mein Fett ist weg, und du willst es jetzt auf mich schieben?«

Adrian und Tonio lassen daraufhin die ganze Barackenmannschaft antreten, jeder muss seinen Rucksack vorzeigen. Doch sie finden weder die Schokolade des Rainer noch die Fettdose des Standschützen.

»Soll ich die Proviant für alle streichen, bis wir die Zeug gefunden haben?«, schreit Adrian. Das Mädchen hat ihn noch nie so wütend erlebt. »Halte ich am längsten durch, ohne zu fressen, da könnt ihr wetten drauf!«

Sie betrachtet Adrian genauer. Er ist zwar schmaler geworden in den vergangenen Wochen, aber immer noch der Kräftigste im Lager und von einer Entschlossenheit, die an seinen Worten keinen Zweifel lässt. Bestimmt würde er am längsten durchhalten von allen, vielleicht sogar länger als die Berge selbst.

Schließlich tritt Vierzehnhalb vor. »Ich hatte so einen Hunger«, beichtet er, während ihm Tränen über die Wangen laufen. »Ich hab gedacht, bei der Patrouille morgen, das überleb ich nicht, wenn ich nichts im Magen hab.«

Adrian verpasst ihm eine klatschende Ohrfeige, aber nicht mit voller Wucht. Das Mädchen hat ihn schon ordentliche Schläge austeilen sehen. Sie weiß, wie es normalerweise aussieht. Und obwohl Adrian sich zurücknimmt, zuckt sein Gesicht, als würde er sich selbst bestrafen.

Der Rainer und der Standschütze gehen augenblicklich dazwischen. Sie sind mit einem Mal vereint in ihrer Anteilnahme für den Jungen.

»Das nächste Mal fragst einfach, in Ordnung?«, sagt der Standschütze. Das Mädchen beobachtet, wie er Vierzehnhalb später eine Scheibe Zwieback zusteckt. Niemand in der Baracke kann ertragen, wenn es Vierzehnhalb schlecht geht.

Urplötzlich hört es auf zu schneien. Einfach so. Das Mädchen dachte schon, es sei ein Naturgesetz, dass dicke weiße Flocken von oben kommen, so dicht an dicht, dass man keinen Meter weit sehen kann. Doch dann scheint der Himmel plötzlich leergeschneit zu sein, und nach zwei Tagen meldet einer der Patrouillengänger, dass ein kleiner Trupp von der Roten Wand heruntersteigt. Es ist die verbliebene Einheit von Leutnant Nagy.

Nur fünf Mann von den zwölf, die es eigentlich noch sein müssten.

Leutnant Nagy sieht aus wie der Tod selbst. Sein ausladender Schnauzbart, den er stets akkurat in Form gebracht hat, ist struppig geworden. Seine Augen liegen tief in den Höhlen, und bevor die Männer etwas fragen können, verschwindet er in der Offiziersmesse. Später spricht sich herum, dass nur zwei seiner Männer bei Feindkontakt gefallen sind. Der Rest hat sich selbst dezimiert.

Einer ist bei einem Patrouillengang abgestürzt und in eine Felsspalte gefallen. Seine Kameraden konnten sich nicht zu ihm abseilen, ohne ihr eigenes Leben zu gefährden. Schließlich notierten sie einige Abschiedszeilen an seine Mutter, die der Mann noch loswerden konnte, bevor sie ihn zurücklassen mussten.

Zwei weitere sind desertiert, und ein anderer wurde auf Nagys Befehl hin in Ketten gelegt, weil er Lebensmittel in einem Versteck bunkerte.

Einen Mann hat Nagy erschossen. Der wollte das Kommando übernehmen, um die verbliebene Truppe in Richtung Drei-Zinnen-Plateau aus der Roten Wand zu führen. Von da aus hätten sie sich zum Feind absetzen können, in der Hoffnung, dass es in einem italienischen Gefangenenlager humaner zuging als auf der Rotwandspitze.

Am nächsten Tag lässt Nagy nach dem Mädchen fragen. Adrian ruft in die Baracke: »Richard, Rapport bei Nagy. Zack, zack!«

Sie meldet sich ordnungsgemäß in der Offiziersmesse. Nagy sieht etwas weniger mitgenommen aus, wirkt aber immer noch ausgemergelt. Er tritt vor das Mädchen. Sie salutiert, doch der Leutnant reagiert nicht und fragt nur, was passiert sei. Sie berichtet, dass sie wegen ihrer Krankheit keine Meldung machen und wegen des Schneefalls nicht mehr zur Truppe zurückgelangen konnte.

»Wo ist dein Kamerad?«, fragt Nagy. Sein Deutsch ist etwas besser geworden.

»Der Max ist gefallen, auf halber Strecke. Alpini haben am Elfer eine Stellung aufgebaut.«

»Wir hatten keine Begegnung mit Alpini«, erwidert Nagy müde. »Und auch keine Meldung, dass sie unsere Seite des Elfers besetzt haben.« Nach Max fragt er nicht mehr.

In den folgenden Tagen sendet Nagy das Mädchen und Vierzehnhalb auf Skiern ins Tal, damit die Versorgung nicht abreißt. Danach müssen sie schwer beladen mit Fellen unter den Brettern wieder aufsteigen. Sie wechseln sich mit Tschurtschenthaler und einem Standschützen ab, der ebenfalls Ski fahren kann.

Außerdem beordert der Leutnant regelmäßige Kitzelpatrouillen zum Anstieg des Elfers und weiter hoch zur Roten Wand, wo sie mit mobiler Artillerie auf die Stellen feuern, an denen sie Alpini vermuten. Eine vier Mann starke Patrouille im Elfer stößt auf einem Plateau unvermittelt auf ein Zelt der Italiener. Noch bevor die Alpini sie bemerken, feuern die vier in das Zelt, immer wieder, die Stoffbahn zuckt wie eine Fahne im Sturm. Sie schießen, bis sie sicher sind, dass drinnen niemand mehr Gegenwehr leisten kann. Als sie sich schließlich in das Zelt wagen, finden sie zwei Tote und einen Schwerverletzten, der unter seinen Kameraden liegt. Sie ziehen ihn hervor und transportieren ihn zur Anderter Alm, wo Tonio den Sterbenden erst auf Italienisch befragt und dann für die Umstehenden übersetzt. Auch Leutnant Nagy ist zu den Männern in der Baracke getreten.

»Er heißt Andrea und stammt aus Padua, ist erst seit acht Wochen hier. Er ist zweiundzwanzig Jahre alt, hat eine Verlobte, die zwei Häuser neben dem Haus seiner Familie wohnt.«

Der Junge schwitzt und zittert in Schüben. Drei Kugeln stecken in seinem Körper, zwei im rechten Bein, eine im Brustkorb.

»Sie waren die Vorhut. Morgen soll eine Hütte auf dem Plateau gebaut werden, der Bautrupp ist schon unterwegs. Die kommen da morgen an. Wenn sie das zerschossene Zelt entdecken, werden sie gleich Reißaus nehmen.«

»Wenn die schon sind so tief, dann ist die Elfer besetzt«, sagt Adrian.

Nagy nickt nur leicht mit dem Kopf. Er will wissen, wie viele Stellungen sie eingerichtet haben und wie viele Männer sich im Elfer befinden.

Tonio spricht erneut Italienisch mit dem Jungen, der mittlerweile völlig weiß im Gesicht ist. Er wirkt entkräftet, antwortet aber ausführlich. Tonio nickt, sagt zwischendurch nur »sì« und »capito«. Dann schließt der Junge die Augen und atmet zum letzten Mal aus. Tonio blickt sich um, entdeckt Vierzehnhalb. »Geh schnell und besorg mir was zu schreiben!«, weist er ihn an.

Leutnant Nagy betrachtet Tonio auffordernd.

»Er hat mich gebeten, seiner Verlobten und seiner Mutter ein paar Zeilen zu schreiben. Wie viele da am Elfer sitzen, wusste er nicht. Er konnte nicht mal genau sagen, wo er eigentlich war.«

Der Leutnant macht auf seinem Stiefelabsatz kehrt, verlässt die Baracke und wirkt dabei sehr unzufrieden. Er ist kaum aus der Tür, da kommt Vierzehnhalb zurück, in der Hand einen Bleistift und einige Blätter mit Versorgungslisten, die er Tonio hinstreckt. »Die sind nur auf einer Seite beschrieben. Ich wüsst' nicht, wo es echtes Briefpapier gibt.«

Tonio setzt sich auf die Pritsche neben den toten Italiener. Dem Mädchen, Vierzehnhalb, Adrian und allen anderen ist klar, dass sie ihn nicht ansprechen dürfen, um ihn nicht abzulenken. Sie drücken sich in der Baracke herum und beobachten ihn. Er nimmt ein Blatt, beginnt »Cara Angelica« darauf zu schreiben und hört nicht mehr auf, bis die Seite gefüllt ist. Dann hebt er seinen Kopf und blickt das Mädchen an. »Wir sollten ihn beerdigen, hol den Tönner.«

Das Mädchen sucht nach dem Feldkuraten und muss an den Italiener denken. Der hatte so wenig Ahnung, dass er nicht unter den Alpini gewesen sein konnte, die Max erschossen haben. Das verwirrt sie. Der Feind kommt ihr abhanden, in Gestalt des jungen Italieners. Wenn die alle so sind, gar nicht die feigen Scharfschützen, die den Max auf dem Gewissen haben, dann weiß sie nicht, gegen wen sie kämpfen soll. Doch dann fällt ihr ein, dass sie nicht einmal weiß, ob Max in jemanden verliebt war und wer seiner Mutter geschrieben hat, dass ihr Sohn tot ist.

Am nächsten Tag verkündet Leutnant Nagy, dass sie um jeden Preis die Rote Wand sichern müssen. Nur von dort aus lasse sich der Kreuzbergpass kontrollieren und der Elfer beschießen. Wenn die Rote Wand in die Hände der Italiener fällt, ist diese Front verloren. Nagy hat einen Plan beim Kommando eingereicht. Das Projekt wurde bewilligt, die Materialanforderung ohne große Abstriche erfüllt.

Es soll einen letzten Aufstieg geben. Sie müssen die Unterstände in der Roten Wand ausbauen und sich einigeln, um gegen Einnahmeversuche gerüstet zu sein.

Der Leutnant stellt eine große Truppe unter der Führung von Tschurtschenthaler zusammen. Tonio wird ihnen zugeteilt, auch das Mädchen und Quirin werden abkommandiert. Dazu ein paar Rainer, Standschützen sowie eine Gruppe von Russen, die Artillerie, Ersatzteile für die Seilbahn und Proviant schleppen sollen. Vierzehnhalb wird mit Adrian die Baracke hüten.

»Stubendienst«, sagt Vierzehnhalb verächtlich.

Feldkurat Tönner wandert mit einem kleinen Trupp Verletzter und Entkräfteter in Richtung Fischleintal ab. Er hat dem Mädchen versprochen, sich nach ihrem Vater umzuhören.

Am frühen Morgen bricht die große Truppe auf. Das Mädchen fühlt sich gestärkt vom Exerzieren und den vielen Patrouillengängen. Doch schon nach wenigen Metern im tiefen Schnee, beladen mit dem schweren Tornister und Gewehr, befürchtet sie, niemals mithalten zu können.

Quirin hat sich direkt vor ihr eingereiht. Sie blickt stur auf seine Rückennaht und geht davon aus, dass Tonio, der hinter ihr marschiert, es ihr gleichtut. Ganz vorne geht Tschurtschenthaler, hinter ihm Leutnant Nagy. Manchmal sinkt sie bis zu den Knien ein, dann muss sie ihr Bein für den nächsten Schritt hochreißen.

»Geht's dir noch?«, fragt Quirin, ohne seinen Kopf zu ihr umzudrehen, wie um sich selbst zu überzeugen.

»Ja«, sagt sie.

Sie denkt an die Russen, ganz am Ende der Karawane, die noch viel schwerere Lasten den Berg hinauftragen müssen.

Hinter ihnen gehen zwei alte Standschützen, beide über fünfzig, die Gewehre vorgehalten.

Im ersten, sanfteren Anstieg blickt sie in einer steilen Rinne nach vorne und sieht, dass Tschurtschenthaler gute zehn Schritte vor Nagy geht. Er hat es ihnen häufig erklärt, vor allem den neuen Soldaten, die keinerlei Bergerfahrung haben. Jeder muss sein eigenes Tempo finden. Zu langsam gehen ist genauso dumm wie zu schnell, zu große Schritte sind genauso erschöpfend wie zu schnelle. Man kann bergan nicht im Gleichschritt marschieren.

Tschurtschenthaler schleppt nichts Überflüssiges hinauf, er ist an die Berge gewöhnt und trägt nur einen kleinen Rucksack. In der ganzen Zeit, die das Mädchen ihn nun schon beobachtet, ist er allenfalls ein bisschen magerer geworden. Ansonsten wirkt er so unveränderbar wie die Landschaft.

Das Mädchen hört, wie Nagy »Stopp« ruft. Genau wie alle anderen wendet sie den Blick nach oben, auch wenn sie lieber nicht sehen möchte, wie steil es bergan geht. Tschurtschenthaler steigt in seinen kleinen, querenden Schritten weiter.

Der Wind pfeift so stark von Westen, dass er den Schnee in feinem Staub von den Gipfeln weht. Es sieht aus, als würde weißer Rauch aus der Landschaft aufsteigen.

Die aus dem Takt geratene Karawane hält langsam an. Das Mädchen blickt nach vorne, wo Tschurtschenthaler weiter Distanz zwischen sich und die Beladenen bringt. Sie atmet kurz und schnell. Quirin scheint auch am Ende zu sein, dabei haben sie erst die Hälfte der Strecke hinter sich. Seit einiger Zeit schon sucht das Mädchen die Schneedecke nach der Stelle ab, an der Max liegen könnte. Vor allem deswegen hat sie bis hierher durchgehalten. Sie hofft, ihn unter dem Schnee zu finden und sein Notizbuch an sich nehmen zu können. Eine letzte Nähe. Sie bezweifelt, dass sie es ohne das Buch bis nach oben schafft. Oder bis ans Ende des Krieges.

Als sie den Feldkuraten Tönner darum bat, nach ihrem Vater zu forschen, fiel ihr auf, wie lange sie nicht mehr an ihn gedacht hatte. Sie war nur noch mit dem eigenen Überleben beschäftigt. Jetzt sehen ihre Augen ausschließlich weiß, nicht mal eine Erhebung kann sie ausmachen, obwohl sie ganz nah an der Stelle sein müssten, an der Max gefallen ist.

Tschurtschenthaler geht immer weiter, Nagy ruft mit schwacher Lunge ein weiteres »Stopp« hinter ihm her. Wieder keine Reaktion. Der Leutnant sackt mit einem Knie in den Schnee, nestelt seine Pistole aus der Halterung und schießt in die Luft.

Tschurtschenthaler fährt herum und hechtet hinter einen Felsbrocken. Das Mädchen, Quirin und die anderen Männer springen hangabwärts vom Weg, lassen sich meterweise durch den Schnee rollen und suchen hinter Felsen Schutz.

Im nächsten Moment sieht das Mädchen, wie Nagy von einer Luftmine in Stücke gerissen wird. Tschurtschenthaler ist als Erster beim Leutnant, doch sie kann sogar aus ihrer Deckung heraus erkennen, dass Nagy nicht mehr zu helfen ist. Ein Arm und ein Bein liegen meterweit von ihm entfernt, dicke, rotschwarze Löcher haben sich in den Schnee um seinen Oberkörper geschmolzen. Tschurtschenthaler winkt das Mädchen zu sich. Gemeinsam mit Quirin hastet sie geduckt hinüber. Sie packen Nagys sterbliche Überreste und laufen Richtung Tal, vorbei an den anderen Kameraden, bis Tschurtschenthaler langsamer wird, sich umblickt und stoppt. »Hier können sie uns nicht mehr sehen«, sagt er. Die Truppe schließt zu ihnen auf, alle hecheln wie gehetzte Hunde. Tonio nimmt dem Mädchen Nagys Arm ab, ihre

Hände und Jacke sind voller Blut. Sie bringen den Leutnant zurück ins Mittellager, betten ihn in eine Schneekuhle und bedecken ihn mit Steinen.

»Stinkt der nicht bald?«, fragt Quirin. »Meine Uri hat furchtbar gestunken, nachdem sie zwei Tage tot war.«

»Dafür ist zu kalt«, sagt Adrian.

Feldkurat Tönner ist nicht da, um eine Andacht zu halten, deshalb sagt Tonio ein paar Worte. Doch er ist kein Mann des Trostes.

»Der Tod kommt oft aus einer Richtung, aus der man ihn nicht vermutet«, sagt er. Das Mädchen hat fast dasselbe gedacht. Aber Vierzehnhalb fragt ihr den restlichen Abend Löcher in den Bauch, woher der Tod überall kommen kann.

Drei Tage später erreicht Feldkurat Tönner mit einem jungen Offizier die Anderter Alm. Der Neue sieht aus wie eben erst gewaschen und gebügelt. Seine Frisur scheint mit dem Lineal gescheitelt zu sein. Sogar nach dem Weg durch das Fischleintal zum Mittellager ist seine Uniform ohne einen Knick im Stoff geblieben, genau wie sein Gesicht. Nachdem er seine Kappe abgenommen hat, fährt er sich mit der rechten Hand über den Kopf, obwohl seine Haare dort wie festgeleimt liegen.

Er schreitet die Einheit ab, stellt sich als Hauptmann Leonard vor und zieht dabei die rechte Augenbraue nach oben, um seinem Auftritt noch mehr Ernsthaftigkeit zu verleihen. Doch er wirkt wie ein Schauspieler, der gerade darüber nachdenkt, welcher Gesichtsausdruck für seine Rolle wohl passend ist.

Adrian macht keinen Hehl aus seiner Geringschätzung, als die Männer in die Baracke zurückkehren. »Bürschchen aus dem Böhmerwald«, nennt er ihn. Adrian ist Slowake, Leonard ein Tscheche. Soweit das Mädchen es verstanden hat, machen die Tschechen mit den Ungarn gemeinsame Sache. Was aus Gründen schlecht ist, die Adrian nicht ausführen will. Es ist sowieso schwierig für sie, den Überblick zu behalten. Wiederholt mussten »politisch unverlässliche« Mannschaftsteile abgezogen und umpositioniert werden. Ungarn, Rumänen, Bosnier, Ruthenen, Deutsch-Österreicher, Tschechen, Slowaken, alle haben eine eigene Agenda. Das Mädchen versteht nicht, warum der Slowake Adrian gegen den Ungarn Nagy weniger Aversionen gehegt hat als gegen den Tschechen Leonard, der ihm eigentlich doch viel näher sein sollte.

Als der Hauptmann sich in seine Offiziersunterkunft verabschiedet hat, sitzen die Männer abends in der Baracke zusammen. Feldkurat Tönner erzählt, dass Leonard sich in den ersten Tagen als Hauptmann bei einigen Standschützen Respekt verschaffen musste, die ihre Offiziere selbst wählen dürfen und keine k.u.k. Hierarchie kennen.

»Der Leonard soll schon kleinste Insubordinationen abgeurteilt und bestraft haben. Er hat die Männer zwei Stunden an einem Seil hängen lassen, sodass ihre Zehen kaum noch den Boden berührten.« Die Männer seien an den Händen zusammengebunden und über einen Querbalken gezogen worden, erzählt Tönner. Bei der Bestrafung sei es in erster Linie nicht um den Schmerz gegangen, sondern um die Demütigung, sich als gestandener Mann von einem Vierundzwanzigjährigen misshandeln lassen zu müssen. Nach den Ausführungen des Feldkuraten bleibt Adrians Laune tagelang düster, auch wenn kein neuer Schnee mehr fällt und zwischendurch die Sonne rauskommt.

Drei Wochen nachdem Leonard das Kommando im Lager übernommen hat, wacht das Mädchen eines Morgens sehr früh auf. Vierzehnhalb werkelt schon am Ofen. Sie geht an ihm vorbei zur Tür, eine Decke um sich geschlungen. Draußen steht Tonio und trinkt kalten Kaffee vom Vorabend aus seiner Blechtasse. Er starrt geradeaus auf den Schnee, der rotgold in der Morgensonne glitzert. Das Mädchen reibt sich die Augen. Die Kristalle leuchten tatsächlich farbig, der rötliche Ton konturiert die Abrisse und Wellen, in denen sich der Schnee zum Tal hin schichtet.

Vierzehnhalb tritt mit einer dampfenden Kanne zu ihnen.

»Sahara-Sand«, sagt Tonio, hält Vierzehnhalb seinen Becher hin und bekommt frischen Kaffee eingeschenkt.

»Sand?«, fragt das Mädchen.

»Aus der Wüste. Die Winde treiben ihn her.«

Tonio erzählt, wie der Scirocco den Sand aus Afrika hoch in die Luft und übers Meer pustet, bis in die Berge.

»Afrika?«, fragt Vierzehnhalb. »Wo liegt das denn?«

Vierzehnhalb löchert Tonio noch mit weiteren Fragen. Wie weit Afrika von ihnen weg ist und auf welchen Wegen man dort hinreisen könnte. Wie viele Wochen es dauert, da hinzukommen. Und wie lange man braucht, es zu durchqueren.

»Monate, bevor du alle Länder bereist hast«, antwortet Tonio. »Vielleicht Jahre.«

»Afrika besteht aus mehreren Ländern?«, fragt Vierzehnhalb.

»Ja, viele davon sind noch recht unbekannt. Die Landkarten zeigen nur die Umrisse.«

Tonio beginnt verschiedene Länder aufzuzählen: Ägypten, Marokko, Algerien, Tunesien, Libyen, Äthiopien, Eritrea, den

Kongo und viele weitere, die sich das Mädchen nicht merken kann. Er erzählt, dass die Menschen dort schwarze Haut haben und gute Jäger sind, dass es Tiere gibt, die sie nur aus Büchern kennt, Giraffen, Löwen und Nashörner.

»Nashörner?«, fragt Vierzehnhalb.

»Ja, so eins hab ich mal gesehen, im Tiergarten Schönbrunn«, sagt Tonio. »Ein gewaltiges Vieh, auch Rhinozeros genannt. Schwer gepanzert und mit einem riesigen Horn auf der Schnauze, mit dem es seine Gegner aufspießen kann.«

»Warum haben wir dann keins da? Das wäre doch das beste Tier für hier«, sagt Vierzehnhalb und strahlt. »Viel besser als Esel und Mulis! Das Nashorn könnte die Walschen angreifen und wäre selber durch seinen Panzer geschützt!«

Vierzehnhalb malt sich aus, wie er Nashörner dressieren und gegen die Italiener in Stellung bringen könnte. Er lässt sich auch nicht von seiner Idee abbringen, als Tonio einwendet, dass die Gewehrkugeln sehr wohl durch die Panzerung des Tieres dringen können.

»Das sollte man den hohen Herren in Bruneck und Wien mal stecken, dass wir hier Nashörner brauchen!« Vierzehnhalb klopft sich auf die Schenkel vor Vergnügen, das Mädchen muss mitlachen.

»Die kann man hier nicht halten«, sagt Tonio und schaut in die Ferne, als könnte er von hier aus welche beobachten. »Die brauchen viel zu fressen, mehr als fünfzig Kilo Gras am Tag … und Wärme. Die würden hier einfrieren in ihrem Panzer.«

Diese Argumente leuchten auch Vierzehnhalb ein. »Wenn wir sie nicht füttern können, hilft es nichts«, sagt er. »Und einfrieren sollen sie uns auch nicht. Ohne Fell geht's hier oben nicht, das ist schon klar.«

»In Afrika brauchen sie kein Fell, deswegen leben sie dort«, sagt Tonio.

»Ist es in Afrika in allen Ländern warm?«

»Heiß sogar. In vielen Ländern ist es so heiß, dass man es kaum aushält. Und in der Wüste ist es sogar so heiß, dass kein Mensch da leben kann. So heiß, wie es hier oben kalt ist.«

Das Mädchen fragt sich, warum manche Menschen in den Bergen und andere in der Wüste leben. Warum leben nicht alle dort, wo man es aushalten kann? Hier oben kann man doch nicht leben. So ganz ohne Wärme und Promenade und Pavillon. In der Schule hat sie etwas über Eskimos gelernt, die im ewigen Eis leben. Warum ziehen die nicht nach Österreich, wo es wärmer ist und es viel mehr zu essen gibt? Wo man nicht erst ein Loch ins Eis hauen muss, um einen Fisch angeln zu können. Auch über die Nomadenvölker in der Wüste hat sie schon gelesen, die Flüssigkeit aus Kakteen destillieren, um nicht zu verdursten. Sie wusste nur nicht, was eine Wüste ist. Warum gehen die nicht dorthin, wo es genug Wasser gibt?

»Führen sie da auch Krieg in Afrika?«, fragt das Mädchen.

»Mittlerweile führen sie überall Krieg«, antwortet Tonio und erzählt von Kriegslinien in allen Gegenden der Welt. Von alten Schlachten, die neue Schlachten hervorbringen. Jahrhundertealten Konflikten, die immer wieder ausgetragen werden, sobald beide Seiten sich erholt haben. Von Kämpfen in Nordafrika, wo alle nun im Krieg stehenden Staaten Kolonien besitzen. Dort wo der Kautschuk herstammt, für die Reifen der motorisierten Droschken, der Automobile und Truppentransporter, die mittlerweile auch in Meran zwischen den Pferdekutschen Lärm machen. Er erzählt von den Grenzen in Afrika, die nicht entlang von Bergen, Flüssen und Wäldern verlaufen, so wie die kleine Grenze, die sie hier bewachen sollen, die manchmal von Felsspalten unterbrochen wird und sich wie ein schmaler Fluss durch die Landschaft schlängelt.

»In Afrika haben sie die Grenzen mit dem Lineal gezogen«, erklärt Tonio. »Die Kolonialmächte haben die Länder unter sich aufgeteilt wie Diebesgut. Sie haben lange, gerade Linien auf der Landkarte gezogen, die kreuz und quer durch die Völker und Stämme gehen.«

Tonio erzählt ihnen von italienischen Teilen Afrikas, von deutschen und belgischen. Wo die Einwohner sich im Gegensatz zu den Tirolern nicht wehren konnten und zu Sklaven von Belgiern, Engländern, Franzosen, Italienern oder Deutschen wurden.

»Wir werden keine Sklaven von niemandem«, sagt Vierzehnhalb grimmig, worauf Tonio ihm den Hinterkopf tätschelt.

»Nein, das werden wir nicht. Allein hier an der Gebirgsfront stehen fünfzig Bataillone Standschützen und zwanzig Bataillone reguläre Truppen bereit.«

»Aber das sind teils ganz abgerissene Gestalten«, sagt das Mädchen.

»Es wird trotzdem schwer zu knacken sein für die Italiener. Denn wer für seine Heimat kämpft, ist kaum zu überwinden.«

»Haben die Afrikaner denn nicht für ihre Heimat gekämpft?«

»Die sind überrannt worden«, antwortet Tonio leise. Es klingt, als spräche er zu sich selbst. »Die hatten keine Waffen und keine Soldaten, nur ein paar Krieger. Und die Kolonialherren hatten so viel Geld, dass sie alle Probleme damit zuschütten konnten. Das ist das Merkwürdigste hier … Es will ja keiner diese Berge behalten, da gibt es ja nichts drin, und es wächst auch kein Korn drauf. Hier geht es nur um die Grenze an sich, sonst ist kein Nutzen darin zu sehen, hier zu frieren. In Afrika holen sie wenigstens Gold aus den Böden und Kautschuk aus den Bäumen, sie nehmen Sklaven. Aber hier oben? Hier geht es nur darum, die Höhe zu behaupten.«

Vielleicht geht es den Mächten auch nur darum, ihren Willen durchzusetzen, denkt das Mädchen. Niemand will den bleigrauen Fels behalten, der für Menschen nicht bewohnbar ist.

Mittags wird die Menage ausgegeben, nach zwei Stunden Exerzieren. Es schwimmen nur wenige Brocken Fleisch darin. Bei der Essensverteilung kommt es zu einem erneuten Zwischenfall, als ein Standschütze sich zwei Stück Brot nimmt. Der Hunger ist mittlerweile der ärgste Gegner.

Einer der Salzburger Rainer, ein großer, etwas älterer Soldat, ohrfeigt den Standschützen, worauf dieser sich auf den Rainer stürzt. Ein paar Kameraden des Rainer-Regiments trennen die beiden, halten den Standschützen fest, der zu pöbeln beginnt. »Was geht's denn dich an, wie viel Brot ich nehm? Du hast doch deins schon!«

»Wenn da jeder nimmt, was er will, dann geht sich's am Ende nicht aus.«

»Sollen doch die Offiziere mal fressen, was übrig bleibt, die haben immer mehr Einlage als wir.«

Die Rainer lassen schließlich von dem Standschützen ab, nachdem er sich wieder beruhigt hat. Sie streiten nicht mehr, es wirkt eher so, als wären sie sich in ihrem Zorn einig. Die jungen Offiziere, denen es vor allem um ihre Privilegien geht, sind schlimmer als der Feind.

Am Tag darauf schneit es wieder, der rote Schimmer verschwindet. Am frühen Abend wird Tonio zu Hauptmann Leonard in die Offiziersmesse bestellt und angewiesen, Wild zu jagen, damit mehr in die Suppe kommt. Tschurtschenthaler soll ihm am nächsten Morgen dabei helfen, eine Fährte aufzunehmen.

»Die haben da noch drei ganze Speckseiten hängen«, sagt Tonio, als er aus der Offiziersmesse zurückkehrt. »Da könnten sie auch mal was abschneiden für uns.«

Er sucht einen dritten Mann, der ihn auf die Jagd begleitet. Das Mädchen meldet sich freiwillig, Vierzehnhalb ebenfalls. Sie will raus aus dem Muff und der schlechten Stimmung in der Baracke. Vierzehnhalb ist vor allem begierig darauf, ein Abenteuer zu erleben. Auch wenn jeder ihn freundlich behandelt und er große Freiheiten genießt, bleibt er eben Vierzehnhalb. Niemand will verantwortlich sein, sollte ihm etwas zustoßen, das Mädchen am allerwenigsten. Jedes Mal, wenn er eine Tölpelei begeht, muss sie an Max denken, der stets zwei Schritte weiter dachte, bevor er einen tat. Diese Klugheit fehlt Vierzehnhalb.

»Kann sehr gut schießen, der kleine Richard«, sagt Adrian zu Tonio und Tschurtschenthaler.

»Du also«, sagt Tonio zu dem Mädchen. Vierzehnhalb lässt die Schultern sinken und schürzt die Lippen, so als hätte er nichts zu Weihnachten bekommen. Das Mädchen will mit ihm reden, aber Vierzehnhalb ist beleidigt. Er wickelt sich in seine Filzdecke und bleibt den ganzen Abend auf seiner Pritsche liegen, ohne einen Ton zu sagen.

Sie wacht noch vor Tagesanbruch auf und muss sich erst an die tiefe Dunkelheit in der Baracke gewöhnen, nachdem sie die Augen geöffnet hat. So muss es sein, wenn man tot ist, denkt sie. Wenn man begreift, dass die Welt verschwunden ist.

Das Mädchen zündet eine Kerze an. Tonio liegt sechs Pritschen weiter und schläft wie ein Brett in Uniform, den Kopf gerade zur Decke gerichtet. Sie hat ihn am Vorabend noch lange reden hören, mit Adrian und dem Feldkuraten Tönner. Tschurtschenthaler liegt auf der Seite. Er wird sofort wach, als sie an seiner Pritsche vorbeigeht, greift nach seinem Gewehr und setzt sich auf. Sie schrickt zurück, bleibt wie angewurzelt stehen und beobachtet ihn, während er sich mehrmals über sein Gesicht reibt.

»Wie spät ist es?«, fragt er. Sie zuckt mit den Schultern. Er sucht nach seiner Taschenuhr, nestelt sie aus der Brusttasche seines Oberteils, das neben ihm auf einem Schemel liegt. »Na, dann müssen wir eh bald los.«

Tschurtschenthaler steht auf, geht an den Bottich an der Tür und wäscht sich das Gesicht und den Hals. Dann schiebt er die Hand in die Unterhose, reibt sich sauber, wiederholt das Ganze unter den Achseln und zieht sich an. Sie beobachtet ihn dabei, weil sie nicht weiß, wo sie sonst hinsehen soll. Seine Wirbelsäule sticht durch seine Haut wie bei einem Drachen, denkt sie und erinnert sich an eine Zeichnung aus einem Kinderbuch. Seine Rippen stehen wie Klauen von der Wirbelsäule ab, mit dünner, papierweißer Haut bespannt. Der flackernde Kerzenschein betont die Bewegungen noch, wenn Tschurtschenthaler Atem holt.

»Weck den Tonio«, sagt er, ohne sich zu ihr umzudrehen. Sie geht zu Tonios Pritsche und rüttelt an seiner Schulter. Er öffnet die Augen, sieht aber aus, als wüsste er nicht, wo er ist.

Tschurtschenthaler knöpft seine Jacke zu, kommt zu ihnen und tritt sanft gegen Tonios Pritsche.

»Wie spät?«, fragt Tonio, immer noch in seinem Traum gefangen.

»Vier.«

Tonio setzt sich auf, geht zum Ofen, lässt den Waschbottich unberührt und trinkt ein paar Schlucke von dem Kaffee, den das Mädchen aufgestellt hat. Sonst ist nur Schnaufen und Schnarchen zu hören, auch Vierzehnhalb schläft noch.

Sie schleppen ihr Zeug raus, Gewehre, Seile, Schnüre, ein großes Messer, ein kleines Beil und Proviant. Tonio stopft noch einen Flachmann in seinen Rucksack, den Adrian ihm gefüllt hat.

Dann gehen sie los, eine kleine Karawane – Tschurtschenthaler, Tonio, dahinter das Mädchen. Schon nach wenigen Hundert Metern müssen sie Schneeschuhe anlegen. Nacheinander stapfen sie in Tschurtschenthalers Spur zum Seitenweg, der durch den Wald und zu den Felsen unterhalb des Elfers führt. Trotz der Schneeschuhe sinken sie ein, sie kommen nur gemessenen Schrittes vorwärts. Das Mädchen wandert schweigend, aber euphorisch. Sie ist mit zwei Männern unterwegs, die sie gleichermaßen bewundert, obwohl die beiden so unterschiedlich sind.

Ihr Weg führt sanft bergab, bis der Wald wieder einsetzt.

»Wir müssen noch eine Weile an der Waldgrenze wandern, die Walschen sitzen womöglich schon überall im Berg«, sagt Tonio zu Tschurtschenthaler. Der sieht in die Landschaft, als würde er sich im Kopf einen neuen Weg zurechtlegen.

»Können die auf uns anlegen?«

»Nein, aber die Tiere flüchten vor dem Lärm. Wenn hier noch Artillerie steht, finden wir keine Gams mehr.«

Sie machen Rast, essen Trockenfleisch und ein paar Zwetschgen. Tonio nimmt einen Schluck aus dem Flachmann, Tschurtschenthaler trinkt auch, das Mädchen lehnt ab. Stattdessen nimmt sie etwas Schnee in den Mund und lässt ihn schmelzen.

Danach stapfen sie weiter. Tschurtschenthaler läuft voraus, prüft die Windrichtung, die Wegmarken, aber auch die Wildspuren im Schnee. Er geht immer wieder in die Knie, betrachtet eine Fährte und ihren Verlauf. Als sie eine Doppelspur mit größeren Abdrücken finden, rücken Tonio und das Mädchen auf, sehen Tschurtschenthaler über die Schulter, der seinen Blick hebt und das Gelände mustert.

»Füchse?«, fragt Tonio.

Tschurtschenthaler schüttelt den Kopf.

Auf zwei Felskanten, die sich wie eine Etagere übereinander schichten, entdeckt Tschurtschenthaler etwas. Das Mädchen kann nichts erkennen als Stein und Schnee. Tonio blickt mit vorgestrecktem Kinn an Tschurtschenthaler vorbei, aber sie hat den Verdacht, dass er ebenfalls nicht das Geringste ausmachen kann.

»Das sind jetzt Gämsen«, sagt Tschurtschenthaler schließlich.

»Was?«, fragt das Mädchen.

»Das.« Er deutet auf den Felsabriss, der auf Kinnhöhe endet. Darauf sieht man eine Spur, wenn man weiß, dass es überhaupt eine ist. Zwei schmale, längliche Tropfen eng nebeneinander, wie ein gebrochenes Herz in eine Schneewehe getreten.

Sie binden ihre Rucksäcke an den Ästen eines Baums fest und klettern den Abriss weiter hoch, bis sie an eine leicht abschüssige Fläche voller Felsbrocken kommen. Tschurtschenthaler bedeutet Tonio und dem Mädchen, sich abzuducken.

Auf einem Felsen, etwa hundert Meter vor ihnen, sehen sie eine Gams. Dann noch eine. Tschurtschenthaler blickt zu den Baumspitzen und in die Wolken, um die Windrichtung auszumachen. Sie schleichen sich an, nehmen einen weiten Bogen, weil ihr Geruch sie sonst ankündigen würde. Der Schnee knirscht unter ihren Sohlen, aber der Wind weht zu stark, als dass der Schall sie verraten könnte. Sie sehen sieben Gämsen, zwei auf vorgezogenen Felsen, die anderen wild verteilt dazwischen, in einer seltsam ungeordneten Formation, als hätte ein Blinder das Muster gemalt.

Sie pirschen sich näher heran, bis Tschurtschenthaler mit einer Handbewegung anzeigt, stehen zu bleiben, um die Tiere nicht zu verschrecken. Er lässt sich auf den Bauch gleiten, Tonio folgt, das Mädchen tut es ihnen gleich. So liegen sie nebeneinander, die Ellbogen in den Schnee gestützt, die Gewehre vor sich.

»Zugleich«, flüstert Tschurtschenthaler, und jeder nimmt einen Bock ins Visier. Das Mädchen geht davon aus, dass Tschurtschenthaler den Bock links auf dem Felsvorsprung anvisiert, weil er links außen liegt. Tonio wird einen in der Mitte nehmen. Also zielt sie auf den, der am weitesten rechts steht. Doch als sie ihn gerade gut über die Kimme fixiert hat, wendet er den Kopf zu ihnen herüber. Sie hat den Eindruck, dass er sie beobachtet, obwohl sie in ihren weißen Überwürfen fast unsichtbar sind. Die Herde wird unruhig, vielleicht riechen sie etwas, vielleicht spüren sie auch nur die Gefahr.

»Bereit?«, flüstert Tschurtschenthaler. Er erwartet keine Antwort. Sie beginnt zu zittern, obwohl das Tier, das sie anvisiert, sich nun nicht mehr rührt, sondern nur mit leeren Augen zu ihr herüberblickt. Sie zielt auf die Brust, knapp rechts neben dem ihr zugewandten Vorderlauf. Das Tier macht zwei kleine Schritte auf sie zu, da hört sie Tschurtschenthaler leise herunterzählen. »Drei, zwei, eins …«

Sie feuern zugleich. Tschurtschenthaler und Tonio haben getroffen, die beiden Böcke brechen sofort in sich zusammen. Das Mädchen ist unsicher, denn ihr Bock steht noch. Er dreht sich ab, als wollte er davonlaufen, als hätte er noch nicht realisiert, was mit ihm geschehen ist. Aber dann geben seine Vorderläufe nach, er bricht zusammen und rutscht mit dem Kopf voraus vom Felsen. Die anderen Gämsen flüchten.

»Warum hast du nicht auf den Kopf gezielt?«, fragt Tschurtschenthaler, als sie beim Felsvorsprung ankommen.

»Auf den Kopf? Das wusste ich nicht«, antwortet das Mädchen.

Ihr Gamsbock liegt ein paar Meter neben den beiden anderen im Schnee. Das Blut strömt aus ihm, er schnaubt in schnellen Abständen, kleine schwache Wölkchen treten aus den Nasenlöchern. Das Mädchen muss an Max denken und würgen.

Tonio nimmt sein Messer vom Gürtel, beugt sich zu dem Bock hinunter und durchtrennt ihm mit einem kräftigen, tiefen Schnitt die Kehle. Er bindet je ein Seil um die Vorderläufe und Hinterläufe der Tiere und zieht sie in der Mitte zusammen, sodass sie leichter zu tragen sind. Jeder schultert eine Gams, dann machen sie sich auf zu der Stelle, an der sie ihre Rucksäcke aufgehängt haben.

Das Mädchen spürt noch die Wärme des Tieres im Rücken, als sie zurückgehen. Der Bock ist mindestens so schwer wie ihr Rucksack, aber mühsamer zu tragen. Seine Gelenke stoßen ihr ins Fleisch. Sie lässt ihn zweimal fallen, schämt sich beide Male, dass er da im Schnee liegt wie Abfall, und nimmt ihn rasch wieder auf.

Tonio und Tschurtschenthaler laufen weiter, der Schnee

verschlingt allmählich ihre Gestalten. Das Mädchen sieht nur noch Schatten, dann schließt sich das Weiß vollständig. Sie muss ihr Tempo erhöhen. Doch je schneller sie geht, desto mehr rutscht sie im Schnee ab, sodass der Schmerz beim nächsten Schritt bis in die Hüftknochen hochzieht. Endlich kann sie wieder aufschließen, schwitzend und mit sauren Muskeln.

Der zerschossene Kopf der Gams, die Tonio vor ihr trägt, wackelt beim Gehen hin und her und hat einen dreieckigen Blutfleck auf seinem weißen Überwurf hinterlassen. Sie kann ihren Bock kaum noch tragen, doch sie weiß, dass es nicht mehr weit ist. Auf keinen Fall will sie sich die Blöße geben, zusammenzubrechen. Sie schwitzt und friert gleichzeitig an der Stelle, wo die eisige Luft in ihren Kragen fährt. Das Seil schneidet in ihre Schulter. Sie sieht schon die Baumgruppe, zu der sie müssen, knickt aber in den Knien ein, versucht sich abzustützen und sinkt mit der Hand in den tiefen Schnee. Sie kann sich noch einmal aufrichten und weitergehen, ohne dass die Männer vor ihr etwas bemerken. Mit letzter Kraft wirft sie ihren Bock auf die zwei anderen, die bereits dort liegen. Dann läuft sie hinter eine Tanne und übergibt sich.

Mit Erleichterung im Magen beobachtet sie, wie Tonio und Tschurtschenthaler die Tiere schnell und geübt ausnehmen, das Gekröse in einen Beutel stopfen und Schnee daraufpacken.

»Normal hätten wir's weggeschmissen. Aber jeder Biss ist was wert, oder?«, sagt Tschurtschenthaler.

Tonio trennt einem der Tiere eine Keule ab und enthäutet sie. Das Mädchen hilft Tschurtschenthaler dabei, ein Feuer zu machen und das Zelt aufzubauen.

»Gebt mir mal euren Proviant«, sagt Tschurtschenthaler, sammelt Speck und Schüttelbrot ein, nimmt den Beutel mit Gekröse und verschwindet hinter den Bäumen.

»Wegen der Wölfe und Bären«, sagt Tonio. »Er hängt die Sachen an einen Baum, damit die Fährte sie nicht in unser Zelt führt.«

Später sitzen sie am Feuer, bis das Fleisch gebraten ist. Auch ohne Salz schmeckt es wunderbar. Sie essen etwas Schüttelbrot dazu und trinken vom Schnaps, der sich warm und friedlich im Körper des Mädchens ausbreitet. Die ganze Flasche, die Adrian ihnen mitgegeben hat, wird geleert. Sie prosten auf ihn, dann prosten sie auf den Feldkuraten Tönner, auf Vierzehnhalb. Zwischendurch prosten sie auch auf sich, auf Richard, auf Anton, auf Oswald, auf ihre Kameradschaft.

Als die drei sich schließlich nebeneinander in das kleine Zelt quetschen, ist dem Mädchen wieder schlecht. Sie liegt in der Mitte, ihr Kopf reicht Tonio nur bis zur Brust. Also schiebt sie sich weiter hoch, bis sie fast an seinem Nacken liegt. Sie sieht die weichen, kurzen Haare direkt oberhalb seiner Wirbelsäule aus dem Hals wachsen. Sein Geruch hängt ihr so intensiv in der Nase wie sonst der Ruß aus dem Ofen. Schließlich dreht sie sich zu Tschurtschenthaler um, der ebenfalls mit dem Rücken zu ihr schläft. Sein Hals ist viel dünner, seine Haare dicker, sie stehen über den Kragen. Das Mädchen kann kaum atmen. Sie dreht sich hin und her, immer langsam, behutsam. In ihrem Magen hat sich eine Aufregung festgesetzt, die sie sich selbst nicht ausreden kann.

Am nächsten Morgen folgt sie Tschurtschenthaler zu der Stelle hinter den Bäumen, um ihren Proviant zu holen. Er blickt nach oben und will schon hochklettern, aber das Mädchen sagt: »Lass mich.«

»Wenn du meinst«, erwidert Tschurtschenthaler. Dabei

klingt er nicht abschätzig, eher respektvoll. Das Mädchen klettert hoch, bindet die Beutel ab und wirft sie herunter.

Sie wickeln das Zelt zusammen und essen etwas Speck und Schüttelbrot, bevor sie zum Lager aufbrechen. Sie müssen sich gegenseitig alles aufladen: Gewehr, Brotbeutel, Rucksack und je einen gefrorenen Gamsbock. Sie gehen zügig, um warm zu werden, sinken mit den Schneeschuhen jedoch immer stärker ein, so schwer sind sie beladen. Fast einen ganzen Tag wird der Rückweg dauern, und dem Mädchen brennen die Oberschenkel schon nach wenigen Metern. Sie läuft in der Mitte, Tonio hinter ihr.

»War es das erste Mal, dass du etwas totgeschossen hast?«, fragt Tonio, nachdem sie eine Stunde gewandert sind. Das Wetter ist schlechter geworden, der Schnee fällt in dicken Flocken. Es sieht nicht so aus, als würde es bald aufhellen.

»Ja«, antwortet sie, und die Art, wie er seine Frage gestellt hat, macht sie fast ein bisschen stolz.

Das Schneetreiben wird dichter. Sie hat das Gefühl, rückwärtszugehen, weil alles gleich aussieht. Tschurtschenthaler stapft vor ihr weiter wie ein Uhrwerk, in kleinen, beständigen Schritten, als könnte er ohne Pause eine Treppe zum Mond erklimmen.

Sie ignoriert den Schmerz in ihren Beinen und konzentriert sich auf das, was sie erreicht hat. Auf den Bock, den sie erlegt, und den Respekt, den sie gewonnen hat. Bis Tonio nach einer Ewigkeit ruft: »Ich muss mal kurz rasten.«

Nach dieser Pause wird ihr der Weg fast schon leicht.

6. Kapitel

Vierzehnhalb fehlt. Das Mädchen läuft zur Baracke, doch auch dort versucht er nicht im Weg herumzustehen, um mit irgendeiner Aufgabe betraut zu werden. Also rennt sie raus, um Adrian zu fragen, wo Vierzehnhalb ist, aber auch der ist verschwunden. Seitdem sie von der Jagd zurück ist, hat sie keinen von beiden gesehen. Schließlich findet sie Quirin an der Essensausgabe, der so tut, als würde er sie nicht gleich bemerken.

»Wo sind die denn?«, fragt sie ihn zweimal.

»Die sind hoch auf Patrouille in die Rote Wand. Vier Mann«, antwortet er und schaut betroffen zu Boden.

»Patrouille? Bei dem Wetter?«

»Befehl von Hauptmann Leonard.«

»Ein Befehl?«

»Ja, Befehl an Adrian, von Hauptmann Leonard.«

»Und Vierzehnhalb, wo ist der?«

»Den hat er mitgenommen.«

»In die Rote Wand?« Die Stimme des Mädchens wird schriller.

Sie fürchtet fast, dass sie sich selbst verrät, wenn sie sich weiter so aufregt.

»Ja, der Tönner hat noch versucht, es ihm auszureden.«

»Dem Leonard?«

»Nein, dem Adrian. Aber er meinte, er braucht eine kleine Gämse, die gut klettern kann.«

»Aber warum müssen sie denn grad jetzt in die Rote Wand?«

»Wir wissen ja gar nicht, wo die Walschen im Elfer liegen und ob sie die Rotwandspitze vielleicht schon von der anderen Seite eingenommen haben. Unsere Leute haben sich auch lang nicht gemeldet.«

Dem Mädchen brummt der Schädel. Sie fühlt sich, als wäre sie geohrfeigt worden. Eine harte, mächtige Ohrfeige vom starken Adrian.

Am nächsten Morgen sitzt sie vor der Barackenwand auf einem Hocker. Sie wartet und hofft, dass die Patrouille zurückkehrt, kann jedoch nichts erkennen.

»Zur Rotwand hoch und wieder runter, das dauert«, sagt Tschurtschenthaler, als er eine Stunde später mit einem Becher Kaffee neben sie tritt. Trotzdem bleibt das Mädchen sitzen.

Die Kampfhandlungen sind wieder einmal völlig zum Erliegen gekommen. Alle sind gleichermaßen vom Schnee eingeschlossen, der keinen Freund und keinen Feind kennt. Der einfach daliegt und alles erstickt.

Am Nachmittag geraten zwei Standschützen unter eine Lawine. Sofort wird ein Suchtrupp losgeschickt, aber die Kameraden kommen abends niedergeschlagen wieder ins Mittellager zurück. Sie haben noch nicht mal die Leichen gefunden.

Außer Schneeschaufeln und Wachdienst gibt es keine Arbeit zu verrichten. Die Tatenlosigkeit macht das Mädchen noch unruhiger. Sie würde sich jetzt auch gerne schlagen, mit einem der jungen Standschützen aus der Baracke. Sie wartet regelrecht auf einen Anlass. Abends auf ihrer Pritsche fragt sich das Mädchen, ob der Hauptmann Leonard Adrian zur Rotwand geschickt hat, um ihn loszuwerden. Oder ob Adrian sich angeboten hat, um seinerseits Ruhe vor Leonard zu haben. Irgendein Zwang muss bestanden haben, denn Adrian ist kein guter Kletterer und wird eigentlich hier im Lager gebraucht. Neben Vierzehnhalb hat er noch zwei Standschützen mitgenommen, die sich in der Gegend auskennen, einen alten, sicher über fünfzig, und noch einen jungen, keine zwanzig Jahre alt.

Die Stimmung in der Baracke ist gereizt. Die Männer liegen dicht an dicht, diesmal aber ohne Adrian, der mit seinen großen Pranken zwei Streithähne mit einer Bewegung trennen kann.

Ein erst kürzlich eingetroffener Soldat aus einer kleinen Einheit von Bosniern legt sich mit einem der Standschützen aus Toblach an. Sie streiten in unterschiedlichen Sprachen, aber je wüster die Verwünschungen werden, umso besser scheinen sie zu verstehen, was der andere meint. Der Bosnier verliert die Kontrolle, doch der Standschütze kann den Angriff geschickt abwehren. Er lässt sich fallen, tritt seinem Kontrahenten die Füße weg, springt auf den Rücken des Bosniers, nimmt dessen Kopf und schlägt ihn dreimal auf den Boden. Dann löst er sich, dreht den Bosnier um und prügelt so lange auf ihn ein, bis dessen Gesicht geschwollen und blutig ist.

Der Bosnier stöhnt noch eine ganze Weile auf seiner Pritsche. Die Männer reden lauter, um es nicht anhören zu müssen, bis schließlich alle liegen und nur ab und an noch ein schmerzhafter Seufzer zu vernehmen ist. In der Nacht schrecken die Männer davon auf, dass der Standschütze wie vom Wahnsinn besessen durch die Baracke rennt, über zwei Pritschen fällt und schreit wie am Spieß.

Der Bosnier hat ihm im Schlaf seine Bajonettklinge von hinten in den Schädel gerammt. Das Mädchen starrt auf die Klinge und wundert sich, wie man mit einer derartigen Verletzung so lange überleben kann. Nachdem der Standschütze schließlich zusammenbricht und verstummt, wird der Bosnier vor die Tür gezerrt und Hauptmann Leonard vorgeführt. Der befiehlt, ihn unverzüglich einzusperren und am nächsten Morgen der Militärgerichtsbarkeit zu unterstellen. »Der bekommt den Strick«, sagt einer der Standschützen. »Dem werden sie nicht mal eine Kugel gönnen.«

Zurück in der Baracke fragt das Mädchen den Mann, der die Pritsche neben dem Bosnier belegt, was der Auslöser für den Streit war.

»Sie haben darüber gestritten, dass die Socke von dem Bosniaken auf den Platz vom Johann gefallen war.« Der Mann deutet an die Decke, wo ein krummer Nagel eingeschlagen ist. »Er hat sie da oben zum Trocknen aufgehängt, dann ist sie runtergefallen.«

Die Männer neben den beiden leeren Pritschen machen keine Anstalten, sich wieder hinzulegen. Sie scheinen zu warten, bis das Mädchen sich wieder entfernt. Sie braucht einen Augenblick, um zu begreifen, was los ist. Sie greift hinter das Kopfteil der Pritschen, holt Rucksäcke und Brotbeutel der beiden Kontrahenten hervor, wirft sie vor die Männer und sagt mit kalter Stimme: »Tut euch wegen mir keinen Zwang an.«

Am nächsten Morgen hat sich das Schneetreiben gelegt, aber es ist empfindlich kälter geworden. Das Mädchen hat sich angewöhnt, die Kälte nicht mehr zu bekämpfen, keinen Widerstand zu leisten, wenn sie durch den Stoff auf die Haut und bis ins Fleisch dringt. Stattdessen lässt sie die Kälte an sich heran und stellt sich vor, dass sie dadurch eins mit der Natur wird. Wie ein Bergtier passt sie ihre Bewegungen den äußeren Bedingungen an. Wenn sie etwas tun muss – bauen, sägen, marschieren, klettern –, legt sie langsam los, bis ihr Körper warm geworden ist. Wenn sie Ruhe hat, sinkt ihre Körpertemperatur. Sie reibt und drückt nicht mehr an sich herum, sondern blickt ihrem eisblauen Atem nach. Mittlerweile kann sie sogar schlafen, wenn ihr kalt ist. Wie ein Fisch, der in einem See unter der Eisdecke auf den Sommer wartet.

Von Adrian und der Patrouille gibt es immer noch kein Lebenszeichen. Sie müssten längst wieder zurück sein, denkt das Mädchen. Aber vielleicht sind sie eingeschneit oder irgendwo stecken geblieben. Oder sie hatten doch Feindkontakt in der Roten Wand, und die Italiener halten den Berg schon besetzt.

Nach sechs Tagen lässt Hauptmann Leonard den Kaiserjäger Anton Ramsauer und Tschurtschenthaler zu sich rufen. Die Unterredung dauert eine ganze Weile. Dann kehren Tonio und Tschurtschenthaler in die Baracke zurück.

»Wir brauchen insgesamt zwanzig Mann. Eine kleine, eine größere Einheit«, sagt Tonio.

Das Mädchen hebt sofort den Finger. »Suchen wir endlich nach Adrian und Vierzehnhalb?«

»Na, wir müssen die Rotwandspitze besetzen, wir wissen nicht mehr, wo der Feind liegt, wo er angreifen könnte.«

»Auf Adrian und den Jungen werden wir dabei so oder so treffen«, sagt Tschurtschenthaler direkt zu ihr.

Die größere Mannschaft besteht aus Rainern, Kaiserjägern und ein paar Russen, die Material zum Ausbau von Unterständen schleppen müssen. Angeführt von Tschurtschenthaler werden sie versuchen, über den sanfteren Anstieg an die Rotwandspitze zu kommen, über die angelegten Klettersteige, Wege und Zugvorrichtungen. Sie werden prüfen, ob die Zugänge noch frei sind von Alpini oder Sprengfallen. Feldkurat Tönner schließt sich ihnen an.

Die zweite Gruppe wird sich über die steilere Seite zum Gipfel aufmachen. Sollte der große Trupp feststecken, in Gefechte verwickelt oder zurückgeschlagen werden, wissen sie dadurch immer noch, wie die Lage am Gipfel und im Elfer ist. Die kleine Einheit könnte auf den gesicherten Abstieg wechseln und dem Feind wenn nötig in den Rücken fallen.

»Wir brauchen einen geübten Steiger, der die zweite Truppe führt«, sagt Tschurtschenthaler.

»Ich«, sagt das Mädchen.

»Du bist zu jung.«

»Ich kann gut steigen.«

»Dann mach ich das mit ihm«, sagt Tonio. »Wenn er mir zeigt, wo wir steigen müssen, bin ich dabei.«

Tonio schlägt vor, Quirin mitzunehmen. Als Vierter meldet sich Robert, ein weiterer Salzburger Rainer. »Ich dreh sonst bald jemandem die Gurgel zu, wenn ich hier noch länger in der Stube sitzen muss.«

Während sie ihr Marschgepäck zusammenstellen, fragt das Mädchen: »Wieso werdet ihr Rainer genannt?«

»Du kennst die Rainer nicht?« Quirin scheint ernsthaft erschüttert.

»Nein. Warum?«

»Und unsere Schlachtrufe?«

»Welche Schlachtrufe?«

»Die Russen zerreiß' ma, die Kosaken zerbeiß' ma, die Katzelmacher schmeiß' ma, über alle Wänd' raus!«

»Nein, das hab ich nie gehört.«

»Wir sind nach Erzherzog Rainer benannt, der hat das Regiment gegründet«, sagt Quirin sichtlich enttäuscht, legt sich auf den Boden und zieht ein Seil unter seiner Pritsche hervor.

»Seid ihr denn für den Bergkrieg ausgebildet?«

»Ich hab zuletzt gegen die Türken gekämpft«, sagt Robert, der hinter ihr steht. »Aber ich weiß, wie ich mich an einer Wand zu stellen habe. Mein Vater hat's mir beigebracht.«

»Mir meiner auch«, antwortet sie und stopft ihr einziges Wechselhemd in den Sack. Ihr Vater nahm sie schon als Zehnjährige zu Klettertouren mit. In den Monaten hier ist sie besser geworden, stärker und routinierter, was die Griffe angeht. Bei jedem kleinen Anstieg hört sie die Worte des Vaters, der ihr immer wieder gesagt hat, dass sie nicht mit Kraft arbeiten und sich immer nah an den Berg drücken soll. Dass sie sich selbst nie glauben darf, wenn sie meint, sie spüre ihr Gewicht nicht mehr und könne die Hand gefahrlos lösen. »Das ist der Höhenkoller«, hatte er gesagt, dabei den Zeigefinger gehoben und ganz nah vor ihre Nase gehalten. »Der ist gefährlicher als der Berg.«

Abends sitzen die Männer um den niedrigen Tisch zum Kartenspiel zusammen.

»Was hast du eigentlich studiert?«, fragt der Feldkurat Tonio.

»Philosophie hab ich in Trient angefangen, aber dann wurde es für Tiroler dort an der Uni ungemütlich. Um weiter zu studieren, hätte ich nach München ziehen müssen. Also bin ich zur Medizin gewechselt, nach Innsbruck, da wohnen meine Großeltern.«

»Was ist Philosophie?«, fragt das Mädchen dazwischen.

»Vor allem der Versuch, alles besser zu wissen«, antwortet Tönner und sieht Tonio dabei an. Tschurtschenthaler lacht.

»Man strebt nach Weisheit, versucht den Sinn des Lebens zu ergründen«, korrigiert Tonio.

»Ist das nicht Religion?«, fragt sie.

»Nein, nein«, sagt der Feldkurat. »Religion ist die Lehre von Gott.«

»Gott ist gut und barmherzig, die Philosophie nicht«, sagt Tonio, und es hört sich für das Mädchen an, als würde er Tönner dabei verspotten.

»Philosophen glauben nicht«, sagt der Feldkurat. »Ihnen ist nichts heilig.«

»Sie können sogar sehr verwirrend sein, deswegen glaube ich ihnen auch mehr als dem lieben Gott«, sagt Tonio.

»Welchem Philosophen glaubst du?«, fragt Tönner.

»Voltaire zum Beispiel.«

»Oh, gute Güte.«

»Was hat Voltaire denn gesagt, dass du mehr an ihn glaubst als an den lieben Gott?«, mischt sich jetzt auch Tschurtschenthaler ein.

»Er hat ein paar schlaue Sachen über Gott gesagt.«

»Was denn genau?«, fragt das Mädchen.

»Unter anderem etwa, dass Gott ein Komödiant ist, der vor einem Publikum spielt, das zu ängstlich ist zum Lachen.«

»Das sagst du nur, weil es sich schön gotteslästerlich anhört«, entgegnet der Feldkurat.

»Wieso gotteslästerlich?«, fragt Tonio.

»Ein Komödiant!«

»Ist das nicht viel besser, als sich Gott so grausam vorzustellen, wie er offensichtlich ist?«

»Er prüft uns!«, sagt Tönner und ist jetzt ganz ernst.

»Nein, das sind keine Prüfungen«, antwortet Tonio ebenso ernst. »Das ist eine Aufführung. Wir müssen unsere Rollen spielen und haben keinerlei Einfluss auf die Handlung und schon gar nicht auf das Ende.«

Der Feldkurat schüttelt den Kopf. Das Mädchen beobachtet Tonio und muss zweimal von Tönner dazu aufgefordert werden, eine Karte auszuspielen. Sie überlegt, ob Tonio vielleicht etwas weiß, was es weniger verwirrend macht, an Max oder ihre Mutter zu denken. Bisher hat sie immer den Rat des Feldkuraten gesucht, aber vielleicht war das ein Fehler. Denn Tönner sprach meistens in Sätzen, die sie schon aus der Bibelstunde kannte. Tonio aber hat gerade etwas über Gott gesagt, das ihr sinnvoller erscheint als die Dinge, die in der Kirche über ihn erzählt werden. Sie hofft, dass Tonio nicht in eine Felsspalte fällt oder in einen Hinterhalt rennt, bevor sie ihn darauf ansprechen kann.

Noch in der Dunkelheit packen das Mädchen, Tonio, Robert und Quirin zusammen und brechen vor der großen Gruppe auf. Sie haben zwar den kürzeren, aber sehr viel beschwerlicheren Weg vor sich und werden dafür länger brauchen. Tschurtschenthaler hat dem Mädchen drei Mal präzise beschrieben, wie sie die Wand erklimmen und wohin sie sich wenden müssen, wenn sie an Wegmarken kommen.

Das erste Stück ist im festen Schnee noch leicht zu gehen, doch je steiler der Anstieg wird, desto mühsamer wird es. Jeder Schritt muss doppelt oder dreifach gemacht werden, weil sie immer wieder einsinken und abrutschen. Nach einer Stunde geht es in die Wand, wo die Steigeisen an den Stiefeln besser greifen. Das Mädchen macht den Vorstieg. Sie setzt neue Haken, fädelt das Seil ein. Tonio sichert sie ab und folgt ihr, dann Robert und zuletzt Quirin.

So arbeiten sie sich hintereinander eine Kluft entlang nach oben, der Schnee wird zu Eis. Sie ziehen ihre Pickel aus dem Rucksack, schlagen sie in die Wand, um sicher steigen zu können. Doch es wird immer steiler, sodass sie bald seitwärts aus der Kluft ausweichen müssen, wo etwas Fels unter dem Eis herausragt. Der Fels ist ein verlässlicherer Untergrund.

Sie klettern weiter, bis sie zu einem Kamin kommen, wo sie die Steigeisen von den grobstolligen Wanderstiefeln lösen. Im Rucksack wiegen die Eisen noch schwerer.

Das Mädchen klettert wieder voraus, um ein Seil durch den Schacht zu ziehen, während draußen die Sonne aufgeht und den Berg in gleißendes Licht hüllt. Im Kamin ist es besonders kalt, die Wände sind schwarz und glatt. Sie muss die Handschuhe ausziehen, um sich besser festhalten zu können, doch ihre Fingerspitzen sind steif gefroren. Kleine Eisschuppen landen beißend in ihrem Nacken. Unter ihr ist nur noch Dunkelheit.

Sie stemmt sich mit Beinen und Rücken in den Kamin und wartet, bis wieder etwas Kraft in den Körper zurückkehrt. Sie hat das Gefühl, als würden ihre Wirbel an der Felswand zermahlen, dabei hat sie noch einmal gut dieselbe Strecke vor sich. Sie traut sich nicht, in der Hampelmann-Klettertechnik hochzugehen, dafür ist der Kamin zu breit.

Sie kann keinen Haken mehr einschlagen, ohne den Halt zu verlieren, also hangelt sie sich Stück für Stück weiter nach oben und ignoriert ihre Schmerzen.

Von oben zieht der Wind in den Schacht. Die Männer rufen ihr von unten etwas zu, aber sie kann es nicht verstehen. Sie besitzt nicht mal mehr die Kraft, ein »Was?« zurückzurufen. Gleich ist sie da, sie sieht schon etwas Licht einfallen. Als sie den Ausstieg erreicht hat, kann sie von dort auf ein kleines Zwischenplateau steigen. Sie lässt sich auf den Hintern fallen, atmet dreimal tief durch, schlägt einen Haken in die Wand, die vor ihren Füßen steil abfällt, knotet das Seil von ihrer Hüfte los, fädelt es ein und zieht daran, sodass die Kameraden wissen, dass sie für den Aufstieg gesichert sind.

Sie hört Tonio, Quirin und Robert keuchen, als die drei sich den Kamin hocharbeiten. Nachdem die Aufregung abflaut, kehren die Schmerzen zurück und außerdem die Erschöpfung. Gleichzeitig ist ihr zu kalt, um die Augen zu schließen. Vorsichtig steht sie auf, tritt über das Plateau wieder ans Licht, bewegt sich auf dem Felsband. Um sicherzugehen, dass man sie vom Nachbargipfel aus nicht beschießen kann, dreht sie den Kopf und kontrolliert die Umgebung. Alles ruhig. Dann lehnt sie sich mit dem Gesicht nach vorn an den Berg, als wäre er ein Kamerad, in dessen Rücken man für einen Moment verschnaufen kann. Ihre Stirn ruht am Stein, aber nach wenigen Sekunden sickert die Kälte aus dem Fels durch ihre Haut. Also hebt sie den Kopf, legt ihn leicht in den Nacken und sieht die steil aufragende Wand über sich, die nie und nimmer auf direktem Weg zu nehmen ist. Der kurze Moment der Vertrautheit schlägt in Feindseligkeit um. Sie haben eine Höhe erreicht, in der sogar die Luft zu dünn zum

Atmen wird und wo sich nur ab und zu noch ein gefrorenes Unkraut am Fels festklammert. Nur Stein, Wind und Kälte spielen hier ihre Kräfte gegeneinander aus und zermalmen alles, was zwischen sie gerät.

Das Mädchen schiebt sich wieder ein paar Schritte zurück und reicht Quirin die Hand. Wenn man hier oben nicht zusammenhält, ist man verloren. Als schließlich alle auf dem Felsband angekommen sind, haben sie dort kaum noch gemeinsam Platz.

Der Wind lässt die Kälte wie Gift wirken, als käme sie von innen aus dem Körper und nicht von außen. Sogar das Einatmen tut weh.

Keiner sagt ein Wort, weil keiner mehr ein Korn zu verbrennen hat. Sie stehen im Wind und warten, bis auch Robert, der Letzte beim Kamingang, wieder genug Luft ziehen kann.

»Weißt du, wie wir weiterkommen?«, fragt Tonio.

»Es kann ja nur rechts herum auf der Kante gehen«, sagt sie und setzt sich langsam in Bewegung.

Als sie in die Wand einsteigen, geht sie wie selbstverständlich wieder voran. Sie steigt mit Pickel, Haken, Hammer, Seil und Karabinerhaken los. Ihr Rucksack und ihr Gewehr werden von Tonio an Quirin und von Quirin an Robert durchgereicht.

Zwei Meter klettert sie mit Pickel und Eisen senkrecht nach oben, zieht sich auf einen Vorsprung und gelangt auf einen Kamm, unter dessen Kante sie den ersten Haken einschlägt und das Seil durchführt.

Ein alter Haken ragt nur einen halben Meter versetzt von ihrer Stelle aus dem Fels. Sie weiß nicht, wie lange er da schon steckt und ob er noch hält, aber er dient ihr als Wegweiser.

Sie sind noch immer auf der Strecke, die Tschurtschenthaler ihr beschrieben hat.

Nach dem Steilstück können sie fast hundert Meter ruhig klettern, ihr Gewicht nach vorn an die Wand lehnen und von Vorsprung zu Vorsprung greifen. Es geht sanft nach rechts, dann gelangen sie an eine Spalte. Das Mädchen hangelt sich hoch, zieht das Seil in einen alten Haken und schlägt einen neuen etwas darüber in die Wand. Sie steigt immer weiter, nimmt die Kraft aus den Beinen und schont die Arme, so wie der Vater es ihr beigebracht hat. Mit zu viel Armeinsatz erschöpft man sich selbst. Die wenige Energie, die einem zur Verfügung steht, muss für die entscheidenden Griffe und Züge aufgespart werden. Sonst gerät man irgendwann an einen Überhang und hat nicht mehr genug Reserven, um sich hochzuziehen.

Sie nimmt immer den leichtesten Weg, orientiert sich an den Haken, die jemand vor ihr benutzt hat. Aber nach einer Weile werden ihre Arme müde, weil sie das schwere Seil durch die Haken ziehen muss. Sie wünscht sich eine Stelle, an der sie die Spannung kurz vollständig aus dem Körper lassen kann. Doch es scheint ohne Ende senkrecht nach oben zu gehen, direkt in den Himmel.

Sie kann die Hand nicht mehr öffnen. Sie will den Griff lösen, aber obwohl sie der Hand befiehlt loszulassen, bleibt sie wie eine Kralle. Ihr linker Bizeps ist leer. Wie ein ausgewrungenes Stück Baumwolle fühlt er sich an, ihre Unterarme sind steinhart und pulsieren. Mit einem kleinen Ruck kann sie den Griff lösen, es geht immer weiter, mal quer nach links, mal nach rechts, senkrecht hoch. Immer dorthin, wo sie etwas zu fassen bekommt, sicheren Stand findet und wieder einen Haken in den Berg treiben kann. Das Einschlagen der

Haken wird immer schwieriger, doch sie will es gewissenhaft machen, sichergehen. Wieder spürt sie ihre Hände nicht mehr, muss jetzt noch genauer hinsehen, was sie da tut, um nicht falsch anzusetzen oder danebenzuschlagen.

Schließlich gelangt sie auf ein breiteres Felsband. Sie streckt und beugt sich und muss fast heulen vor Erleichterung. In einer Kuhle voller überschneiter, loser Felsbrocken, die auf Steinschlag schließen lassen, wartet sie, bis die anderen nachgerückt sind. Tonio, Robert und Quirin scheinen noch entkräfteter zu sein als sie selbst, versuchen es sich aber nicht anmerken zu lassen. Der Wind zerrt an dieser Stelle weniger bösartig an ihnen, dafür ist die Luft noch eisiger und dünner.

Robert lässt seine Schnapsflasche einmal im Kreis herumgehen. Nachdem alle einen großen Schluck getrunken haben, berät sich das Mädchen kurz mit Tonio.

Tschurtschenthaler hat ihnen beschrieben, dass es ein mörderisches Stück Steilwand zu überwinden gilt. In dieser sind sie nun gefangen, umdrehen können sie nicht. Je länger sie stehen bleiben, umso tiefer dringt die Kälte in die schweißnasse Unterwäsche, die Haut, die Muskeln, bis hinein ins Knochenmark. Also brechen sie wieder auf. Das Mädchen an der Spitze quert nach links, direkt ran an eine Felsspalte. Von dort führt es stetig im Zickzack hinauf. Wie viel Zeit bereits vergangen ist, kann sie nicht einschätzen, als sie nur noch zwei Haken über sich hängen sieht. Sie prüft beide gewissenhaft, bevor sie das Seil einhängt. Dann erreicht sie eine kleine Höhle, die Tschurtschenthaler ihnen beschrieben hat, und dankt dem Herrgott, dass er sie bis hierhin hat leben lassen. Sie hilft den anderen nach oben, setzt sich hin und wartet auf Erholung. Doch es geschieht fast nichts.

Beim Klettern hat sie es kaum bemerkt, aber es fühlt sich

an, als wäre ihre Lunge verkleinert, als könnte sie die Luft nicht mehr weit genug in den Körper hinunterziehen. Sie steckt ihre Hände unter die Achseln, um sie wieder warm zu bekommen. Die drei Männer tun es ihr gleich. Es wird kaum gesprochen, nur ein paar Flüche ausgestoßen. Zum Sprechen ist die Atemluft zu kostbar. So vergeht die Zeit ganz ohne Erzählungen, ohne Vorahnungen oder Erwartungen.

Nach einer weiteren kurzen Passage gelangen sie in eine größere Höhle, die ausgesprengt wurde und als Ausguck dient. Von dort können sie auf das Drei-Zinnen-Plateau blicken, auf den Sextenstein, davor der Toblinger Knoten, der wie ein erhobener Daumen aus dem Plateau ragt.

Sie sehen, wie am Sextenstein Schnee hochstiebt. Die Österreicher feuern mit Artillerie hinter dem Toblinger Knoten, wenig später geht eine ganze Salve der Italiener vor dem Knoten nieder. Es sieht aus, als würde der Berg zerspringen, aber die Geschütze stehen zu weit auseinander, um sich ernsthaft gefährlich zu werden. Wie zwei Kinder, die sich mit Stöcken duellieren, aber nicht richtig zuzuschlagen trauen, führen beide Einheiten ihre Angriffe aus. Geröll springt nach dem erneuten Einschlag einer Granate auf. Dann stellen beide Seiten ihre Angriffe wieder ein, als hätten sie es verabredet. Fast gleichzeitig herrscht dieser seltsame Frieden, diese Ruhe. Weil alle nur danebengeschossen haben, weil es nichts bringt.

Die Steilwand über der Höhle entpuppt sich als geriffelt und gestuft, viel einfacher zu gehen als der bisherige Aufstieg. Wie ein Geschenk erreicht das Mädchen immer neue Unebenheiten in der Wand. Sie kann an guten Tritten hochsteigen, findet sicheren Halt. Als sie nach oben blickt, stellt sie fest, dass der Gipfel schon näher gerückt ist. Tonio deutet gegenüber auf den Elfer. Zuerst denkt sie an hochwirbelnden Schnee, doch dann sieht sie aufsteigenden Rauch und erkennt eine Feldwache, die in die Wand gebaut wurde. Sie müssen vom Weg abgekommen sein, wenn sie die Wache von hier aus sehen können, oder sie wurde erst in den vergangenen Tagen errichtet.

Einige Meter weiter finden sie eine kleine Höhle, in die sie sich zu viert kauern können, sodass nur noch die Füße im Wind hängen. In der Höhle liegen Zwetschgenkerne. Sie sind also immer noch auf dem Weg, den Tschurtschenthaler ihnen beschrieben hat.

Der Nachmittag schlägt in den frühen Abend um, und die Temperatur fällt wie ein Stein zu Tal. Sie klettern eine schwere Seillänge auf ein weiteres Band, das sie nach rechts wieder aus dem Sichtfeld der Italiener führt. Es folgt eine Wandstufe auf die nächste, glatt, wie von riesigen Meteoreinschlägen vor Jahrtausenden abgesprengt.

Das Ganze gleicht einem senkrechten Hindernislauf, so als hätte hier jemand absichtlich immer schwerere Stufen angebracht, um ihren Willen zu testen. Nur der Gedanke, mit den anderen per Seil verbunden zu sein, lässt das Mädchen weitergehen. Und der Gedanke an Adrian und Vierzehnhalb, von denen sie weiß, dass sie das alles nicht können. Dass sie da oben sitzen wie zwei Nichtschwimmer in einem Rettungsboot bei hohem Seegang.

Durch den schwer zu steigenden Teil werden sie weiter nach links abgedrängt. Es besteht keine andere Griffmöglichkeit mehr, sie können nicht mehr entscheiden, auf welcher Route sie weiterkommen wollen. Sie können nur weiter nach oben und hoffen, dass es nicht die Stiefelspitzen von

Alpini sein werden, die sie als Erstes sehen, wenn sie sich zum letzten Mal hochziehen.

Das Mädchen erreicht einen kleinen, zugeschneiten Geröllkessel. Endlich kann sie ihr Marschgepäck abwerfen und sich für einen Moment so leicht fühlen, wie sie ist. Leichter noch.

Sie ringt nach Luft. Die Männer folgen ihr im Abstand weniger Sekunden, ziehen sich hoch, lassen sich fallen. Zuerst Tonio, dann Robert. Sie erschrickt, weil eine Pause folgt. Doch dann zieht sich Quirin ächzend hinterher. Er schwingt die Beine über den Vorsprung und rollt sich zu ihnen.

Kurz darauf stehen sie nacheinander wieder auf. Erst das Mädchen, dann Tonio, Robert und Quirin. Als stünde jedem von ihnen eine bestimmte Zeit zu, um zu klettern, zu rasten, zu atmen.

Sie durchqueren den Geröllkessel, umstoben von feinen, alten Flocken, die sich gestört zu fühlen scheinen, weil sie hier bis zum Frühjahr liegen wollten, und machen sich an den nächsten Anstieg, während die Sonne allmählich untergeht.

Ein senkrechter Riss, der sich nach oben verbreitert, zwingt sie, sich für eine Seite zu entscheiden, später können sie nicht mehr queren. Tschurtschenthaler hat nichts davon erwähnt, sie nicht vorgewarnt oder mit einem Vorschlag ausstaffiert. Das Mädchen entscheidet sich für den linken Aufstieg. Es bringt nichts zu zögern, denkt sie, das Schicksal wird entscheiden.

Nach einigen Minuten gelangen sie auf ein breiteres Felsband, über dem zwei Tritte in den Fels geschlagen worden sind. Das Mädchen spürt Erleichterung in sich hochsteigen.

Wenn sie die Männer ins Verderben geführt hätte, käme ihr das viel schrecklicher vor, als allein in die Irre zu gehen.

Sie bewegt sich eine Weile nach links weiter und entdeckt gegenüber auf dem Elfer eine Einheit Alpini, auch wenn diese mit ihren weißen Umhängen schwer auszumachen sind. Haben die schon auf sie angelegt? Wird gleich ein Schuss knallen und neben ihr einschlagen? Vorsichtig schiebt sie sich zurück und bedeutet auch Tonio, der ihr schon entgegenkommt, wieder umzudrehen.

Sie weichen zurück, bis sie außer Sichtweite sind. Ganz absteigen können sie sowieso nicht mehr, also packen sie ihren Speck und ihr Schüttelbrot aus, kauen langsam und bedächtig, essen ein paar getrocknete Zwetschgen als Nachspeise. Sie frieren und zittern auf dem schmalen Band, warten eine ewig lange Stunde, in der sie sich kaum rühren. Sie sehnen sich nach der Dämmerung, nur um sich dann selbst eingestehen zu müssen, dass sie den Vordermann noch gut erkennen können. Was bedeutet, dass auch sie gut sichtbar sind, wenn sie zu weit vortreten. Wenig später schiebt sich das Mädchen erneut nach vorne. Auf den ersten Metern glaubt sie, ihre Knochen könnten im Körper splittern, so eingefroren fühlen sie sich an. Sie robbt weiter, sieht den Elfer gegenüber, die Dunkelheit verschluckt jetzt die einzelnen Zacken, Spalten, Steine und Soldaten. So wie sie hofft, selbst von der Dunkelheit getarnt zu sein.

Sie bleibt vorne, obwohl sie nicht die meiste Felderfahrung besitzt. Die anderen scheinen sich mittlerweile daran gewöhnt zu haben. Das Mädchen hat das Gefühl, sie müssten schon bald wieder an der Höhle ankommen, in der sie zuletzt die Zwetschgenkerne entdeckt haben. Als würden sie im Kreis um den Berg herumgeführt, als wäre der Vorsprung wie das Metallband um ein großes Fass, das in sich selbst endet.

Eine weitere Rippe führt steil nach links hinauf. Immer dünner wird das Felsband, von Schritt zu Schritt, als würde der Berg sich nun auf sie lehnen, sich gegen sie stemmen. Sie denkt, dass es gleich nicht mehr weitergehen kann. Sie hat nur noch ein paar Zentimeter unter ihren Fußspitzen, und der Berg ragt dunkel vor ihrer Nase auf.

Sie zieht sich am ersten Griff hoch, setzt die Füße an, stemmt sich weiter, kann den zweiten Wulst greifen, setzt den rechten Fuß fast bis zur Hüfte und stemmt sich zum dritten Griff. Inzwischen kommt es ihr eher wie ein Zufall vor, dass sie nicht abrutscht oder danebengreift. Sie sieht nichts mehr, sie könnte genauso gut kopfüber nach unten klettern, so fühlt sich das an.

Nach dem dritten Wulst stößt sie an einen Vorsprung. Sie muss mit den Füßen hochkommen, um wieder Stand zu haben. Aber sie ist nicht gesichert, und die Männer warten, bis sie das Seil befestigt hat.

Sie krallt ihre eisigen Finger in den Vorsprung und versucht sich emporzuziehen. Sie schafft es nicht und spürt, dass sie abrutscht. Dann verfällt sie auf einen kühneren Plan, auch wenn sie weiß, dass sie dafür nur einen Versuch hat. Sie drückt sich von der Wand weg, beginnt zu pendeln, frei hängend, einmal, zweimal. Beim dritten Mal nimmt sie den Schwung mit, erreicht mit dem linken Bein die Kante des Vorsprungs und kann sich mit dem Stiefel dort feststemmen. Mit dem rechten Arm und dem linken Bein schiebt sie sich hoch und hofft, dass sie mit ihrer freien Hand etwas fassen kann. Doch sie spürt nur glatten Fels. Erst als ihr Arm schon fast gestreckt ist und der Schmerz von ihrem Rücken durch die Beine hinunter bis in die Zehen zieht, kann sie etwas greifen. Es fühlt sich rau an, fast porös. Tränen der Erleichterung schießen ihr in die Augen, als sie merkt, was sie da ertastet. Einen alten Haken.

Sie zieht sich daran hoch. Das erscheint ihr nun leicht und befreiend, weil der Druck aus dem Rest des Körpers abgleiten kann. Sie findet mit beiden Füßen Halt und hakt das Seil mit einem Karabiner ein. Das Seil spannt, die Hälfte ist fast aufgebraucht.

Sie rüttelt am Seil, wartet. Rüttelt wieder, wartet und lässt es noch ein weiteres Mal schwingen, aber die Kameraden kommen nicht nach. Sie wird gleichzeitig wütend und verzweifelt. Sie kann nicht glauben, dass alles umsonst gewesen sein soll. Erneut muss sie mit den Tränen kämpfen, dann macht sie sich auf den Rückweg. Zumindest ist sie diesmal durch das Seil gesichert.

Vor dem Abseilen haucht sie sich noch etwas Wärme auf die steifen Finger. Sie lässt sich von Vorsprung zu Vorsprung hinabgleiten, stemmt sich dabei mit beiden Beinen vom Fels ab und sinkt in der Dunkelheit nach unten, zu erschöpft, um sich noch orientieren zu können.

»Was?«, fragt sie, als sie nahe genug an Tonio dran ist.

»Der Quirin schafft's nicht.«

»Was schafft er nicht?« Sie kann ihre Stimme kaum noch bremsen.

»Er sieht nichts, und er kann nicht mehr.«

Sie ist so zornig, dass es ihr die Kehle zuschnürt. Sie hat auch nicht daran geglaubt, den Aufstieg zu schaffen. Sie hat es getan. Obwohl sie sicher war, dass es schiefgehen würde.

»Wir sind nur so stark wie das schwächste Glied«, sagt Tonio.

Plötzlich steigt Stolz in ihr auf, sodass ihr vor Aufregung wärmer wird.

Sie schieben sich wieder zurück, um den nächsten Vorsprung herum. Zu essen haben sie nichts mehr, also hüllen sie sich mit hungrigen Mägen in ihre Zeltbahn ein und beten, dass in dieser Nacht kein Fels herunterfällt oder sie sich herumrollen und in die Tiefe stürzen. Das Mädchen lutscht auf einem alten Zwetschgenkern herum und schläft sofort ein, so groß ist die Erschöpfung.

Mitten in der Nacht erwacht sie zitternd. Der Frost hat sich ihr so tief in die Glieder gefressen, dass sie schon mehr zuckt als zittert. Sie steht auf, um das Zucken zu vertreiben. Sie steckt sich den Zwetschgenkern wieder in den Mund, den sie in ihrer Jackentasche verstaut hat, und lutscht darauf herum, während sie sich umschaut.

Der Mond steht über der schwarzen Mauer des Elfers und überflutet alles mit Licht. Weiter unten kann sie die zackige Führung der beschneiten Kämme sehen, die in nachtschwarze Abgründe stürzen. Sie versucht die Stelle auszumachen, an der sie die italienische Feldwache entdeckt haben. Sie fragt sich, ob die Männer darin hoffen, dass der Sprengteufel ihnen keine Falle stellt und sie morgen früh noch heil aufwachen.

Über der Felswelt, die sie von hier aus überblicken kann, hängen ewige Sterne. Für einen kurzen Moment ist es windstill, als wollte die Erde den Atem anhalten. Leise löst sich weiter unten ein Stein und fällt ins Tal. Wenn der Wind nachlässt, ist gelegentlich ein Knacken oder Knirschen zu vernehmen. Eine Eisplatte, die vom Wetter bewegt wird.

Oder der Berg, der sich von seinen vielen Besuchern belästigt fühlt und sie abschütteln will.

Sie rollt sich wieder ein, nickt weg, zittert sich wach, schläft aber wieder ein, bevor sie aufstehen kann. So geht es die ganze Nacht hindurch, bis sie irgendwann die Augen öffnet und sieht, dass die Sterne verschwunden sind und das Morgenleuchten über die Gipfel kriecht. Sie steht langsam auf und beobachtet, wie sich der Nebel am Berg festklammert. Bei diesen Bedingungen wird der Aufstieg fast so schwierig werden wie gestern in der Dunkelheit.

Auch die anderen rappeln sich hoch und packen ihre Rucksäcke. Sie sehen grau und ausgezehrt aus, wie junge Greise.

Die Sicht ist schlecht, aber das Seil, das immer noch dort hängt, erleichtert dem Mädchen das Klettern. Jede Bewegung ist schmerzhaft, doch ihr Körper hat sich die entscheidenden Stellen gemerkt. Sie erreicht den Vorsprung, greift den Haken und ist oben.

Zweimal zieht sie am Seil, das Zeichen, dass die Kameraden nachfolgen können. Noch bevor Tonio bei ihr ist, steigt sie zwei Rippen weiter. Sie muss in Bewegung bleiben. Wenn sie stillhält, wird alles nur beschwerlicher. Nach der dritten Rippe erreicht sie ein fußbreites Trittband, das bis zu einer brüchigen Wandstufe führt.

Sie seilt die anderen hinter sich her, folgt dem breiteren Tritt nach rechts. Es wird leichter, aber alle sind so erschöpft, dass sie schon jetzt keuchen. Obendrein wird der Nebel dichter, und der Wind streut ihr kleine, scharfe Eiskristalle ins Gesicht. Sie kann nur hoffen, dass es irgendwie weiter nach oben geht. Dass sie irgendwann ankommen werden.

Das Band wird wieder schmaler. Sie tastet sich höher, bis

sie eine überhängende Partie entdeckt, an die sie sich aus der Beschreibung des Bergführers erinnert. Wenn sie richtig sind, dann haben sie den Gipfel bald erreicht. Von diesem Gedanken angetrieben erklimmt sie den letzten Überhang, und als sie über die Kante klettert, kann sie den sanft ansteigenden, aber schartigen Pfad zum Gipfel erkennen.

Sie hängt sich mit dem Kopf hinunter und raunt Tonio zu: »Wir sind richtig.« Die anderen schieben ihr Gewehre, Rucksäcke und Patronengurte nach oben. Tonio hievt sich als Nächster hoch und umarmt sie fest. »Hast du gut gemacht, Richard!« Er lässt sie los und klopft ihr mehrfach mit der rechten Hand auf die Schulter. »Wirklich gut!« Hinter ihm folgt Robert. Als auch Quirin bei ihnen angekommen ist, reißt die Nebeldecke auf und gibt den Blick auf den Gipfel frei.

Das Mädchen fühlt sich euphorisch. Wie lange es her ist, dass sie reines Glück empfunden hat, wird ihr erst in diesem Moment klar. Wie besonders dieses Gefühl ist, wie es sich vom Magen langsam ausbreitet, den Körper durchströmt und alles Schwere leicht wird.

Sie freut sich wie wahnsinnig darauf, Adrian und Vierzehnhalb zu sehen, ebenso Tönner und den Rest der zerzausten Mannschaft. Mit einem Mal ist sie sicher, dass alles gut werden wird. Dass ihr Abenteuer später für ein paar Geschichten gut sein wird, die sie dem Vater erzählen kann. Und dieser Aufstieg wird eine davon sein. Die Sonne scheint ihr ins Gesicht. Es fühlt sich an, als würde sie auftauen. Sie ist zu erschöpft, um zu heulen, obwohl ihr danach ist.

Sie späht nach oben und sieht einen Mann, der sich hastig in Deckung bringt. Aber sie kann nicht sicher sagen, ob es die

Tschurtschenthaler-Gruppe ist, der Wachposten oder eine Alpini-Einheit. Sicherheitshalber rollt sie sich seitwärts in Deckung, Tonio und die Burschen machen es ihr instinktiv nach.

Tonio zieht sein Fernglas aus der Seitentasche, starrt lange hindurch, justiert, starrt wieder und schüttelt den Kopf, weil er nichts ausmachen kann.

Dann schnalzt er kaum hörbar mit der Zunge. Sie sieht zu ihm hinüber, und in diesem Moment wirft er ihr bereits sein Fernglas zu. Sie lässt es beinahe fallen, so überrascht ist sie, dass er ihr das Auskundschaften zutraut. Vorsichtig robbt sie weiter nach vorne und sieht schließlich zwei Männer. Sie tragen keine Mützen, die Gesichter kann sie nicht erkennen, nur Hinterköpfe. Aber sie entdeckt einen Seitenweg, der einen Bogen beschreibt und vermutlich auch zum Gipfel führt. Auf ihr Signal hin kriecht einer nach dem anderen zu ihr hin, erst Tonio, dann Robert und zum Schluss Quirin.

Der Seitenweg wird zu einem übereisten Wandabsatz. Sie stemmen sich in den Boden, um den schmalen Grat gehen zu können. Nach etwa fünfzig Metern wird der Weg wieder breiter, und sie erreichen einen eingefallenen Verschlag, der vom Schnee befreit und geöffnet wurde. Fünf tote Männer liegen dort. Die Gipfelwache, ihre Leute. Vielleicht erstickt, vielleicht durch Zerquetschen gestorben. Wie lange mag es gedauert haben? Ist die Hütte in einem mächtigen, gnädigen Stoß zusammengebrochen? Oder langsam auf sie niedergegangen? Einem der Männer fehlen Hosenbeine und Jacken-ärmel, dunkelschwarze Löcher sind in sein Fleisch gerissen. Adrian und Vierzehnhalb sind nicht darunter, sie würden sogar unter den seltsam zerdrückten Leichen auffallen, weil der eine viel breiter und der andere viel kleiner ist.

Das Mädchen entfernt sich schnell von dem Verschlag und bemerkt, dass man einen guten Blick auf den Kreuzbergpass hat. Von hier oben sieht es gar nicht mehr so weit entfernt aus. Sie hätte gerne Max' Notizbuch, um es mit seinen Aufzeichnungen zu vergleichen. Er hätte den Ausblick genossen und ihr genau erklären können, wer wo in Stellung liegt.

Sie folgen dem Weg vom Verschlag zum Gipfel. Als sie wieder näher an den Abgrund geraten, blickt das Mädchen hinüber zum Elfer und sieht den Vorsprung, auf dem sie die Feldwache der Italiener ausgemacht haben. Von hier oben ist sie nicht mehr zu erkennen.

Sie erreichen eine Kurve, nach der sich der Weg zum Gipfel hin in eine Fläche auflöst. Um eine Felskuhle sieht sie Tschurtschenthalers Gruppe stehen, sechzehn Männer in einem Halbkreis, die ihnen den Rücken zuwenden. Alle haben ihre Mützen abgenommen.

Sie hat keine Kraft mehr zu rufen. Sie versucht zu rennen, fällt hin und rappelt sich wieder auf. Je näher sie kommt, desto merkwürdiger erscheint es ihr, dass die Männer einen Halbkreis um eine Felsvertiefung bilden und hineinstarren.

Sie erreicht die Gruppe, stellt sich dazu, wird jedoch nicht beachtet. Alle starren auf den schneereifbedeckten Haufen, der mal zwei Menschen war. Ein Großer sitzt aufrecht, den Rücken an den Felsen gelehnt, in seinen Mantel geknöpft ein Kleiner, dessen Kopf auf seinen Brustkorb gesunken ist. Der linke Arm des Großen liegt schützend auf der freien Schulter des Kleinen. Er hält eine leere Flasche in der Hand. Frostkristalle werden vom Wind an den beiden hochgeblasen, als wären sie eine Statue. Erst jetzt bemerkt sie die Vertiefung von Augenhöhlen, ein abstehendes Haarbüschel beim Kleinen.

Sie wartet auf den Schock, der nicht eintreten will. Sie kann nicht begreifen, was sie sieht. Hätte gerne mehr Sekunden, Minuten, bis die Erkenntnis einsickert. Adrian und Vierzehnhalb sind weg, so wie Max weg ist und ihre Mutter. Sie sitzen da noch, aber das, was sie an ihnen mochte, ihr Lachen, ihr Gerede, ihre Seele, hat sich davongemacht. Man hat ihr nur diese beiden Körper dagelassen, deren Anblick ihr Schmerzen bereitet, von denen sie sich jedoch nicht abwenden kann. Der Kleine sollte zu Hause sein und sich ein Holzschwert schnitzen, in der Schule Ärger machen, zu spät heimkommen und Stubenarrest kriegen. Adrian sollte seine Frau im Arm haben, irgendwo in einem kleinen Häuschen mit einem Garten davor. Die Frau sollte ihn ermahnen, nicht zu viel zu trinken. Aber nur eine sanfte Ermahnung, denn Adrian wurde nie böse, wenn er etwas getrunken hatte, nur melancholisch oder fröhlich. Manchmal beides gleichzeitig. Hatte er überhaupt eine Frau? Das Mädchen kann ihn nicht mehr fragen. Selbst wenn ihr Vater hier sitzen würde, könnte sie nicht betroffener sein. Sie spürt, wie sich eine große Klappe in ihr auftut und alle Hoffnung und Freude hindurchfällt. In eine Dunkelheit, die keinen Trost mehr zulässt.

Tonio, Robert und Quirin haben aufgeschlossen und reihen sich in den Kreis ein.

»Erfrieren ist eh besser«, sagt einer.

»Macht das einen Unterschied?«

»Erfrieren ist nicht so schlimm, man schläft langsam ein. Hunger hat man länger.«

Das Mädchen will diese Kommentare nicht hören, diese Suche nach irgendeiner Erleichterung, sei sie noch so klein und gut gemeint. Die beiden gehören ihr, in ihrer Trauer. Die anderen haben gar kein Recht, betroffen zu sein. Wer kannte Vierzehnhalb und Adrian schon so wie sie? Tonio vielleicht. Tschurtschenthaler und Tönner, sonst aber niemand, und die drei schweigen.

»Der Mensch ist nur zu Gast auf dem Berg«, sagt einer. »Weil niemand hier hingehört. Es gehört hier einfach niemand her.«

»Der Krieg gehört nicht her«, sagt Tschurtschenthaler schließlich laut und klar. Die anderen verstummen. »Ist so schon schwer genug, gegen die Berge anzukommen.«

Das Mädchen ist dankbar dafür, dass Tschurtschenthaler das Einzige sagt, was Sinn ergibt. Wie absurd es ist, ausgerechnet hier Krieg zu führen. Der Berg steht einfach weiter da und nimmt Leben. Schon immer.

Tschurtschenthaler ist wenigstens klug genug, sich nicht vor den Karabinern der Italiener zu fürchten. Er weiß genau, dass von denen die geringste Gefahr ausgeht. Die sind mit Überleben beschäftigt, genau wie wir, denkt das Mädchen. In Wahrheit haben sie alle denselben Gegner.

Der Feldkurat löst sich aus der Gruppe und stellt sich vor die Männer. »Wir müssen den Verstorbenen noch eine Andacht halten. Sie begraben.«

Die Männer beratschlagen, was sie mit den Leichen aus dem Verschlag machen sollen, wie man sie bestatten könnte, da man kein Loch in die Erde graben kann. Jeder will etwas sagen, um die Spannung zu lösen.

Tonio tritt vor, beginnt an Adrians Leiche zu zerren, ihn am Kopf hochzuziehen, von der Wand weg. Dann zerrt er Vierzehnhalb aus der Jacke. Der kleine Körper sackt zurück in die Hocke, die Hände weiter zwischen die Knie geklemmt, als würde es jetzt noch etwas helfen, gegen die Kälte.

Adrians Körper bleibt starr, wie aus Blei gegossen. Tonio schleift ihn bis zum Gipfelrand. Niemand sagt oder tut etwas dagegen, alle sehen wie versteinert zu. Tonio wirft sich zu Boden, tritt einmal, zweimal, dreimal gegen Adrians Leiche, bis sie über die Kante rutscht und in die Tiefe stürzt.

Er steht auf, zieht seine Jacke wieder zurecht und blickt in die geweiteten Augen der anderen. »Wolltet ihr den begraben? Wo denn? Womit? Und wer wollte einen Segen sprechen? Du vielleicht, Tönner? Da bin ich ja mal gespannt, was da in der Bibel drinsteht zu einem, der einen kleinen Jungen mit zum Erfrieren nimmt, weil er ein zu weiches Herz hat.«

Tonio ist so wütend, dass niemand sich traut, etwas zu erwidern.

Dem Mädchen wird schwindelig. Sie ist in dem Glauben erzogen worden, Gott sei in jedem Wesen. Nur bei den Menschen wird sie sich langsam unsicher. Sie schreit los, wie eine Übergeschnappte. Von innen fühlt es sich ganz kontrolliert an, aber an den Blicken der Männer erkennt sie, dass es nicht normal ist, was sie tut. Sie schreit gegen den Wind an, und als ihr schnell die Luft ausgeht, saugt sie neue ein, viel mehr als zuvor, bis tief in die Magengrube, und schreit erneut, so laut wie noch nie in ihrem Leben. Tonio geht zu ihr hin. Sie erwartet schon eine Ohrfeige, aber er geht vor ihr in die Hocke, sieht zu ihr auf und sagt: »Entschuldige. Bitte lass gut sein, es tut mir leid.«

Die Männer beginnen ein Lager zu errichten. Sie bergen die Leichen aus dem eingebrochenen Unterstand, einige bauen aus Holzlatten eine provisorische Baracke, während andere in der Zwischenzeit das Artilleriegeschütz zusammensetzen. Es wird so aufgestellt, dass sie in die Richtung der Italiener auf dem Plateau im Elfer zielen können. Noch heute soll geschossen werden, um sie von dort zu vertreiben. Wer weiß, ob morgen nicht schon wieder Schnee fällt.

Das Geschütz wird gewissenhaft im Boden verankert. Es zielt fast horizontal, die Krümmung der Flugbahn wird erst mal geschätzt. Keiner der Männer kann genau beurteilen, wie stark der Rückstoß an der Kanone reißen wird. Wenn sie abstürzt, ist alles umsonst gewesen. Das Mädchen wagt sich vor zum Abgrund, sichert sich mit einem Haken und einem Seil und späht durch Tonios Fernglas hinüber. Sie will sehen, wie das Versteck der Italiener bombardiert wird. Der Beobachter ruft dem Kanonier Koordinaten zu, der erste Schuss geht etwa fünfzig Meter daneben. »Fünfzig rechts«, ruft der Beobachter, der Kanonier feuert den zweiten Schuss. Er trifft das Plateau am Rand, es sieht aus, als würden Männer dort herumhasten wie Ameisen. Vielleicht versuchen sie Artillerie, Zelte oder Proviant zu sichern. »Sieben rechts«, ruft der Beobachter, kurz darauf knallt es noch mal. Diesmal schlägt das Geschoss direkt im Plateau ein, sie kann den schwarzen Krater gut erkennen. »Fünf rechts«, ruft der Beobachter, wieder ein Knall, und so geht es weiter, bis lauter dunkle Krater auf dem Plateau zu erkennen sind und keine Ameisen mehr dazwischen. Das Mädchen spürt einen hässlichen Eifer in sich hochsteigen. Sie will die Italiener erwischen, bevor sie fliehen können. Am liebsten würde sie selbst die Kanone zünden. Die Italiener sollen büßen, für Adrian, Vierzehnhalb und Max.

Bis das Bombardement beendet ist, haben die Kameraden eine dünne Suppe gekocht. Die letzten Stücke einer Gämse, ein paar Kartoffeln, ein bisschen Gewürz. Jeder blickt verstohlen in den Napf des Nächsten, um zu prüfen, ob der nicht mehr Glück bei der Verteilung hatte, eine Faser mehr Fleisch, einen größeren Brocken Kartoffel.

Feldkurat Tönner trägt seinen Klappaltar in eine Höhle und baut ihn auf. Einer der Männer ruft ihm über seinen letzten Rest Suppe hinterher: »Gut so, Herr Pfarrer, näher an den lieben Herrgott kommst du nicht mehr als hier auf dem Gipfel.«

Doch die Scherze verstummen schnell. Einer nach dem anderen geht zur Beichte, sucht einen Moment mit Tönner, um seine Sorgen und Ängste loszuwerden. Der Feldkurat hat seine Aufgaben schon sehr weit ausgedehnt, segnet neue Kanonenrohre, wenn ausgeschossene ersetzt werden, predigt über Maschinengewehrgeknatter hinweg. Aber hier oben ist er in seinem Element. Nachdem er mit den meisten Soldaten einzeln gesprochen hat, ruft er noch zu einem gemeinsamen Gottesdienst auf.

Tonio, das Mädchen und Tschurtschenthaler sind die Einzigen, die nicht daran teilnehmen. Das Mädchen hört Tönner von drinnen reden, vom ewigen Himmelreich, in das die Gefallenen nun einziehen.

Tschurtschenthaler bleibt vor ihr stehen, Tonio setzt sich neben sie auf einen Felsbrocken. Er nimmt zwei Zigaretten aus seiner Brusttasche, zündet beide an und gibt ihr eine. »Wie es wohl aussieht im ewigen Himmelreich?«, fragt sie.

»Daran glaubst du noch?«, entgegnet Tonio.

»Du denkst, es ist eine Komödie, hast du gesagt. Dass Gott ein Komödiant ist. Aber lustig finde ich das nicht.«

»Nicht ich habe das gesagt, das war Voltaire. Und die Komödie hat von jeher eine große Nähe zur Tragödie.«

»Dann ist das nur ein Spiel für dich?«, fragt Tschurtschenthaler.

»Nein, dafür ist es zu ernst.«

»Aber ist eine Komödie nicht auch ein Spiel?«, fragt das Mädchen.

»Nicht für uns. Aber vielleicht sieht uns einer zu, den das alles amüsiert. Das wäre eine Erklärung, warum sich alles genau so zuträgt.«

»Der liebe Gott?«

»Wenn du den noch lieb findest.«

»Und wir sind dann seine Spielfiguren?«, fragt Tschurtschenthaler hörbar angestrengt.

»So etwa.«

»Und das Himmelreich gibt es dann gar nicht?«, fragt das Mädchen.

»Ich weiß es nicht. Ich glaube nicht. Siehst du den kleinen Karl oder Adrian auf einer Wolke sitzen? Ein Engel daneben, mit einer Harfe im Arm?«

»Nein, ich sehe Vierzehnhalb da immer noch sitzen, in Adrians Arm. Max liegt auf der Wiese, die Kugeln stecken in seinem stockigen Blut, und der Schnee hat sich über ihn gelegt.«

»Und Adrian ist in die Tiefe gestürzt, nicht nach oben in den Himmel«, sagt Tschurtschenthaler. Das Mädchen versucht etwas in seinen Augen abzulesen, aber da rührt sich nichts.

»Und der Feldkurat predigt jetzt zwar auf einem Gipfel, so nah bei Gott wie sonst nie«, sagt Tonio. »Aber er steht dabei in einer Höhle, wie die allerersten Menschen.«

Das Mädchen bleibt stumm und denkt darüber nach. Sie hat die Geschichte der Zivilisation umgekehrt zurückgelegt.

Von Meran mit seinen Grand Hotels, Theateraufführungen und feinen Kurgästen bis hierhin, vor eine Höhle, wo es nur noch ums Überleben geht. Sie hat schreckliche Sehnsucht nach ihrem Vater, zum ersten Mal seit Langem, wie sie feststellt. Vielleicht könnte er ihr Hoffnung machen. Ihr eine Aufgabe geben, mit der sie sich ablenken kann. Und wenn es nur wäre, seine Tochter zu sein.

Von drinnen hören sie die Männer, die die Worte des Feldkuraten nachbeten.

»Je größer die Gefahr, desto größer der Eifer beim Gebet«, sagt Tonio. Das Mädchen erwidert nichts. Zu unheimlich ist er ihr geworden. Er spricht weder zu ihr noch mit Tschurtschenthaler. Er zündet sich noch eine Zigarette an, lässt den Rauch aus dem Mund quellen. »Die ganze Herz-Jesu-Litanei, die hilft einem auch nichts, wenn man erfriert und nichts zu beißen hat.«

»Wenn man an nichts mehr glaubt, kann man auch für nichts mehr kämpfen«, sagt Tschurtschenthaler, der sich neben das Mädchen gesetzt hat.

»Das ist der Unterschied zwischen Glauben und Krieg«, sagt Tonio. »Wer an Gott glaubt, der fragt sich, warum ich? Wer aber lange genug im Krieg war, der fragt sich, warum ich nicht?«

7. KAPITEL

Der Schnee bleibt bis März und geht dann schnell. Das Mädchen und Tonio sprechen nicht mehr über Adrian und Vierzehnhalb, weder in der Roten Wand noch später, als sie durch neue Einheiten ersetzt werden und wieder im Mittellager stationiert sind. Über Wochen vermeiden sie das Thema, so wie man versucht, eine schmerzende Stelle am Körper zu schonen.

Erst als sie eines Morgens in Decken gehüllt vor die Baracke treten und es bis zum Fischleintal hinunter rötlich schimmert, drängt sich Vierzehnhalb zu ihnen in die aufgehende Sonne.

»Der Wüstensand«, sagt sie.

»Ja. Der aus der Sahara«, sagt Tonio.

»Wo die Nashörner zum Dressieren herkommen.«

»Ich glaub, in der Sahara gibt es keine Nashörner.«

»In Afrika aber schon.«

»Ja, da schon.«

»Stell dir mal ein Nashorn-Gehege vor, unten in Sexten beim Lager bei der Lanzinger Säge. Und Vierzehnhalb, der den Nashörnern beibringt, wie sie zu galoppieren und anzugreifen haben. Wie er auf ihnen reitet und sie gegen die Italiener in die Schlacht führt.«

Sie sieht, dass Tonio hauchfein lächelt, während ihm eine dünne Träne eine helle Bahn in sein schmutziges Gesicht wäscht.

Der Sahara-Sand verschwindet noch am selben Nachmittag mit dem schmelzenden Schnee.

Zwei Wochen später verabschiedet sich das Mädchen von Tonio, Quirin und Tschurtschenthaler. Feldkurat Tönner ist schon kurz nach dem Zwischenfall in der Roten Wand aufgebrochen.

Als sie bei Dunkelheit in einer Achtergruppe ins Fischleintal abwandern, wird ihr mit einem Mal leichter. Sie war seit Monaten nicht mehr in Moos und hat sich schon daran gewöhnt, dass die Welt nur aus Hängen, Felsen und Schnee besteht. Ihr erscheint hier alles so friedlich, dass sie sich ermahnen muss, nah am Aufstieg zu wandern, um nicht ins Schussfeld der Alpini zu geraten.

Es wird hell, als sie den Talboden in Richtung Sexten verlassen. Erste Blüten schlagen aus. Es riecht nach feuchter Rinde, nach Moos, Wiese und Bach, frisch und klar.

Kurz vor Erreichen des Dorfes fällt dem Mädchen auf, dass etwas fehlt. Sexten. Der Ort ist nahezu komplett von italienischer Artillerie zerschossen worden.

»Die haben mit Achtundzwanzig-Zentimeter-Haubitzen so weit wie möglich über die Grenze geschossen«, sagt einer ihrer Kameraden, als er ihren ratlosen Blick sieht. »Um die Nachschublinien zu unterbrechen. Reine Kriegstaktik, wir hätten es nicht anders gemacht.«

Doch es tut ihr unendlich leid zu sehen, dass das, was sich die Bauern in Jahrzehnten aufgebaut hatten, jetzt in Schutt und Asche liegt.

Sie wandert mit ihren Kameraden an den Stümpfen der Gebäude vorbei, ein paar Granattrichter in den Wiesen sind schon grün überwachsen und sehen aus wie Tümpel. Überall im Feld sind Stellungen und Unterstände aufgebaut, mit provisorischen Drahtverhau-Einzäunungen, dazwischen geriffelte Eisenstangen, die mit Stacheldraht umwickelt sind. Einige davon haben sie und Max mitaufgebaut.

Erst hinter den Stellungen stoßen sie auf ein paar Standschützen und Wachleute, die einzelne Höfe beschützen, damit sie nicht von Plünderern auf der Suche nach Nahrung, Wertsachen und Holz ausgeweidet werden. Alle Männer hier sind alt. Kein Wunder, denkt das Mädchen und erinnert sich an einen Bericht von Tschurtschenthaler. Der hatte ihnen nach einem seiner Ausflüge beim Kartenspiel erzählt, dass die Siebzehn- bis Fünfzigjährigen zu den Waffen beordert wurden. Die Bauern, denen man zuerst nur jeden dritten Sohn weggenommen hatte und dann jeden zweiten, mussten zum Schluss selbst losziehen. Mittlerweile arbeiteten die Frauen. Die Männer starben oder bekamen zur Ernte Fronturlaub.

Sie erreichen die Lanzinger Säge in Innichen. Auch dieser Ort ist gezeichnet. Das, was von ihm übrig blieb, wurde vom Krieg verschluckt. Von Baracken, Offiziersräumen, Mannschaftsräumen, Lagern, Werkstätten, einer Schmiede, einer Tischlerei, Ställen, einem Marodenhaus, einer Feldzahnambulanz, dem Arrest, dem Wäschehaus, der Badeanstalt und den Latrinen.

Die meisten Soldaten sprechen Deutsch mit Dialekt. Ihren Abzeichen nach zu urteilen sind keine Pioniere mehr zugegen, sondern vorwiegend Artilleristen. In dem kleinen Ort wirken die Soldaten wie das beherrschende Element, obwohl es nur wenige Hundert sind.

Das Mädchen verabschiedet sich von den Kameraden. Diejenigen, die aus der Gegend stammen, wollen zu ihren

Familien, zu ihren Frauen, auf ihren Hof, nach Hause. Zwei der Männer fragen das Mädchen, wie sie am günstigsten nach Meran kommen, wo sie ihren Sold in der Villa Giflklamm durchbringen wollen. Die Villa, einst ein feines Hotel an der eigens für die reichen Kurgäste gepflasterten Giflklamm-Promenade, hat sich einen Ruf als billiges Freudenhaus erworben. Im Mittellager war sie ein oft geraunstes Gerücht gewesen, vor allem wenn einer sich krankmeldete und vom Militärarzt behandelt werden musste. Das Mädchen hatte das Lied schon verstanden, das die Kameraden gerne anstimmten, wenn sie betrunken waren. Adrian sang es immer besonders laut und begeistert mit.

So wandert alles fort
Der Leib verliert die Kräfften
Und tauget nicht einmal zu denen Kriegs-Geschäfften.
Greifft nach dem Bettelstab
Zieht in der Still davon
Und nimmt sich eine Hur
Aus Desperation.

»Ihr müsst den Zug nach Franzensfeste nehmen, dann nach Meran«, sagt sie und kann sich nicht verkneifen anzufügen: »Eine lange Reise für eine schmerzhafte Entzündung.«

Sie erinnert sich, wie die Stimmung in Meran umgeschlagen war, bevor sie in den Krieg zog. Ein ganzes Leben scheint das nun schon her zu sein, obwohl noch kein Jahr vergangen ist. Kurz nachdem die reichen Kurgäste wegblieben und die Soldaten kamen, hatte sie ein Flugblatt an einem Leitungspfosten nahe der Villa Giflklamm gesehen.

*»Der Kampf Mann gegen Mann hat manchen von euch zu Tode
getroffen, andere wund und siech gemacht. Das ist der Krieg, und seine
Schläge sind unvermeidlich. Aber wie steht es mit dem Kampf Mann
gegen Weib?! So wie ihr den Krieg in die feindlichen Länder getragen
habt, entstehen euch in den Frauen und Mädchen feindliche Kämpfer,
die euch mit lächelnden Mienen Gesundheit und Kraft nehmen.«*

Doch sie erinnert sich auch an schwere Kleider aus Damast.
An Seife und gewaschene Handtücher. An die Sonne, die so
ergiebig auf die Stadt scheint, dass sogar Palmen wachsen. An
die Passer-Promenade und den Gesang der Petronelli. Wie
schnell die Welt, die man zu kennen meint, zu einer anderen
wird, nur weil ein Thronfolger erschossen wird und keine
Partei glauben kann, dass die jeweils andere nicht zurück-
steckt. Nun sterben sie in jeder Himmelsrichtung, denkt das
Mädchen, auch diejenigen, die den Kronprinzen nicht mal
leiden konnten. Und aus dem schönen Meran ist ein Außen-
posten auf dem Weg zum Ende der Welt geworden.

Nachdem sich auch der letzte Kamerad auf den Weg gemacht
hat, fragt sie sich bis zur Registratur durch. Vielleicht kann
sie dort in Erfahrung bringen, wo ihr Vater stationiert ist. Es
dauert eine Weile, bis sie das Gebäude gefunden hat.

Neben dem Eingang hängt ein abgewetztes Plakat. Es
ist ein in kräftigen Farben gemalter Andreas Hofer darauf
zu sehen, der in Angriffspose vor einem Gebirgspanorama
steht. Er trägt Tiroler Tracht, ein blutrotes Hemd und einen
weitkrempigen Hut. Einen Säbel in der rechten, eine Tiroler
Flagge in der linken Hand. »Den tück'schen Walschen keinen Zoll. Deutsch bleibt ihr Berge von Tirol!«, steht über
ihm geschrieben. Schneidig sieht er aus, mit seiner Leder-

hose und dem kurzen Vorderlader, der nachlässig im Gürtel steckt, in der Gewissheit, keine Kugel zu brauchen. Das Bild besitzt keinerlei Ähnlichkeit mit dem, was das Mädchen in den vergangenen Monaten erlebt hat.

Sie muss eine halbe Stunde warten, bis sie in ein kleines Zimmer gerufen wird. Ein sauber frisierter Major mit gestärktem Hemd erklärt ihr die Lage. Er trägt einen feinen Bart, der hoch über den Lippen rasiert wurde, und sitzt an einem Tisch, auf dem sogar die vielen Papiere im rechten Winkel geordnet scheinen. Unterschriftenmappen ragen links und rechts von seiner Schreibtischablage in die Höhe, Einsatzbefehle, Truppenverschiebungen. Hier werden die Schicksale verwaltet, die sich in den Bergen gegen den Schnee und die Kälte stemmen.

»Eine genaue Aufzeichnung über den Bestand der Truppen haben wir nicht«, erklärt der Major.

»Aber hier wird doch alles aufgezeichnet!«, sagt sie halb im Zorn, halb verzweifelt. »Wir mussten doch sogar da oben im Schnee und in der Kälte Buch führen, über Materialverbrauch und Einsätze!« Sie schreit beinahe.

»Nun, junger Mann, das ist alles schon lange bei der Zentralregistratur. Was denken Sie denn? Wir haben keinen Platz für die vielen Akten. Jeden Tag werden hier Materiallisten genehmigt, abgelehnt, weitergereicht. Dazu werden Truppenbewegungen aufgezeichnet, Einsatzgebiete eingeteilt, Pläne verschickt, genehmigt, zurückgesendet.«

»Und wenn man einen einzelnen Standschützen sucht?«

»Dann müssen Sie ein Gesuch schreiben, das könnte ich Ihnen hier auf dem kurzen Dienstweg genehmigen lassen. Wenn Sie eine Berechtigung haben.«

»Was für eine Berechtigung? Nach meinem Vater zu suchen?«

»Nein, das Gesuch einzureichen.«

»Weil er mein Vater ist?«

»Das genügt doch nicht für ein Gesuch! Es muss schon eine militärische Notwendigkeit vorliegen.«

Das Mädchen muss sich bremsen, dem Major nicht die Meinung zu sagen. Dass er zu gut rasiert und frisiert ist, um je Feindkontakt gehabt zu haben. Dass er einer dieser Etappenhasen ist, auf die Adrian immer geschimpft hat. Adrian, der dem Befehl eines solchen Pimpfes gefolgt und erfroren ist. Eine kalte Wut steigt in ihr hoch, die ihr die Sinne vernebelt, wie ein Rausch.

Der Major scheint sich unwohl zu fühlen. Er strafft seinen Oberkörper, zieht seine Weste zurecht. »Es kann natürlich sein, dass er mal im Krankenhaus behandelt wurde, dann könnten Sie dort seinen Namen erfragen.«

Das Mädchen versteht zunächst nicht, warum er so nervös wirkt. Dann begreift sie, dass sie der Grund dafür ist. Der Major versucht eine Autorität darzustellen, die sich lediglich aus Papier und Titel speist. Sobald ein Frontsoldat vor ihm steht, wird ihm klar, wie wenig er eigentlich mit dem Kriegsgeschehen zu tun hat. Er könnte auch die Einschulungsunterlagen im Bezirksamt ordnen, es würde keinen Unterschied machen.

Ihr wird bewusst, dass sie zum ersten Mal in ihrem Leben jemandem Angst macht. Sie erfreut sich nicht an diesem Gefühl, aber es verschafft ihr Befriedigung. Dass dieser Major, der jeden Morgen die Zeit findet, seinen Schnurrbart über der Oberlippe um einen feinen Millimeter zu kürzen, sich selbst nicht mehr leiden kann. Dass er sich schlecht fühlt, wenn ein Standschütze vor ihm steht, der seit einem Jahr morgens als Erstes zu seinem Gewehr greift.

»Also, vielleicht das Krankenhaus …?«, legt der Major ihr nahe. Er will sie loswerden. Fast möchte sie bleiben, nur um den Moment etwas auszudehnen. Doch dann verlässt sie das Büro, weil sie den Major noch schlechter erträgt als er sie.

Draußen raucht das Mädchen eine Zigarette. Sie spürt, wie ihre Wut langsam ihren Körper verlässt, und da sie keinen anderen Plan hat, fragt sie sich zum Krankenhaus durch. Der Weg führt über ebene Wiesen am Waldrand entlang. Sie genießt das Alleinsein und wünscht sich fast, der Weg wäre länger. Ihr wird mulmig, als sie das Gebäude von Weitem erkennt.

Das Krankenhaus besteht aus einem alten Hauptgebäude und hastig zusammengenagelten Anbauten. Krankenschwestern mit Rotkreuzhäubchen und weißen Schürzen führen Verwundete zur Tür hinein und heraus.

Als sie über die Türschwelle tritt, wird ihr deutlich vor Augen geführt, was sie die ganze Zeit verdrängt hat: Es ist reiner Zufall, dass sie noch lebt. Sie ist der einzige Mensch in diesem Gebäude, der Uniform trägt und unversehrt ist. Zwei Schwestern versorgen etwa vierzig Männer, die dicht an dicht liegen. Am Ende eines Flures, der mit Betten vollgestellt ist, sieht sie eine Schwester, die Medikamente verteilt. Das Mädchen versucht, zu ihr zu gelangen, bleibt aber auf dem Weg dorthin immer wieder an dem einen oder anderen Verwundeten hängen. Verbundene und verkrustete Hände strecken sich nach ihr aus, man bittet sie um Wasser, die meisten wollen sie berühren und murmeln Unverständliches. Obwohl die Fenster offen sind, riecht es nach Blut, Urin und Fäulnis, so dass sie durch den Mund atmen muss. Das unterdrückte Stöhnen und Wimmern zerrt an ihren Nerven. Wo waren diese Männer wohl stationiert? War der mit dem Kopfverband womöglich einer ihrer Kameraden, der im vergangenen Winter von der Roten Wand abtransportiert wurde? Und liegt ihr Vater hier vielleicht auch irgendwo?

Bevor sie die Schwester erreichen kann, sieht sie durch eine Tür in den Haupttrakt, in dem ein uniformierter Mann von einem Bett zum nächsten geht. Um seinen rechten Oberarm trägt er eine Binde, die das rote Kreuz zeigt.

Als sie den Krankensaal betritt, läuft er gerade durch die Tür am anderen Ende. Sie will ihm folgen und vermeidet dabei den Anblick der Verletzten. Sie hat Sorge, all das nicht mehr aus ihren Gedanken zu bekommen, wenn sie noch länger hinsieht.

Sie muss an Max denken, an Adrian und an Vierzehnhalb, denen dies hier erspart geblieben ist. Gleichzeitig wünscht sie sich, sie könnte Max unter den Verwundeten entdecken. Er würde sie von der Seite ansprechen, immer noch da sein. Ihr fällt auf, wie lange sie schon nicht mehr sein Gesicht vor Augen oder seine Stimme im Ohr hatte. Und dass sie mit jedem Tag, der vergeht, weniger an Adrian und Vierzehnhalb denkt, obwohl sie die beiden so sehr mochte. Die Erinnerung verblasst, versinkt unter den vielen Erlebnissen und Gedanken, die seitdem in ihr Platz finden mussten, auch wenn ihr das unendlich leidtut. Wie tot die Toten tatsächlich sind. Dass nicht mal die Erinnerung an sie klar bleibt.

Mittlerweile hat sie das Ende des Krankensaals erreicht, ohne dass einer der Versehrten »Richard« gerufen hätte. Sie drückt die Tür auf und gelangt auf einen schmalen, dunklen Flur, der auffallend leer ist. Kein Krankenbett wurde mehr reingequetscht, aber auch kein noch so schmaler Schrank. Der Flur führt nach rechts zu einer verschlossenen Tür. Statt einer Klinke hat sie einen mattschwarzen Knauf. Das Mädchen klopft dreimal und ruft »Hallo?«, wodurch ein leiser Widerhall in dem Gang hinter ihr entsteht. Da keine Antwort kommt, greift sie den Knauf und dreht ihn langsam. Die Tür öffnet sich lautlos, die Scharniere scheinen gut geölt zu sein. Überhaupt ist es hier, im hintersten Flur des Krankenhauses, der mit Linoleum statt mit Holz ausgelegt ist, besonders still. So still, wie sie es seit Monaten nicht erlebt hat. So als wäre etwas mit ihren Ohren nicht in Ordnung.

Als die Tür schon ganz geöffnet ist, hat sie der Mann, der wenige Meter vor ihr an einem Schreibtisch sitzt, immer noch nicht bemerkt.

Er studiert seine Unterlagen, den linken Arm mit dem Ellbogen auf dem Tisch abgestützt, sein abstehender Daumen scheint den Kopf an der Wange zu stabilisieren. Er legt den Federhalter aus der rechten Hand, streicht sich über seinen kahlen Kopf, kratzt sich am Haarkranz, fährt in die Brusttasche, zieht eine Zigarette heraus, steckt sie sich in den Mund, nimmt das Feuerzeug vom Tisch und zündet sie an. Ein geschmeidiger Ablauf. Er bläst den Rauch aus, stützt sich wieder auf den Ellbogen und sitzt da wie zuvor, nur dass die Zigarette zwischen Zeige- und Ringfinger nun eine tänzelnde Rauchfahne zur Zimmerdecke schickt.

»Entschuldigung!«, sagt sie viel zu laut in dieser besonderen Stille, weil ihr nichts Besseres einfällt.

Der Arzt blickt auf. »Du«, sagt er ohne deutliche Betonung. Während er sich zurücklehnt und einen tiefen Zug an seiner Zigarette nimmt, tritt sie näher. An der Wand bemerkt sie große Hängearchive, eine Schublade steht heraus, die sicher fünfzig Mappen enthält. Fünfzig Schicksale auf dünnes Schreibmaschinenpapier gedruckt und bestempelt. Von diesen Laden gibt es sechs in jedem der Schränke, die die komplette Wand einnehmen. Eine ganze Stadt voller Menschen, denkt sie, alleine nur in diesem engen Raum.

»Würden Sie meinen Vater hier drin finden, wenn er sich verletzt hätte und behandelt worden wäre?«

Der Arzt folgt ihrem Blick, der über die Hängearchive streift.

»Da willst du deinen Vater nicht finden«, sagt er. »Da drin sind die Toten vermerkt.«

»So viele Tote?«, entfährt es ihr.

»Nur die aus diesem Abschnitt. Und von vielen erfahren wir ja gar nichts, wie von deinem Freund. Da wird die Benachrichtigung direkt nach Bruneck gesendet.«

»Sie erinnern sich an ihn!«

»Ihr wart schon recht auffällig, ihr zwei, wie ihr euch da im Gasthaus angeschlichen habt. Mit zwei Krügen, so groß wie ihr selber.« Er nimmt wieder einen tiefen Zug. »Was treibst du hier?«, fragt der Arzt schließlich.

Sie denkt angestrengt nach, obwohl sie schon bei der Frage spürt, dass er sie erwischt hat. Wie in der Schule, als sie immer dann aufgerufen wurde, wenn sie am allerwenigsten Ahnung hatte.

»Nach meinem Vater suchen.«

»Das hast du damals schon gesagt. Aber dazu bräuchtest du freilich kein Gewehr.«

»Aber er muss doch irgendwo da oben sein, wie hätte ich ihn sonst finden können?«

»Du hast ihn trotzdem nicht gefunden.«

»Nein.«

»Und das ist auch kein Wunder. Hier sitzen Tausende Soldaten in allerkleinsten Einheiten auf unerreichbaren Posten, das müsstest du doch langsam verstanden haben.«

Das Mädchen sagt nichts dazu. Sie starrt auf den Schreibtisch, ohne viel zu denken, während der Arzt weiterspricht.

»Und jetzt landest du hier, weil du langsam ahnst, dass du gar nicht alle Posten abklettern kannst, die du abklettern müsstest. Und wenn du nicht in eine Kugel läufst oder unter eine Lawine kommst, dann erfrierst du halt.«

Der Arzt beugt sich wieder nach vorne über seinen Schreibtisch und blättert in einem dicken, von bekritzeltem und zerknittertem Papier aufgeplusterten Buch, das dort liegt. Dann reißt er einen Zettel von einem Block und schreibt etwas auf.

»Hier ist die Adresse der Bäuerin Villgrater. Bei der kannst du unterkommen, wenn du Fronturlaub hast. Du kannst dich auch zum Arbeitsdienst bei ihr einteilen lassen. Sie hat Berechtigung, weil ihre Männer im Krieg sind. Wenn du ihr hilfst, bekommst du freie Kost und Logis. Sonst musst du halt was von deinem Sold opfern. Die Villgraterin kann ein Geheimnis bewahren. Sie hat selber einiges für sich zu behalten, mit ihren Kriegsgefangenen und dem Mann, der seit fast zwei Jahren nicht mehr am Hof war. Da bist du gut aufgehoben.«

Wie durch einen Schleier erinnert sich das Mädchen an die Kühle eines Stethoskops auf der Brust. Das Blut schießt ihr in den Kopf, sie erschrickt. Doch dann fällt ihr selbst auf, dass es dafür nun zu spät ist.

»Sie haben mich nicht hingehängt.«

»Warum hätte ich sollen?«, sagt der Arzt. »Sie lassen hier Kinder schießen und verrecken. Warum dann nicht auch Mädchen? Ist ein Alter weniger wert als ein Junger? Ein Mann weniger als eine Frau? Das kommt mir unrecht vor.«

»Der Himmel wird's Ihnen danken«, flüstert sie.

»Das glaub ich kaum. Ein Toter ist immer ein Toter, egal

wie alt oder groß, ob Italiener oder Österreicher. Ist ein Witwer weniger traurig als eine Witwe? Wenn du sterben willst, dann stirb halt und mach deinen Vater unglücklich. Wenn nicht, dann zieh den Kopf ein. Bis hierher hast du's ja geschafft.«

Das Mädchen tritt an den Schreibtisch und nimmt den Zettel, den der Arzt in seiner ausgestreckten Hand hält. Sie sieht, dass er statt eines Eherings zwei Ringe trägt, die ineinander geschmiedet wurden. Wie ihr Vater, nachdem die Mutter gestorben war und er ihren Ring an sich nahm.

Sie dreht sich um und geht zur Tür, hinter der dieser dunkle Flur wartet, dunkel wie eine Höhle. Als sie den Knauf schon in der Hand hält, hört sie den Arzt noch mal.

»Hattest du deine Regel schon?«

Sie dreht sich um und blickt den Arzt verständnislos an.

»Hast du schon geblutet? Ich meine hier.« Er deutet in seinen Schritt, worauf das Mädchen den Kopf schüttelt.

»Das ist die Unterernährung, wahrscheinlich. Wie alt bist du?«

»Sechzehn.«

»Dann wundere dich nicht, wenn du blutest, sobald du bei der Villgraterin ein paar Tage was Anständiges zu essen bekommst. Frag die Frau einfach, wenn es so weit ist, die hat auch Töchter in deinem Alter.«

»Danke. Auf Wiedersehen«, sagt das Mädchen.

Zum ersten Mal lacht der Arzt. »Wenn wir uns wiedersehen, ist das keine gute Sache, befürchte ich. Sag also lieber Servus.«

»Servus«, sagt sie und geht.

8. KAPITEL

Die Villgraterin ist eine schöne Frau mit streng nach hinten gebundenen Haaren, die den Hof auf dem Sonnenhang kurz vor Innichen alleine mit ihren zwei Töchtern und zwei russischen Kriegsgefangenen bewirtschaftet. Ihr Mann war Reservist der Kaiserjäger und ist seit zwei Jahren an die Ostfront berufen, die Söhne wurden im vergangenen Jahr in den Bergen stationiert. Einer stürzte vor ein paar Monaten in einen Felsspalt und erfror, er war achtzehn Jahre alt. Der andere tut Dienst am Toblinger Knoten. Solange ihr Mann nicht heimkehrt, muss die Villgraterin den Hof am Laufen halten.

»Du kannst es dir aussuchen«, sagt sie zu dem Mädchen. »Du zahlst was und wohnst über der Stube im Zugehzimmer. Oder du hilfst mit. Kannst denn was?«

»Nähen«, sagt das Mädchen und verschluckt sich fast dabei. »Und schießen«, schiebt sie schnell nach.

Die Villgraterin ist noch kleiner als das Mädchen, mit hohen Augenbrauen und zwei markanten Falten auf der Stirn.

»Nähen und schießen?«, schmunzelt sie. »Urige Mischung. Und wie heißt du?«

»Richard.«

»Richard?« Die Villgraterin lacht laut auf. »Ein Mädchen namens Richard?«

Sie wird in ihr Zimmer gebracht. Die ältere der beiden Töchter bereitet ihr ein Bad zu, damit sie sich richtig sauber machen kann und die Stube nicht vollstinkt. Sie kriegt Hosen, Socken und Hemd vom gefallenen Sohn, »dem Kleinen«, wie die Villgraterin sagt. Obwohl ihr die Sachen zu groß sind, fühlt sie sich darin so gut, dass sie eine Gänsehaut bekommt. Als sie wieder zu den anderen hinuntergeht, ist ihr Gesicht von der Schrubberei noch ganz gerötet.

Das Abendbrot nimmt sie gemeinsam mit der Villgraterin und deren Töchtern ein. Die beiden Gefangenen sitzen auch mit am Tisch. Das Mädchen rutscht neben die ältere Tochter auf die Bank. Die Russen machen Scherze, einer spricht ein wenig Deutsch und versucht zu übersetzen. Er kann aber nicht erklären, was an der vorangegangenen Bemerkung so lustig war. Als die Villgraterin den Blick des Mädchens sieht, sagt sie: »Die können nichts dafür, dass sie hier gelandet sind. Man muss sie anständig behandeln, sind ja auch nur Menschen.«

Das Mädchen drückt auf seiner Gabel herum, die Villgraterin tischt einen Topf Fastenknödel auf. »Einer ist Ingenieur, der andere will Medizin studieren, wenn der Krieg vorbei ist und sie wieder nach Hause kommen. Ich wollt denen nicht einfach was im Stall hinstellen.«

Alle nehmen sich aus der gusseisernen Pfanne. Das Mädchen kann sich nicht mehr erinnern, jemals etwas so Köstliches gegessen zu haben. Sie kaut genussvoll jeden Bissen und trinkt Wasser mit einem Tropfen Apfelsaft darin. Erst als sie die Blicke der anderen bemerkt, schließt sie den Mund beim Kauen und setzt sich aufrecht hin.

Nach dem Essen räumt eine der Töchter das Abendbrot ab, die andere holt dem Mädchen die frisch gewaschenen

Sachen. Alles kommt ihr wie ein Traum vor … das Bad, die frische Kleidung, der freundliche Ton. Als die Töchter gegangen sind, will die Villgraterin wissen, wie es an der Front war.

Sie weiß nicht, was sie sagen soll. Sie hat das Gefühl, nichts erlebt zu haben, außer warten, exerzieren, sterben. Keinen einzigen Feind hat sie aus der Nähe gesehen oder gar beschossen. Gestorben sind nur die eigenen Leute.

Also erzählt sie von der Kameradschaft, wie sie in der Baracke gemeinsam gegessen und getrunken und sich gegenseitig mit Zwieback, Zigaretten und Nähzeug ausgeholfen haben. Sie erzählt von den langen Märschen, die man ohne gute Kameraden kaum aushalten würde, von einer List, mit der ihre Truppe einmal einen Diensthabenden getäuscht hat. Kein Wort vom Tod. Die Villgraterin fragt nicht nach.

Weil sie die Gesellschaft der Bäuerin genießt und noch nicht schlafen gehen will, fragt sie, was sich im Tal getan hat.

»Es folgen alle Tag noch Kriegserklärungen!«, antwortet die Villgraterin. »Rumänien erklärt Österreich-Ungarn den Krieg. Italien erklärt Deutschland den Krieg.«

»Aber liegen die nicht alle schon im Krieg?«

»Nicht amtlich!« Die Villgraterin muss lachen.

»Bald muss es aber doch vorbei sein«, sagt das Mädchen.

Der Russe, der etwas Deutsch spricht, mischt sich ein. »Hoffe alle, dass Krieg vorbei ist. Aber sie habe neue Hemde geliefert und mehr Material, Eisen und Kanonrohr.«

»Noch einen Winter können wir die Grenze nicht halten«, sagt das Mädchen und ist plötzlich verzweifelt. »Wir haben nicht mehr genug zu essen und zu heizen.«

»Frieren und hungern die andere genauso«, sagt der Russe.

Nach dem Gespräch legt sich das Mädchen ins Bett, auf eine frisch und weich gefüllte Strohmatratze in einem Holzrahmen, der sie beschützend von vier Seiten einkastelt. Die Decke ist schwer, es wird ihr mollig warm darunter. Sie möchte noch wach bleiben, um dieses Gefühl auszukosten, aber der Schlaf schließt sie fest in die Arme und lässt sie lange nicht mehr los.

Am folgenden Tag lässt sich das Mädchen in der Registratur für den Dienst am Hof der Villgraterin einteilen. Der Nachschub ist ein so großes Problem geworden, dass auch im Tal jede Hand gebraucht wird. Die Arbeit ist schwer und hört nie auf, auch weil immer wieder Vieh und Getreide konfisziert wird.

Da sie mit anpackt, hat sie nicht nur freie Unterkunft, sondern wird auch besser verpflegt als in der Feldküche. Sie kann sich waschen und frische Kleidung anziehen, wenn sie den ganzen Tag geschwitzt hat. Sie hilft beim Heuwenden, beim Ausbessern der Scheune, beim Melken und in der Küche.

So vergehen drei Monate, in denen sie den Krieg so gut es geht verdrängt und ihre Aufmerksamkeit dem Leben auf dem Hof widmet.

Wie es dem Vater, Tschurtschenthaler, dem Feldkuraten, Quirin und Tonio ergeht, fragt sie sich immer mal wieder, wenn sie den Blick auf die Bergspitzen richtet. Aber mittlerweile lassen die neuen Gerüche und die Wärme im Tal die Rote Wand, den Schnee, die Kälte und die Ereignisse dort wie einen üblen Traum im Gedächtnis versickern.

Eines Abends setzt sie sich vors Haus und beginnt, zerschlissenes Bettzeug zu flicken. »Du kannst ja wirklich nähen«, sagt die Villgraterin.

Am Morgen danach wacht das Mädchen auf und fühlt

Feuchtigkeit zwischen den Beinen. Ihr Nachthemd, das Bett und die Decke sind eingeblutet. Für Minuten steht sie da und weiß nicht, was sie tun soll. Sie wäscht sich am Bottich, zieht ihre Bubenkleidung an und bringt den Wäscheballen zur Villgraterin. »Ich hab leider geblutet.«

Die Villgraterin nimmt den Ballen kommentarlos entgegen und legt ihn neben die normale Wäsche. »Das kochen wir aus. Wie geht es dir?«

»Gut«, sagt das Mädchen. »Muss ich was tun, damit es aufhört?«

»Keine Sorge, das hört in ein paar Tagen ganz von allein auf. Hast du Krämpfe?«

»Ja.«

»Bist tapfer geworden da oben, oder? Ein bisschen zu tapfer vielleicht.«

An diesem Abend schneidet die Villgraterin dem Mädchen die Haare wieder kurz. Sie will am nächsten Tag zur Kirche in der Hoffnung, den Feldkuraten Tönner anzutreffen, der schon seit Wochen zwischen Bruneck, Toblach, Vierschach und Innichen unterwegs sein soll. Vielleicht hat er etwas von ihrem Vater gehört. Der Haarschnitt sieht diesmal viel ordentlicher aus.

Mittags macht sich das Mädchen auf den Weg. Sie läuft die Hauptstraße entlang, ihre Stiefel versinken im Matsch. Die Sommersonne scheint heiß. Wie in der Wüste, denkt sie, aber der Boden ist feucht und von den vielen Durchfahrten aufgewühlt. Fuhrwerke transportieren zugeschnittenes Holz und große Säcke voller Sand oder Getreide, die Räderwerke quietschen und knirschen unter der Last.

Eine Kanone, die rückwärts an ein dürres Pferd gebunden

ist, wird vor ihr über die Straße gezogen. Daneben geht ein Standschütze und treibt den Klepper an. Das Mädchen sieht, dass er Schaum um die Nüstern hat und seine Knochen sich an der Seite durchdrücken. Sie muss an Tschurtschenthaler denken.

Es herrscht Betrieb auf der Straße, aber die Mienen der Leute sind ernst und verschlossen. Kaum jemand verweilt einen Moment, um ein kurzes Gespräch zu führen. Also geht auch sie zügig voran und steht wenig später vor der Kirche. Zum Haupttor wurde ein kleiner Weg aus Brettern gelegt. Sie streift den Matsch von den Stiefeln, bevor sie eintritt und sich bekreuzigt.

Das Kirchenschiff ist leer. Niemand betet, keine Kerze brennt, die Rohstoffe sind knapp. Das Mädchen bekommt eine Gänsehaut. Draußen ist es heiß, drinnen feucht und kühl. So kühl, als wäre schon lange niemand mehr hier gewesen. Sie setzt sich in die dritte Bank von hinten, nimmt eine Bibel aus der Ablage und blättert darin herum. Sie versucht etwas zu lesen, aber jede Zeile, an der sie hängen bleibt, scheint ihr aus der Zeit gefallen, hat keine Bedeutung für das Leben, das sie heute führt. Gleichzeitig wird ihr bewusst, dass sie seit Wochen keinen Rosenkranz mehr gebetet hat. Weder für sich noch für den Vater, die Mutter, für Max oder die anderen Toten.

Sie hört, wie die Tür hinter ihr zufällt. Feldkurat Tönner hastet nach vorne und erschrickt, als sie ihn anspricht. Er macht einen Satz zur Seite, nimmt die Hände zum Schutz hoch, als wäre ihm der Leibhaftige erschienen. Doch dann erkennt er sie und umarmt sie herzlich. Er freut sich über jeden, den er gesund wiedersieht.

»Ist es denn bald vorbei?«, will sie wissen, während sie ihm zum Altar folgt.

»Ich glaub's nicht. Sie haben den Männern die weißen Taschentücher abgenommen und gegen farbige getauscht.«

»Warum das denn?«

»Damit es schwerer wird, zum Feind überzulaufen. Glocken kann ich auch keine mehr läuten, weil sie die eingeschmolzen und zu Kanonen gemacht haben. Nicht mal Grablichter gibt's noch.«

Von ihrem Vater hat er leider nichts gehört.

Den gesamten Sommer verbringt das Mädchen auf dem Hof der Villgraterin und beim Feldkuraten. Nur während des Erntedienstes ist sie zu erschöpft, um noch in die Kirche zu gehen. Aber sonst assistiert sie Tönner beim Gottesdienst, bei Segnungen, Begräbnissen, Taufen oder wenn er Ansprachen vor Mannschaften oder Arbeitsgruppen hält. Sie begleitet ihn, wenn er Verwundete im Lazarett oder dem Marodenhaus besucht und fragt dort nach ihrem Vater. Sogar auf die isolierte Trachom-Station kommt sie mit. Vielleicht liegt ihr Vater ja da, hilflos und erblindet. Durch die gemeinsame Nutzung von Waschlappen und Handtüchern hat die Trachom-Krankheit um sich gegriffen. Zuerst tränen die Augen nur, dann wird der Ausfluss dicker. Schließlich bilden sich gelbweißliche Follikel am Oberlid, die Haut wird rau, faltig und schwillt an. Die Männer auf der Station sehen aus, als hätten sie sich geschlagen, weil ihnen die schweren Lider über die Augen hängen. Irgendwann platzen die Follikel, die Narben ziehen sich zusammen, die Wimpern scheuern am Augapfel, jede Pupillenbewegung wird quälend. Im schlimmsten Fall entzündet sich die Hornhaut des Auges, und der Patient erblindet, wenn er nicht rechtzeitig behandelt wird. Der Feldkurat vermutet, dass sich einige Männer absichtlich infizieren, um dem Frontdienst zu entkommen.

Im September hat das Mädchen seinen letzten Abend auf dem Hof. Die Villgraterin sieht sie mitleidig an, während sie ihr noch einmal ein besonders üppiges Essen macht, mit Kaminwurz, Käse, Schmalz und fingerdick geschnittenem Brot.

»Gestern hat's bis auf die Felder runtergeschneit«, sagt die Bäuerin. »Und heute ist's wieder windig. Man muss mitfrieren, wenn man nur daran denkt, dass oben an der Front die Männer Tage und Wochen so ausharren müssen.«

Auch das Mädchen ist traurig. Sie hätte sich gerne weiter mit Arbeitsdienst in Innichen durchgeschlagen. Aber vor drei Tagen – als das Mädchen nicht da war – kam Tschurtschenthaler auf Stippvisite vom Toblinger Knoten, meldete sich bei Tönner und erzählte, dass im Standschützenbataillon Innsbruck I ein Mann mit demselben Nachnamen wie Richard diene. Er sehe dem Jungen sogar ähnlich und könne der Vater sein. Allerdings habe der Mann keinen Sohn, sondern drei Töchter.

»Mein Onkel«, erklärte das Mädchen dem Feldkuraten und ersuchte schon am nächsten Morgen aufgeregt bei der Registratur, zum Standschützenbataillon Innsbruck I versetzt zu werden.

9. Kapitel

Die Wälder sehen jetzt im Herbst noch verwunschener aus als im Winter. Die Lärchen sind gelb, wie leuchtende Kerzen stehen sie zwischen den dunkleren Tannen. Die Männer wandern durchs Innerfeldtal.

Zwei Stunden später ist die Gruppe abmarschbereit am Einstieg hoch zum Drei-Zinnen-Plateau. Das Mädchen zittert innerlich. Sie spürt gleichzeitig Angst, Unsicherheit und Vorfreude. Jetzt ist es so weit, geht es ihr durch den Kopf. Vielleicht wird sie schon heute ihr Ziel erreichen und den Vater wiedersehen. Der Tag ist schön, das kann nur ein gutes Zeichen sein, denkt sie sich. Tschurtschenthaler tritt aus dem Wald hervor, er soll die Gruppe zum Toblinger Knoten führen. Sie freut sich so sehr, ihn zu sehen, dass ihr die bevorstehenden Strapazen mit einem Mal nicht mehr schwer vorkommen.

»Ricki!«, ruft Tschurtschenthaler und schlägt mit weit ausholender Bewegung in ihre Hand ein. »Hätt ich gar nicht hier übernachten müssen, du kennst dich hier oben doch eh aus.«

Sie wandern los, zuerst einen sanften Anstieg entlang, dann wird es steiler. Die Schneefelder beginnen kurz vor den Gipfeln, es wird immer zäher, mit jedem Meter. Als sie schon fast das Plateau erreicht haben, müssen sie weit nach rechts ausweichen, um nicht ins Sichtfeld der Italiener zu geraten.

Von der Hinterseite arbeiten sie sich zum Toblinger Knoten hoch.

Links und rechts von ihnen befinden sich Schützengräben, Laufgräben, Feldwachen, Unterstände und Geschützstellungen. »Auch dahinter sind welche«, erklärt Tschurtschenthaler. Im Schutz des Knotens stehen die Baracken und die Latrine.

»Wir steigen von hinten in den Knoten ein«, sagt Tschurtschenthaler und geht voraus.

Drinnen ist es dunkel, eng und glitschig. Einzelne Gaslaternen hängen in den schmalen Stollen. Dem Mädchen kommt es so vor, als würden sie sich im Verdauungstrakt eines riesigen Untiers befinden. Durch ein Gewirr von Gängen können sie sich im Inneren des Felsens bewegen. Leitern führen nach oben und nach vorn, in Kavernen, Höhlen, zu Verschlägen, Felsschießscharten und Beobachtungsposten.

»Wenn man ganz oben am Ausguck angelangt ist, blickt man hinunter auf den Sextenstein«, sagt Tschurtschenthaler. »Der ragt aus dem Toblinger Knoten heraus und streckt sich in Richtung der Drei Zinnen. Als würd' er den Walschen die Zunge rausstrecken.«

Der Sextenstein liegt nur wenige Hundert Meter vom Toblinger Knoten entfernt, ist aber in der Hand der Italiener. Ebenso wie die Gipfel, die sich neben den Drei Zinnen im Halbkreis um den Sextenstein reihen. Hier ist die Grenze, dazwischen nur ein Streifen Niemandsland, so schmal, dass man dem Feind einen Stein an den Schädel werfen könnte. Am höchsten Beobachtungspunkt weist Tschurtschenthaler das Mädchen an, den Kopf einzuziehen. »Scharfschützen, die liegen manchmal auf der Lauer und warten nur drauf, dass einer unachtsam ist.«

Sie klettern durch die Kaverne wieder in den Knoten. Es ist schwierig, die Orientierung zu behalten. Erst nachdem sie in Richtung Hinterland aussteigen, weiß das Mädchen wieder, wo sie sich befinden.

Gemeinsam mit den neuen Kameraden macht sich das Mädchen in Richtung der Baracken auf. Sie fragen den Lagerkommandanten, wo sie Quartier beziehen sollen. Mit drei Kameraden wird sie in die letzte Baracke am Hang beordert. Nachdem sie sich mit Tschurtschenthaler für eine Partie Watten am Abend verabredet hat, geht sie zusammen mit den anderen Männern zur Baracke, um ihren Rucksack loszuwerden. Sie öffnet die Tür als Erste und bleibt noch auf der Schwelle wie angewurzelt stehen. Den Mann, der sich gerade mit dem Rücken zu ihnen das Hemd zuknöpft, erkennt sie schon an der Körperhaltung. Zögernd tritt sie ein, bringt keinen Ton heraus. Ihre Gedanken rasen, sie kann nicht einfach »Vater« rufen. Dann müsste er hinterher seinen Stubenkollegen erklären, wie es kommt, dass er noch einen Jungen hat, falls er ihnen von seinen Töchtern erzählt hat.

Sie tritt an ihn heran, klopft ihm auf die Schulter, fragt: »Ist da noch frei?« und deutet auf die Schlafstelle neben ihm. Ihr Vater fährt herum, als würde sich eine Erinnerung plötzlich mit großem Schrecken in ihm ausbreiten. Ein Schluchzen löst sich in seiner Kehle. Sie stehen sich gegenüber, der Vater ist mager, seine Haut geschwärzt, der Schnauzbart weit über die Oberlippe gewachsen. Er sieht sie an, und an seinem Blick kann sie ablesen, dass er etwas sieht, das ihn gruselt.

»Du?«, sagt er nur. Alle weiteren Fragen sind in diesem einen Wort enthalten.

Sie schaut sich um, aber von ihren Kameraden beachtet

sie niemand. Die Männer suchen sich freie Pritschen, werfen ihre Sachen ab und tauschen Neuigkeiten aus. Gerade kommt eine weitere Patrouille zurück, die Baracke ist mit einem Mal sehr voll und belebt. Seine Fragen und ihre Erklärungen müssen warten.

Am Abend kommt Tschurtschenthaler wie vereinbart vorbei, und sie drängen sich zu dritt um das kleine Tischchen in der Baracke. Der Vater ist ganz selbstverständlich an ihrer Seite geblieben. Das Mädchen freut sich, dass der Bergführer da ist. So kann sie sich an die Anwesenheit des Vaters gewöhnen, mit ihm sprechen, ohne sich erklären zu müssen. Auch der Vater scheint über den Besuch erleichtert. Beide wenden sich mit ihren Fragen an Tschurtschenthaler, benutzen ihn als Puffer. Es ist schwer genug, die Stimme des anderen zu hören, ein direktes Gespräch würde sie überfordern. So können sie sich nah sein und an die alte Vertrautheit in neuer Umgebung gewöhnen.

Das Mädchen will wissen, wie der Toblinger Knoten funktioniert.

»Wir haben da schon vor dem Krieg Stellungen eingerichtet. Wir wussten ja, dass es nichts mehr wird mit den Walschen«, erklärt Tschurtschenthaler. »Aus einem Gefechtsstand an der Westschulter können wir das Gelände südlich des Knotens überblicken. Und von der Adlerwache observieren wir den östlichen Kampfabschnitt.«

»Wie hoch ist die Adlerwache denn?«, fragt sie und bemerkt, dass ihr Vater sie erstaunt anblickt.

»Über zweitausendfünfhundert Meter.«

»Im Nordkamin gibt es jetzt einen Lastenaufzug«, ergänzt der Vater, »und eine Kaverne haben sie zu Unterkünften für die Wachen ausgebaut. Aus einer anderen Kaverne ist eine kleine Offiziersmesse und eine Küche geworden. Damit die Befehlsgeber auch immer gut was zu essen bekommen, für ihre anstrengenden Gedanken, die sie sich tagaus, tagein machen.«

Das Mädchen und Tschurtschenthaler müssen lachen. Früher hat sie häufig mit dem Vater gelacht. Aber da ging es um Missgeschicke, die sie gemeinsam beobachtet hatten, oder um Geschichten, die ihnen zu Ohren gekommen waren. Sie erlebt zum ersten Mal, dass ihr Vater einen Scherz macht. Einen Scherz unter Männern.

»Die Italiener haben sich diesen Sommer bis zum Sextenstein vorkämpfen können«, schildert ihr Vater die Situation. »Es war furchtbar. Zu Hunderten sind sie angerannt gegen die Schwarzlose-Maschinengewehre. So ein Schnellfeuer mäht die Männer nieder wie geschnittenes Heu. Furchtbar. Jetzt haben sie sich hinter Sandsackstellungen im Sextenstein eingerichtet.«

»Die steile Wand vom Knoten wirkt wie ein Felsschild«, sagt Tschurtschenthaler. »Da kommen sie nicht weiter, egal, was ihre Colonelli befehlen. Unterhalb des Gipfels haben wir Stollen und Geschützstellungen angelegt und Steige an der Nordostflanke. Aber die kann man nur unter Feuerschutz begehen, weil sie in Reichweite der Italiener liegen. Und jetzt wurde ein zweiter Steig im Nordkamin gebaut.«

Nach einer Weile ist sie erschöpft von dem Wiedersehen. Auch ihr Vater legt sich auf seine Pritsche, nachdem Tschurtschenthaler gegangen ist. Sie dreht sich zu seiner Seite hin und versucht seinen Atem zu hören. Obwohl es ihr nicht gelingt, fühlt sie sich durch seine Anwesenheit beschützt und schläft bald ein.

Das Mädchen lässt sich gemeinsam mit dem Vater zum Wachdienst einteilen. Von einem Feldposten am Toblinger Knoten kann sie den Elfer und die Rote Wand sehen, die ihr vorkommen wie Geister aus der Vergangenheit. Manchmal sitzen sie beide wie Urmenschen in Felslöchern oder werden zum Tragedienst für Holz, Essen, Munition und Wäsche eingeteilt. Das Gespräch, das sie am ersten Abend nicht führen konnten, holen sie auch jetzt nicht nach. Der Vater war noch nie ein Mann großer Worte, und zum ersten Mal ist das Mädchen froh darum. Sie kann sich ja nicht mal mehr selbst erklären, wie sie hier hineingeraten ist.

Wenn sie in einem Erdunterstand Wache schieben, darf sich das Mädchen in den Mantel des Vaters knöpfen. So wie Vierzehnhalb sich bis zuletzt bei Adrian warm zu halten versucht hat.

Eines Nachts klappern die Blechdosen, die als Warnsignal in den Stacheldrahtverhau gebunden wurden. Das Mädchen wacht davon auf. Als sie ihren Kopf nach oben reckt, sieht sie den Vater, der konzentriert anlegt. Behutsam streift sie den Mantel ab, um ihn nicht abzulenken, während er den Ladeschlitten des Gewehrs leise nach hinten zieht. Als sich die Silhouette des näher kommenden Italieners gegen den Mond abzeichnet, schießt der Vater. Nur ein Knall, der durch die Nacht hallt und von den Bergen zurückgeworfen wird. Sie warten auf weitere Soldaten und können den Rest der Nacht nicht mehr schlafen. Aber der Silhouette folgt nichts, und nach einer gefühlten Ewigkeit wird es hell.

Am Morgen sehen sie, dass der vermeintliche Feind ein Standschütze war. Kaum zehn Meter entfernt liegt er da, mit einem Loch in der Stirn.

»Gustl«, sagt der Vater tonlos.

»Aber was macht der denn da?«, fragt das Mädchen.

»Verlaufen«, sagt der Vater. »Was weiß ich.«

Der Vater ist wieder so wie damals, als er aus Russland zurückkam. Wortkarg, mürrisch und verschlossen. Nur versteht sie jetzt besser, warum er so ist. Was soll er schon sagen zu dem Unglück? Der tote Standschütze ist ein weiteres Gewicht, das auf seiner Seele lastet. Auch sie hat schon einen ganzen Chor von Menschen angesammelt, die nicht mehr da sind, aber auch nicht ganz ablassen von ihr. Die Mutter, Max, Adrian und Vierzehnhalb, der Kaiserjäger Tessler, die beiden Russen, der junge Alpino namens Andrea, der Tonio noch einen Gruß an seine Mutter und die Verlobte aufgetragen hat. All diese Toten können sie jederzeit anspringen. Ein Geruch, eine Bewegung, eine ähnliche Situation genügt. Und die Totenliste des Vaters muss noch länger sein. Würde sie mit ihm darüber sprechen, würden diese Leute nur wieder lebendiger werden, noch stärker nach ihnen greifen, ohne zurückkehren zu können.

Am nächsten Tag lässt sich das Mädchen vom Postendienst ins Lazarett versetzen. Jetzt, wo sie ihren Vater wiedergefunden hat und ihm nahegekommen ist, braucht sie eine Pause von ihm. Sie bemerkt jedes Mal, wenn er einer Frage ausweicht. Er wiederum erkennt sofort, wenn sie lügt, um sich oder andere zu schützen. Unbewusst schwächen sie sich gegenseitig, und das kann keiner der beiden hier oben gebrauchen. Auch der Vater scheint über ihren Wechsel erleichtert zu sein.

»Sehr gut«, sagt er. »Dann bist du erst mal aus dem Schussfeld raus und kannst dich nützlich machen.«

Ende September sind sie am Toblinger Knoten bereits eingeschneit. Im Feldlazarett sammeln sich die Verwundeten, die man nun nicht mehr so leicht ins Tal abtransportieren kann. Das Mädchen pflegt die Verletzten und hält den Raum sauber, so gut es geht. Nach zwei Wochen wird Tonio eingeliefert. Ihm fehlt ein Auge. Nur eine dunkle Höhle, viel Blut und Hautfetzen darum sind noch zu sehen. Sie möchte schreien, als sie ihn erkennt, schlägt jedoch eine Hand vor den Mund, wie um den Schall zu bremsen. Und tatsächlich bleibt der Ton in ihrem Hals stecken. »Tonio«, sagt sie stattdessen leise, aber· er ist weggetreten, stöhnt nur gepresst. Der Feldarzt sieht sich die Verletzung an und gibt Tonio eine Spritze, die ihn ruhigstellt.

»Felssplitter«, sagt er, nachdem er ihren fragenden Blick sieht. »Wenn ein Geschoss im Fels einschlägt, schleudert es Steinsplitt durch die Luft. Der ist schnell und hart wie eine Kugel, nur schwerer herauszuoperieren.«

Sie assistiert dem Arzt und beobachtet, wie er die Splitter mit einer langen Pinzette aus Tonios Augenhöhle zupft, aus einer Wunde auf seiner Stirn, der Wange, dem Ohr und der Kopfhaut. Sie hat nicht einmal gewusst, dass Tonio hier oben ist. Da alle ständig in Deckung leben, sich nur von den Kavernen in ihre Baracke, zur Latrine oder einem nächsten Unterstand begeben, kann man sich wochenlang nicht begegnen. Das Bataillon gleicht einem Heer von Ratten, denkt das Mädchen, die in alle Richtungen rennen, wenn eine Granate einschlägt. Wir drücken uns in die Spalten und suchen in Löchern und Verschlägen Schutz, wenn wir nicht zum Fressen herauskommen müssen.

Fortan bleibt sie in Tonios Nähe. Sie wechselt seinen Verband und spricht mit ihm, doch er scheint nicht bei sich zu sein. Erst am fünften Tag öffnet er sein gesundes Auge, als sie gerade die Wundauflage wechselt. Er sieht sie unvermittelt an, direkt und klar. »Vierzehnhalb«, sagt er.

»Nein, der Richard!«, antwortet sie. Er schließt sein Auge wieder und dämmert weg. Sie wundert sich, dass ihr Tonio viel vertrauter ist als der Vater. Der Vater weiß nichts von Max, Vierzehnhalb, Adrian oder dem Leutnant Nagy. Ihm fehlt ihr halbes Leben.

Am nächsten Morgen ist Tonio schon wach, als das Mädchen in die Krankenstation kommt.

»Richard«, sagt er. »Hier bist du also gelandet.« Sie streicht ihm das Haar aus der Stirn, wäscht ihm das Gesicht ab, löst die Wundauflage. Es verheilt, kein Splitter will mehr herauseitern, der Arzt hat alle erwischt.

»Wie geht's dir?«, fragt Tonio, obwohl sie ihm eigentlich diese Frage stellen sollte. Doch vielleicht will er genau das verhindern.

»Schon recht«, sagt sie. »Es hat uns eh weiter eingeschneit, ist mir lieber hier als im Knoten drin.«

»Doktor«, ruft Tonio plötzlich, als ein Mann an ihnen vorbei zu einem anderen Verwundeten eilt. »Wann kann ich wieder aufstehen?«

»Sobald du denkst, dass es geht. Und nenn mich nicht Doktor, ich bin keiner.«

»Aber Sie sind doch Arzt!«, sagt das Mädchen verwirrt. Sie hat ihn schon häufig operieren sehen.

»Veterinär bin ich«, entgegnet der Mann. »Doktoren gibt's hier schon lang keine mehr.«

10. Kapitel

Nach achtundsechzig Jahren Regentschaft starb Kaiser Franz Joseph am 21. November 1916. Der größte Teil seiner Untertanen kannte keinen anderen Herrscher als ihn.

Zwei Jahre zuvor hatte er das Ultimatum an Serbien unterzeichnet, das sein Reich in einen letzten großen Krieg führen sollte. Noch am Vorabend seines Todes im Alter von sechsundachtzig Jahren hatte er sich seinen Amtsgeschäften gewidmet, wie an jedem anderen Tag auch.

In den Zeitungen hatten die Österreicher die Liebe des jungen Franz Joseph zu Elisabeth, Sisi genannt, ebenso verfolgt wie den späteren Selbstmord seines Erstgeborenen, des Kronprinzen Rudolf, auf Schloss Mayerling, von dem sich das Gemüt des Monarchen nur schwer erholte. Das Leben hatte ihm hart mitgespielt, aber er ließ seine Verpflichtungen nie ruhen. Auch dann nicht, als ihm in hohem Alter die Kräfte zusehends schwanden. Der Kaiser ragte aus einer Zeit herüber, in der Kriege mit Säbeln und Seeschlachten mit Segelschiffen ausgefochten wurden, in der es keine Kinematografen und Automobile gab. Er allein hatte die Habsburger Monarchie und ihre vielen Völker in den vergangenen Jahrzehnten zusammengehalten.

Ein Friedenskaiser wollte er sein, der die Schlachten der Vergangenheit mit einer überlegenen Gesellschaftsordnung vergessen machen wollte. Und war mit dem Wissen gestorben, dass mittlerweile der schlimmste aller Kriege tobte.

Am Tag nach Franz Josephs Tod wurde in der Hofburg mit der Vorbereitung des Begräbnisses begonnen. Es sollte ein großes Aufbäumen der Herrlichkeit des Kaiserreiches werden. Weder Kosten noch Mühen wurden gescheut, der Prunk war ohne Beispiel.

Der Leichnam des Kaisers lag im Schreibzimmer von Schloss Schönbrunn, umgeben von vielen flackernden Kerzen in hohen Leuchtern. Hofbedienstete hatten alle Möbel an die Wand gerückt, um Platz für den Altar und die Betstühle zu schaffen.

Der Kaiser wurde in einen mit Samt ausgeschlagenen Sarg gebettet, gekleidet in seiner Marschalluniform, eine goldene Decke war über ihm ausgebreitet. In seinen gefalteten Händen hielt Franz Joseph ein kleines schwarzes Kruzifix und ein paar Blumen.

In der Nacht zum 25. November nahm der Hofrat Professor Doktor Kolosko im Beisein des kaiserlichen Leibarztes, Generaloberstabsarzt Doktor Freiherr von Kerzl, die Konservierung des Leichnams vor.

Darauf folgte der wichtigste Teil der Einbalsamierung. Als Zentrum des Lebens wurde den Habsburger Herrschern traditionell das Herz entnommen und bis zur Beisetzung in einem silbernen Behälter aufbewahrt.

Im Beisein der Familie ging der Kaiser in der Nacht des 27. November auf seine vorletzte Reise. Hofsaalkammerdiener und Leiblakaien trugen ihn in einem Metallsarg die große Freitreppe von Schönbrunn hinunter. Die kaiserliche

Leibgarde säumte die Treppe. Hofgeistliche, die österreichische und ungarische Leibgarde, Vertreter aller Hofämter und der Kavallerie sowie Hofstreitknechte mit Laternen begleiteten den Leichenwagen. Das Wetter war trüb und regnerisch.

Entlang des Weges leuchteten Opferfeuer. Schon in den frühen Abendstunden war ganz Wien aufgebrochen, um dem Kaiser Geleit zu geben. Es herrschte gespenstische Ruhe, nur gelegentlich unterbrochen von lautem Schluchzen. Die Polizei hatte alle Straßen gesperrt, durch die der Trauerzug führen sollte. Die Betreiber der Geschäfte waren im Vorfeld aufgefordert worden, die Beleuchtung ihrer Schaufenster anzulassen.

Der Trauerzug fuhr über den Schlossplatz, die Schönbrunnerbrücke, die Mariahilferstraße, die Ringstraße, den äußeren und inneren Burgplatz, bis er schließlich in den Schweizerhof gelangte. Jede der unzähligen Wachen salutierte. Ein Chor sang den neunstimmigen Psalm »Miserere mei, Deus« von Gregorio Allegri.

Bis zum Donnerstag lag der tote Kaiser aufgebahrt in der Hofburgkapelle. Um den Sarg wurden der Erzherzogshut mit Reichsapfel, die Krone des Kaisertums Österreich, die heilige Stephanskrone, die heilige Wenzelskrone und der Orden vom Goldenen Vlies drapiert. Davor lag der Generalshut mit grünem Federbusch, den der Kaiser häufig getragen hatte. Ein Meer von Kerzen erleuchtete den schwarzen Raum.

Über fünfundzwanzigtausend Menschen nahmen an diesen beiden Tagen Abschied, darunter viele Soldaten und Invaliden, denen der Krieg Gliedmaßen und oft auch die Existenz genommen hatte.

Bereits im Morgengrauen des 30. November waren zehntausende Wiener unterwegs auf der Ringstraße. Die viele Hundert Mann starke Sicherheitswache stellte sich zum Spalier auf. Mittags säumten Hunderttausende in Trauerkleidung die Strecke. Von den Häusern wehten schwarze Fahnen.

Anwohner konnten nur noch mit Passierschein zu ihren Wohnungen gelangen. Pressefotografen mussten eine Akkreditierung beantragen. Das Beamtentum, das im Habsburgerreich so weit verbreitet war und mittlerweile sogar bis in die Bergspitzen der Dolomiten griff, ordnete und strukturierte alles für diesen großen Tag.

Gaststätten, Ladenbetreiber und Privatleute mit Parterrewohnungen vermieteten ihre Fenster an Zuschauer. Alle Luxushotels waren restlos belegt, hochrangige Politiker und Adelige wurden in der Hofburg und den vielen Palästen der Stadt untergebracht.

König Ferdinand von Bulgarien war mit beiden Kronprinzen bereits seit Montag in der Stadt. Das türkische Thronfolgerpaar kam am Mittwoch am Wiener Westbahnhof an und wurde vom neuen Kaiser Karl sowie dem gesamten Personal der türkischen Botschaft empfangen. Am selben Nachmittag traf das bayerische Königspaar Ludwig III. und Marie Therese ein. Wieder trat der gesamte diplomatische Dienst an. Am Abend erreichte Friedrich August von Sachsen die Hauptstadt.

Es folgten Kronprinz Gustav Adolf von Schweden, Infant Ferdinand von Spanien, Großherzog Friedrich II. von Baden, Großherzog Wilhelm Ernst von Sachsen-Weimar, Prinz Waldemar von Dänemark, Fürst und Fürstin von Hohenzollern-Sigmaringen, Herzog Karl Eduard von Sachsen-Coburg und Gotha sowie Herzog und Herzogin von Schleswig-Holstein.

Die Zeitungen der Stadt vermerkten jeden Besucher, jeden Diplomaten, jeden möglichen Fauxpas. Die Schlagzeilen über die Berühmten und Mächtigen aus allen Teilen des befreundeten Europas verdrängten die unschönen Meldungen über das Kriegsgeschehen. Den Bürgern blieben diese Personen freilich fremd, genau wie die Kampfhandlungen, von denen man in der Hauptstadt nichts mitbekam.

Am frühen Nachmittag wurde der Sarg des Kaisers in der Hofburg zum Leichenwagen getragen, der mit acht mächtigen Rappen bespannt war. Die Kavallerie führte den Trauerzug an, neun Hofstaatwagen folgten ihm. Der Zug führte über die Ringstraße und die Rotenturmstraße bis zum Stephansdom.

Drinnen hatten sich die Trauergäste bereits versammelt. In der ebenfalls schwarz ausgekleideten, aber hell erleuchteten Kirche waren große Blattpflanzen und Palmen aufgestellt worden.

Die Sitzordnung musste sich nach dem Adels- und Ranghandbuch richten. Die hochgestellten Persönlichkeiten Österreichs und Ungarns wurden mit den Fürsten- und Königshäusern sowie Militärs abgeglichen, sodass es zu keinem Affront kam. In den Seiten- und Mittelschiffen fanden die Vertreter der Ministerien, die Staatsbeamten und Kämmerer Platz.

Das Libera, gesungen von einem Knabenchor, tönte sanft durch den hohen Kirchenraum.

Es folgte die Erteilung des letzten Segens durch Kardinal Piffl, worauf sich der Trauerzug durch die Kärntnerstraße über den Neuen Markt in Richtung Kapuzinergruft aufmachte.

Auch diesmal wurde der Sarg von allerlei Würdenträgern

begleitet. Auf seiner letzten Fahrt gingen zudem Kaiser Karl, dessen Frau Zita und zwischen ihnen der erst vierjährige Kronprinz Otto hinter dem Leichenwagen.

Der kleine Junge trug einen weißen Rock, weiße Schuhe und Bluse, seine goldblonden Haare lockten sich bis zu den Schultern. Er sollte den Fortbestand der Monarchie demonstrieren.

Eine Stunde später kam der Trauerzug vor der Kapuzinerkirche an. Mehrere Offiziersleibgarden mit gezückten Säbeln postierten sich um den dort vorbereiteten Katafalk. Nur die allerhöchsten Beamten, der Hochadel, die Familie, der kleine Otto und seine Eltern erhielten Einlass.

Der Sargdeckel wurde hinabgesenkt und mit einem Schlüssel verschlossen, von dem es nur zwei Exemplare gab. Einer sollte in dem dafür vorgesehenen Schrank in der Schatzkammer aufbewahrt werden, der zweite bei den Kapuzinermönchen verbleiben.

Der Zeremonienmeister klopfte mit seinem Stab an die Tür der Kapuzinergruft, worauf sich ein Fenster öffnete und ein Mönch fragte: »Wer begehrt Einlass?«

Der Zeremonienmeister zählte alle Titel des Kaisers auf, doch der Mönch erwiderte: »Diesen Mann kenne ich nicht.«

Ein zweites Mal klopfte der Zeremonienmeister. Erneut öffnete sich das Fenster. »Wer begehrt Einlass?«, fragte der Mönch. Diesmal antwortete der Zeremonienmeister nur noch mit den Namen des Kaisers.

Wieder antwortete der Mönch, er kenne diesen Mann nicht, und schloss das Fenster.

Ein drittes Mal klopfte der Zeremonienmeister, ein drittes Mal öffnete sich das Fenster. Wieder fragte der Mönch, wer Einlass begehre. Diesmal lautete die Antwort schlicht: »Franz Joseph, ein armer Sünder, dessen Sünden so zahlreich sind wie die Sterne des Himmels, bittet um Einlass.«

Die schwere Tür wurde geöffnet, und der Kaiser konnte endlich in die Gruft getragen werden.

11. Kapitel

In den Sextner Dolomiten bekommen die Menschen von all dem Spektakel nichts mit. Während sich in Wien ein letztes Mal die alte Welt feiert, wird in den Bergen weiter gefroren, gehungert und gekämpft.

Das Mädchen hat den Sanitätsdienst zusammen mit Tonio verlassen. An seiner Seite fühlt sie sich sicher, was auch ihrem Vater nicht verborgen bleibt. Er wirkt zwar unglücklich darüber, dass sie den Schutz des Lazaretts aufgegeben hat, ist gleichzeitig aber froh, seine Tochter bei sich zu haben.

Tonio hat sich aus einem Lederlappen eine Augenklappe gebastelt. Das Leder sollte den Feldspaten eines gefallenen Soldaten vor Rost schützen, war jedoch nach einem Artillerieangriff das Einzige gewesen, was seine Kameraden noch von ihm gefunden hatten.

Seither ist Tonios rechte Gesichtshälfte bis über die Wange von dem Lappen bedeckt. Das Mädchen kümmert sich um die Wunde und legt neue Verbandswatte unter dem Leder auf.

An einem eisigen, aber klaren Mittag im Dezember liegt sie mit ihrem Vater, Tonio und einem weiteren Kaiserjäger oberhalb des Truppennachschubweges der Italiener auf der Lauer im Berg. Getarnt durch ihre weißen Überwürfe kauern sie etwa zweihundert Meter über dem Pfad und sehen bald eine Mannschaft von vierzig Italienern aus dem Tal hochsteigen.

Der Kaiserjäger neben dem Mädchen hat sein Scharf-schützengewehr im Anschlag, es ragt neben seinem Kopf aus dem Überwurf. Tonio gibt ihm zu verstehen, dass er das Feuer halten soll. Immer näher kommt der Trupp, bald ist der Winkel zu steil, um noch gute Schüsse abgeben zu können. Behutsam zieht Tonio eine Handgranate aus seinem Über-wurf, löst den Stift und hält sie ruhig in der Hand. Trotz der Kälte bricht dem Mädchen der Schweiß aus. Die Italiener sind nun fast unter ihnen. Tonio löst den Griff, das Mädchen kann an seinen Lippen ablesen, dass er zählt, einundzwan-zig, zweiundzwanzig, dann lässt er die Granate losrollen. Sie springt von einem Stein ab und fällt auf eine Schneeplatte, wo sie bei dreiundzwanzig detoniert.

Durch die Explosion löst sich die Platte, kracht auf die nächste, sodass die gesamte Masse ins Brechen gerät, sich mit einem ächzenden Geräusch von der Felswand löst und abgeht. Mit einem dumpfen Grollen wird der gegnerische Trupp von den Schneemassen verschüttet. Die Männer war-ten noch einige Minuten, bevor sie sich so weit an die Kante trauen, um das Gelände zu inspizieren. Am Boden ist alles weiß, keine Spur mehr von den Italienern.

Meistens liegen sie dem Feind wochenlang am Drei-Zin-nen-Plateau gegenüber, ohne dass etwas geschieht. Keine Angriffe, keine Truppenbewegungen. Die Männer im Lager langweilen sich, wenn nicht irgendeine sinnlose Aktion angeordnet wird. Am Toblinger Knoten werden jetzt Mau-ser-Repetiergewehre ausgeteilt.

»Die deutsche Armee braucht immer weniger davon, je

länger der Krieg dauert«, sagt der Soldat, der sie ihnen über-reicht. »Gott weiß, wie lang das alles noch gehen wird. An der Ost- und der Westfront werden die Attacken immer hoff-nungsloser.«

Das Mädchen schiebt gemeinsam mit dem Vater in der obersten Feldwache Dienst. Sie weiß, dass wenige Meter ent-fernt Hunderte Soldaten liegen, doch von hier oben sieht und hört sie keine Menschenseele. Nur der Wind pfeift durch die Stellung. Hinter dem Sextenstein erhebt sich wieder einmal Artilleriefeuer, Schneefontänen zeigen die Explosionstrich-ter an. Es kommt ihr fast schon wie ein Naturschauspiel vor.

Täglich wechseln beide Seiten ihre Aufenthaltsorte, damit sie nicht unter Feuer geraten. In jedem Schützenloch sitzen wenigstens zwei Mann, starren tags ins Weiß und nachts ins Schwarz und warten auf ein Ziel. Das entsicherte Gewehr immer an der Schulter, um schnell anlegen zu können.

Wenn kein Wachdienst ansteht, wird das Mädchen ein-geteilt, um Laufgräben und neue Baracken zu bauen, wie alle anderen auch. Dabei kann jeder sehen, dass der kleine Richard nur noch aus Haut und Knochen besteht.

An einem Sonntag kommt Bewegung in die Mannschaft. Ein Landstürmer soll standrechtlich erschossen werden, da er einem Russen erklärt hat, wie er am besten zu den Italie-nern flüchten kann.

»Das am 18. des Monats gefällte Standrechtsurteil wurde heute, am 19., vom Abschnittskommando bestätigt und wird um fünf Uhr nachmittags vollzogen«, verkündet der Major den versammelten Männern in strengem Beamtendeutsch. »Der beim Verurteilten vorgefundene Geldbetrag verfällt dem Staate.« Noch bevor das Urteil vollstreckt wird, verzieht sich das Mädchen zurück in die Baracke. Wenn man nicht Zeuge wird, ist der Tod gnädiger und weniger real.

In der Folgezeit müssen die Kriegsgefangenen Holz, Munition und Lebensmittel aus dem Tal zum Toblinger Knoten hochschaffen, weil die Seilbahnverbindungen erneut zusammengebrochen sind. Bei jeder Lieferung sterben einige von ihnen. Sie stürzen ab, werden verschüttet oder beim Fluchtversuch erschossen. Jeden Tag gibt es Meldungen über neue Deserteure. Auf eine Nachschublieferung wartet der Trupp vergeblich. Es wird vermutet, dass die Gefangenen ihre Wächter überwältigt und sich zur italienischen Seite durchgeschlagen haben.

Als Reaktion müssen sie die Feldwachen wieder verlegen, weil niemand weiß, ob die Gefangenen verraten haben, wo ihre Einheiten stationiert sind. Tags darauf werden auch die Unterstände neu angelegt. Sie schleppen Holz von einem Ort zum anderen, während heftige Einschläge sich den alten Unterständen nähern und bald nicht nur Erde, sondern auch Holztraversen, Stacheldraht, Stahl und Steintrümmer aufwirbeln, die krachend wieder vom Himmel herunterregnen. Es ist nach über einem Jahr Dienst das erste Mal, dass sich das Mädchen mitten im Kampfgeschehen befindet. Ihre Ohren, die nach Monaten im Niemandsland nur den fernen Donner gewohnt sind, können den höllischen Lärm kaum verkraften. Ihr wird schwindelig, und die Zerstörung, die um sie herum wütet, erinnert sie an das Jüngste Gericht.

An die Seitenwand der Baracke gepresst sieht das Mädchen zwei Kaiserjäger, kriegserfahrene Männer, die aus einem nahen Unterstand gesprungen kommen. Sie hasten über den Schnee, brechen immer wieder ein und müssen sich aus der Schneedecke befreien, wobei sie übereinanderstürzen, während hinter ihnen ein Geschoss einschlägt. Sie atmet tief ein, löst sich von der Barackenwand und nimmt die Arbeit wieder auf. Der Tod kann von überallher kommen, denkt sie. Es lohnt nicht, nach ihm Ausschau zu halten.

Bis in die Nacht heben sie neue Unterstände aus, verlegen Bretter und schichten Steine davor, um wenigstens vor Maschinengewehrfeuer geschützt zu sein. Auch die neuen Stahlhelme halten den Kugeln nicht stand. Das Mädchen friert und schwitzt. Sie will sich nicht mehr bewegen, nichts mehr tragen. Doch sobald sie kurz stehen bleibt, hat sie Angst davor, sich nie mehr bewegen zu können und bald so dazusitzen wie Vierzehnhalb.

Nachdem die neuen Unterstände fertig sind, bezieht sie Wachposten mit ihrem Vater.

Seit ihrem Wiedersehen will sie ihm erzählen, was sie alles erlebt hat. Aber es bleibt bei einer bloßen Schilderung der Ereignisse. Das, was wirklich geschehen ist, kann sie nicht in Worte fassen. Die Angst, die Unsicherheit und den Tod. All die Dinge, die sie hier kennengelernt hat und die ihr so schrecklich erscheinen, dass sie keine Sätze bilden kann, um ihre allmächtige Gegenwart zu beschreiben.

Sie frieren gemeinsam im Unterstand, als das Mädchen zu zittern beginnt. Ihre Glieder zucken unkontrolliert wie beim Aufstieg zur Roten Wand, ein letztes Aufbäumen.

»Rast dich aus«, sagt der Vater. »Wenn du dich gefangen hast, erledigst du wieder Schanzarbeiten. Auf den Posten brauchst du die Nacht nicht mehr rausgehen.«

»Mir geht es gut«, lügt sie, obwohl sie unendlich müde ist. Die Angst, dass der Vater auch einschlafen könnte, hält sie wach. Erst vor einer Woche ist ein Kaiserjäger auf Wache vor Erschöpfung eingenickt. In den Morgenstunden wurde er von einem italienischen Spähtrupp gefunden und erstochen. Der nächste Posten, der in den Unterstand ging, hatte die Drahtfalle nicht entdeckt und wurde von einer versteckt angebrachten Stielgranate zerrissen. »Der Sprengteufel«, mutmaßte Tonio an dem Abend und trank einen Schnaps auf Adrian.

Kurz nach Mitternacht geht der Befehl bei ihnen im Unterstand ein, jemand möge die anderen Feldwachen kontrollieren, zu denen keine Telefonleitung gelegt wurde. Das Mädchen überredet den Vater, die Patrouille selbst zu übernehmen.

»Um mich ein bisschen aufzuwärmen«, sagt sie. Insgeheim aber fürchtet sie, erstochen zu werden, wenn sie alleine zurückbleibt und einschläft.

»Es ist zu gefährlich!«, sagt der Vater bestimmt. Seine erste Strenge, seitdem sie sich wiedergesehen haben.

»Wenn ich hierbleib, kann es mich ebenfalls erwischen. Wenn es passiert, passiert es eben. Der Tod kann von überallher kommen.«

Er sieht sie betrübt an. Dann nickt er zweimal, um seine Erlaubnis zu geben.

Also geht sie los, in die Nacht. Mit entsichertem Gewehr schleicht sie um die Felswand des Knotens. Das Feld vor ihr ist vom Mond beleuchtet, der Schnee reflektiert sein Licht, jede Wehe wird aus der Dunkelheit herausmodelliert. Als sie sich aus dem Schutzbereich des Knotens herausbewegt, läuft sie geduckt weiter. Sie sorgt sich, dass die Atemwölkchen vor ihrem Mund sie verraten könnten, obwohl die Italiener zu weit weg sind, um etwas zu erkennen. Wenig später erreicht sie die erste Feldwache, die verlassen ist. Nur zwei leergegessene Heringsbüchsen liegen auf dem Boden, also läuft sie weiter zur zweiten Feldwache, die noch näher an der feindlichen Linie liegt. Sie versucht sich in der Flucht hinter den Erhöhungen zu halten, um keine Aufmerksamkeit zu erregen. Auch der zweite Posten ist verlassen.

Sie überlegt, wo die Männer wohl sind. Ob sie weitergehen oder lieber umkehren soll. Was, wenn der Sprengteufel in dieser Nacht wieder unterwegs ist? Ihr Vater würde ewig unglücklich sein, sie alleine losgeschickt zu haben. Aber wenn sie nun umdreht, muss er selbst noch einmal los. Dann wäre die ganze Anstrengung bis hierher umsonst gewesen.

Der Wind treibt Schneekristalle über das Plateau, die ihr auf der eingefrorenen Haut im Gesicht brennen wie kleine Wundkrater. Sie kauert sich in den Unterstand, um etwas Schutz zu finden. Der Mond verdunkelt sich, das ganze Feld verschwindet in der Nacht. Es geht so schnell, als hätte jemand das Licht gelöscht. Sie kann nicht mal mehr erkennen, auf welchem Weg sie hergekommen ist. In der Ferne sieht sie Lichter, die von einer italienischen Feldwache stammen müssen. Die Lichtpunkte verschwinden kurz, um gleich wieder im Dunkeln zu erscheinen. Sie verschwinden wieder, einmal kurz, einmal länger. Da erst merkt sie, dass es feindliche Soldaten sind, die in ihre Richtung laufen. Ihre Gedanken rasen. Sie kann nicht mehr zurückweichen, und der Vater sitzt alleine irgendwo im Feld hinter ihr. Sie kann ihn nicht dem Feind überlassen. Wenn sich ihm jemand nähert, wird er nicht schießen, er rechnet ja mit ihr. Also wendet sie sich nach rechts und läuft gebückt durch die Finsternis, bis sie hinter einem Felsbrocken notdürftig Deckung findet.

Sie bildet sich ein, Stimmen zu hören. Wenig später explodiert eine Stielgranate genau da, wo sie gerade noch lag. Ein paar Sekunden darauf geht die nächste Granate im Unterstand hoch. Das Mädchen legt mit dem Gewehr an. Sie zielt dorthin, wo sie die Stimmen vermutet, misst im Geiste ab, wo der Gegner stehen müsste. Dann gibt sie Feuer, lädt nach, feuert wieder, lädt nach, bis der Ladestreifen leer ist. Als sie ihn herausnimmt, fällt ihr ein, dass der nächste Ladestreifen in ihrem Rucksack steckt, den sie im Unterstand zurückgelassen hat. Sie späht wieder zu den Lichtern und fragt sich, ob die Gruppe gerade zu ihr ranschleicht oder den Rückzug angetreten hat. Mit zitternden Fingern löst sie eine Granate von ihrem Gürtel, zieht den Stift ab und wirft sie in die Richtung, in der eben noch die Stimmen zu hören waren. Die Granate explodiert viel zu nah an ihr dran, vielleicht auf halbem Weg zum Feind.

Angespannt bleibt sie minutenlang liegen. Sie wartet auf Gegenfeuer oder den Einschlag einer Granate, aber nichts geschieht. Als sie es nicht länger aushält, springt sie auf, rennt los zu der Stelle, an der die Feinde vor Kurzem noch gestanden haben. Doch sie sieht nichts, findet nicht mal den Trichter ihrer eigenen Granate. Sie weiß nicht mehr, wo sie ist. Die Italiener könnten direkt neben ihr stehen, hinter ihr, vor ihr. Das Gewehr im Anschlag, dreht sie sich im Kreis, ohne etwas zu erkennen. Schließlich rennt sie in die Richtung zurück, in der sie die eigenen Feldwachen vermutet. Die Umrisse des Toblinger Knotens sind das Einzige, woran sie sich orientieren kann. Sie stolpert, kippt plötzlich nach vorne, will sich fangen, aber da ist nichts, worauf sie ihre Arme stützen könnte. Sie stürzt ins Leere und landet zwei Meter tiefer unsanft in dem Unterstand, den sie vor Kurzem gerade noch rechtzeitig verlassen hat. Er ist zur Hälfte ausgebombt, das Verschlagdach hängt halb auf den Boden. Sie kriecht unter die andere Hälfte und bleibt dort sitzen.

Als sie die Augen öffnet, blickt sie in das breite Gesicht eines der sagenumwobenen Bayern, die sie aus dem Lager kennt. Er rüttelt an ihrer Schulter. Es ist beinahe hell.

»Komm!«, befiehlt er ihr und zieht sie hoch. Ihre Beine fühlen sich taub an, sie kann sie nicht belasten. Noch bevor sie richtig wach wird, nimmt der Bayer sie an der Hüfte, wirft sie über seine Schulter und läuft los.

Er ist einer der wenigen deutschen Soldaten, die nach dem Aufbau der Front zur Verstärkung und Ausbildung zurückgelassen wurden.

Wie sie so über ihm hängt wie eine erlegte Gams, sieht sie einen zweiten Kameraden hinterherlaufen. Dann hört sie auch schon das Pfeifen der Artillerie, den donnernden Einschlag, das Morgenkonzert beginnt. Schnee stiebt hoch, Erde und Geröll fliegen durch die Luft.

Tonio hatte ihr erzählt, dass die bayerischen Kampfpatrouillen noch besser ausgebildet sind als die Kaiserjäger. »Die haben mehr erlebt, als in ein Herz passt. Nachts streifen die in kleinen Einheiten durchs Gelände, nur mit ein paar Handgranaten und einem Stichmesser bewaffnet, das in ihrem Stiefel steckt. Mehr brauchen die nicht.«

Erst als das Inferno leiser wird und sie im Schatten des Toblinger Knotens angelangt sind, lässt der Mann sie wieder ab. Wie ein leerer Brotbeutel sackt das Mädchen auf die Knie und blickt zu ihm auf.

»Wie heißt du denn, kleiner Mann?«

Sie will ihren richtigen Namen sagen, stockt, schluckt. »Richard.«

»Richard, kannst du wieder gehen?«

»Ja«, antwortet sie, obwohl sie es noch nicht versucht hat. Sie will sich auf ihr Gewehr stützen und bemerkt erst jetzt, dass es nicht mehr da ist. Der zweite Bayer drückt es ihr in die Hand und sagt: »Das ist ja fast so groß wie du selber.«

Sie zieht sich am Gewehr hoch und spürt ihre Füße wieder.

»Ernst«, stellt sich der Bayer vor, der sie getragen hat. »Hast einen erwischt«, sagt er und nickt anerkennend.

»Ich weiß nicht«, antwortet sie.

»Wir haben einen großen roten Fleck gesehen, zehn Meter vor dem Loch, in dem du lagst. Da hast einen erwischt, tät ich sagen.«

Das Mädchen glaubt ihm nicht. Aber sie freut sich, dass er sie trösten will.

Während sie im Lazarett liegt, um wieder zu Kräften zu kommen, fällt neuer Schnee. So dick, als wolle er alles zu Boden drücken. Jeden Tag schneit es so stark, dass die Männer kaum noch die Baracken freischaufeln können. Der Vater berichtet ihr, dass die Seilbahnen endgültig zusammengebrochen sind. Er macht sich Sorgen, wie er seine Tochter aufpäppeln kann. Sie muss Gewicht zulegen, hat vom rationierten Zwieback und Hering aus der Dose nichts mehr herunterbekommen und ist bis auf die Knochen abgemagert.

Anfangs dachte sie, das sei gut, damit sie nicht mehr blutet, was sie sorgsam geheim halten muss. Aber mit dem Blut bleibt auch die Kraft weg.

Nun bringt der Vater ihr Extrarationen, seine eigene, aber auch die von Tonio und sogar Speck von Tschurtschenthaler, den dieser auf denselben unergründlichen Wegen besorgen kann wie Adrian damals seinen Schnaps. Ihr geht es besser als den anderen, der Rest des Lagers hungert. Von den Nachschublieferungen kommt nur noch die Hälfte an, Lastenträger werden immer öfter von Lawinen in die Tiefe gerissen, so hoch liegt der Schnee mittlerweile. Dem Feind geht es ähnlich, ein paar Italiener sind sogar zu ihnen übergelaufen, in der Hoffnung, hier etwas zu essen zu kriegen. Tonio hat mit ihnen gesprochen, berichtet der Vater. »Das sind ganz arme Hunde«, sagt er. »Ganz junge Männer noch, die haben auch nichts mehr zu beißen und wissen nicht, was sie hier oben sollen.«

»Was hat der Diensthabende mit ihnen gemacht?«, fragt das Mädchen.

»Ins Gefängnis gesperrt, bevor sie ins Hinterland gebracht werden. In einen feuchten Stollen, wo sie jetzt zusammenkauern und frieren und noch weniger zu essen kriegen als vorher«, sagt der Vater, und sie fragt nicht weiter.

Tiefe Stirnfurchen zeichnen sich in seinem Gesicht ab. Einmal weint er sogar, eine dicke Träne sammelt sich in seinem Augenwinkel. Als das Mädchen ihn besorgt fragt, was ihm fehlt, antwortet er: »Ich muss an deine Mutter denken. Was die wohl zu uns sagen würde, wenn sie uns hier oben sehen könnte.«

Auch der Bayer Ernst besucht sie, um zu sehen, wie es seinem kleinen Helden geht. Er ist noch größer, als das Mädchen ihn in Erinnerung hat. Wie ein aufgerichteter Bär steht er neben ihrem Bett, die Daumen im Gürtel eingehakt. Er will wissen, wann sie wieder bei Kräften sein wird und wie ihr der Krieg schmeckt.

»Noch weniger als der verdammte Zwieback schmeckt er mir«, sagt sie. Ernst lacht schallend. Dann verschwindet er so unvermittelt, wie er gekommen ist.

Alle paar Tage schaut Tonio vorbei, der immer weniger wie ein Soldat aussieht. Sein Gesicht ist tief zerfurcht, der Verband unter der Augenklappe schmutzig, genau wie sein Mantel, sein Kragen und die Fingernägel. Beim dritten Besuch bringt er Tschurtschenthaler mit, der gerade mit der letzten Verstärkungskolonne in Schneeschuhen vom Tal heraufgewandert ist. Tschurtschenthaler legt ihr einen Brocken Speck neben das Kissen.

»Er hat einen alten Freund mitgebracht«, sagt Tonio. Tschurtschenthaler blickt unbewegt drein, Tonios gesundes Auge rollt im Kreis. »Unser Hauptmann Leonard führt nun die Truppe«, fügt er bitter an. »Major ist er jetzt, weil er so ein großer Feldherr ist.«

Zum ersten Mal seit der Einlieferung ins Lazarett hat das Mädchen wieder Angst.

»Der Quirin ist auch mitgekommen«, sagt Tschurtschenthaler schnell und hofft, dass sie sich darüber freut.

Zwei Tage nach diesem Besuch meldet sich das Mädchen wieder zum Dienst. Sie ist blass geworden, hat aber etwas Gewicht zugelegt. Nachdem sie so viele Tage liegen musste, ist sie tatendurstig und freut sich auf Bewegung. Man kann den Krieg schließlich nicht absitzen, denkt sie. Nur weil man selber Pause macht, hört er nicht auf.

Gemeinsam mit ihrem Vater verrichtet sie Wachdienste und Meldegänge am Toblinger Knoten. Die frische Luft tut ihr gut, und die Nacht, die sie fast das Leben gekostet hätte, wirkt unwirklich weit weg. Der Schnee liegt schwer auf der Landschaft wie eine Daunendecke der Villgraterin, und täglich setzt es noch einige Zentimeter drauf. Eine weiße Weihnacht steht vor der Tür, denkt sie und muss lächeln. Obwohl sie weiß, dass der Schnee im Berg nichts Besinnliches an sich hat.

Sie klettern die Anhöhe des Knotens hinauf. Auf halber

Strecke setzen sie sich und blicken auf die kleine zuge-schneite Siedlung herab, die Baracken, das Lazarett, die Offi-ziersmesse, die Ställe und die Latrine. Das Lager wirkt fast wie eine Weihnachtskrippe.

»Der Krieg sollte schon lange vorbei sein«, sagt der Vater. »Aber nun folgt ein Winter auf den anderen. Letztes Jahr sind hier schon viele erfroren, abgestürzt oder verschüttet worden.«

Das Mädchen nickt und beobachtet weiter die Umgebung.

»Dieses Jahr haben wir schon zehntausend Männer ohne Feindkontakt verloren«, fährt der Vater fort. »Allein letzte Woche sind an zwei Tagen zweitausend unter Lawinen gera-ten, hat der Tschurtschenthaler erzählt.« Wie dicke Wasser-fälle seien die Schneeplatten überall abgegangen.

Das Mädchen stellt sich vor, wie sich die Schneemassen so lange auftürmen, bis sie von ihrem eigenen Gewicht ins Tal gerissen werden. Jeder, der im Schnee zur Latrine rennt oder einen Kameraden im Lazarett besucht, kann der Nächste sein. Sie selbst, ihr Vater, Tonio, Tschurtschenthaler. Sogar der starke Ernst. Diese Zufälligkeit macht ihr zu schaffen. Der eine stellt sich dumm an, verläuft sich, wird gefangen genommen und wartet im italienischen Hinterland gemüt-lich auf das Ende des Krieges. Ein anderer will Posten bezie-hen wie viele Male zuvor, rutscht ab und stürzt dreihundert Meter in die Tiefe. Das Feld hinter dem Toblinger Knoten erscheint ihr wie die Bühne eines absurden Theaters. Ein nach hinten sanft auslaufender Fels, in dessen Schutz ein paar Menschen um ihr Überleben kämpfen. Nach vorne eine unbezwingbare Wand, bewehrt und bewacht von Männern, die sich als Soldaten verkleidet haben und dafür beten, dass es sie nicht erwischen möge. Und nur hundert Meter vor ihnen die als Feind verkleideten Männer, die genau dieselben Sorgen haben, nur in einer anderen Sprache. Sie sind nicht zu hören, nicht zu sehen, aber sie schießen mit der gleichen tödlichen Ahnungslosigkeit, mit der sie selbst ins Ungewisse zielen. Womöglich ist das tatsächlich eine Komödie für jemanden, der einen grausamen Sinn für Humor hat, denkt das Mädchen.

Nachdem sich die Versorgungslage im Lager weiter verschlimmert, wird Tschurtschenthaler wieder losgeschickt, um etwas Essbares zu schießen. Aus alter Vertrautheit bittet er Tonio und das Mädchen, ihn zu begleiten. Der Vater kommt auch mit. Auf Skiern fahren die vier hinter dem Toblinger Knoten ab. Sie queren nach links und arbeiten sich in unberührtes Gebiet vor. Die Schneedecke glitzert in der Frühsonne, Baumwipfel stehen hervor wie kleine Wegmarken. Die kurzen Passagen, in denen sie richtig abfahren können, sind so belebend, dass das Mädchen schreien möchte. Sie fühlt sich frei und leicht wie lange nicht mehr. Die meiste Zeit geht es jedoch seitlich am Hang entlang. Es dauert Ewigkeiten, bis Tschurtschenthaler eine Fährte entdeckt. Er deutet auf ein paar Löcher im Schnee, die er einer Gruppe Gämsen zuordnet.

Alle verschnaufen kurz und folgen dann der Fährte, einen Ski vor den anderen schiebend, mit den Stecken drücken sie nach. Es ist ruhig und friedlich, der Krieg poltert in weiter Ferne, sodass er wie Wettergrollen klingt. Die Spur führt über eine hohe Schneewehe, sie müssen sanft bergan schieben. Tschurtschenthaler erreicht den Übergang als Erster, als plötzlich Schüsse krachen. Er stürzt nach vorne, während Tonio, das Mädchen und der Vater sich zu Boden werfen. In ihren Schneemänteln sind sie kaum noch auszumachen, sie sehen aus wie schmutzige Flächen im unberührten Weiß. Tonio hebt den Kopf und sieht, dass Tschurtschenthaler aus ihrem Blickfeld verschwunden ist. Er dreht den Kopf nach hinten, schaut in zwei entschlossene Gesichter, die sich erstaunlich ähnlich sehen. Er deutet nach vorne und schiebt seinen Körper auf die Wehe zu. Gewehr voran folgen ihm Vater und Tochter, bis sie fast gleichzeitig nebeneinander an der Schneekante ankommen.

Sie wollen sich gerade schussbereit machen, als direkt vor ihnen ein Mann auftaucht. Tonio hat sein Bajonett schon fast in Tschurtschenthalers Brust gerammt, als er im letzten Moment erkennt, wen er da vor sich hat.

»Kommt!«, sagt der Bergführer und klopft Tonio wie zur Beruhigung mit der Hand auf die Schulter. Er wendet auf seinen Skiern und schiebt sich wieder von ihnen weg. Die Hände des Mädchens zittern, Tonio ist alles Blut aus dem Gesicht gewichen. Als sie die Schneewehe passiert haben, sehen sie eine Gruppe von fünf Männern zusammensitzen. Zwei von ihnen tragen Uniformjacken des italienischen Militärs, allerdings weder richtige Uniformhosen noch Alpini-Hüte. Sicherheitshalber nimmt Tonio sein Gewehr wieder von der Schulter, aber Tschurtschenthaler hat die Gruppe bereits erreicht. Er legt seine Ski ab und setzt sich zu ihnen.

Im Näherkommen erkennt das Mädchen, dass die Männer um ausgeweidete Gämsen sitzen. Tschurtschenthaler reißt sich gerade ein Stück vom Brotlaib ab, den die Fünfergruppe mit Käse, Speck und Salami zusammen auf einem Tuch ausgebreitet hat. Es liegen sogar ein paar Birnen daneben.

Das Mädchen spürt ein Ziehen im Magen. Sie hat schon

Sorge, wieder zu bluten. Doch dann wird ihr bewusst, dass es sich um tiefen, sehnsüchtigen Hunger handelt.

»Setzt euch«, sagt Tschurtschenthaler. »Wir haben einen Handel gemacht.« Er nimmt ein dickes Stück Salami und steckt es in seinen Rucksack. »Ich hab versprochen, sie am Leben zu lassen, dafür kriegen wir zwei Gämsen.«

Einer der Männer übersetzt für die Italiener, worauf diese in Gelächter ausbrechen. Tonio hat sein Gewehr abgesetzt, zuckt mit den Schultern, reißt sich ebenfalls ein Stück Brot ab, belegt es mit zwei Scheiben Salami und kaut zufrieden. Der Vater des Mädchens tut es ihm gleich. Auch sie spürt, wie ihr das Wasser im Mund zusammenläuft. Aber sie kann sich nicht hinsetzen und entspannen, weil ihr ein anderer Mann bekannt vorkommt. Dieser mustert sie ebenfalls neugierig.

»Lo conosco questo ragazzo«, sagt er zu seinen Kollegen.

»Ma, da dove?«

»Woher, weiß ich nicht mehr«, sagt der Mann nun auf Deutsch. »Ich hab so viele junge Burschen kommen und gehen sehen. Die meisten sind gestorben.«

»Aus Sexten«, sagt Tschurtschenthaler zwischen zwei herzhaften Bissen, »und vom Kreuzbergpass.«

»Happacher?«, fragt das Mädchen ungläubig. Der Mann trägt zwar einen Vollbart, hat jedoch diesen Faltenfächer um die Augen, der über die Jahre von der Wintersonne dorthin gebrannt wurde und ihn älter wirken lässt, als er eigentlich ist. Die Wangen darunter sind noch weich, die Augen hell.

»Unterjäger Happacher«, sagt das Mädchen wieder.

»Ja, ja«, lacht Tschurtschenthaler. »Das hast du schon mal gehört, dass du dem ähnlich siehst, oder?«

»Ja, den würde ich gerne kennenlernen«, entgegnet Happacher, »muss ein schneidiger Kerl sein.«

Das Mädchen blickt vom einen Mann zum anderen.

»Der echte Happacher ist wohl unter eine Lawine geraten«, sagt Tschurtschenthaler zu ihr. »Von dem hat man seit Wintereinbruch nichts mehr gehört oder gesehen.«

»Vielleicht war er aber auch schlau, der Happacher«, sagt der Vater, »und hat sich abgesetzt.«

»Ich hab gehört, er hatte ein Mädchen im Veneto, gar nicht weit von hier. Eine Walsche«, sagt Happacher.

»Ah, desertieren wegen Weibsvolk!«, sagt Tonio. »Zum Feind noch dazu, dafür gibt es den Strick beim Leonard.«

»Ja, besser, sie erwischen ihn nicht, den Happacher«, sagt der Vater.

»Am Ende geht es immer um die Frauen«, sagt das Mädchen. Ein Satz des Feldkuraten Tönner, der ihr aus der Erinnerung zufliegt. Die Männer lachen, bis auf ihren Vater.

»Prendi«, sagt einer der Italiener und hält dem Mädchen eine Birne hin. Sie nimmt einen zaghaften Bissen, und als sie den Geschmack erst im Mund hat, stopft sie sich die Frucht hinein, dass der Saft ihr das Kinn hinunterläuft. Dann setzt sie sich ebenfalls und reißt ein Stück Brot ab. Sie hat schon vergessen, wie das schmeckt. Die leichte Säuernis, die sich im hinteren Mundraum ausbreitet, den Speichel fließen lässt und das Brot zusätzlich weich macht. Sie nimmt immer einzeln ein Stück Käse und ein Stück Brot, um den Geschmack besser genießen zu können. So sitzen die Männer zusammen, essen, nehmen die Gämsen aus, unterhalten sich auf Italienisch und Deutsch.

Die Gruppe kommt aus Santo Stefano. Sie treffen sich hier oben, um Lebensmittel zu bunkern und zu verteilen, nachdem die Alpini die Tiere auf den Höfen beschlagnahmt haben. Die Versorgungslage in den Dörfern im Veneto ist fast so schlecht wie auf der Tiroler Seite, aber man kann den Soldaten einiges abkaufen oder tauschen, gegen Zigaretten, Wein und Schnaps.

Einer der Italiener zieht eine Flasche Rotwein aus seinem Rucksack, öffnet sie, lässt sie herumgehen. Tonio verteilt Zigaretten, gibt jedem Feuer, steckt sich seine zuletzt an, lehnt sich zurück, lässt den Rauch aus dem Mund quellen und atmet ihn durch die Nase wieder ein. Erst Stunden später kehren sie mit zwei Gämsen für die Mannschaft, vollen Mägen und einem Gefühl von Heimweh ins Lager zurück.

Eine Woche danach taucht ein Meldegänger in der Baracke auf. Der Mann salutiert und erteilt seine Anweisung: »Männer sammeln, Meldung machen im Toblinger Knoten.«

Da nur das Mädchen, der Vater und Tonio zugegen sind, steigen sie wenig später zu dritt durch den Knoten. Sie bewegen sich im Tunnelsystem, nehmen mehrere Leitern und melden sich pflichtgemäß vor der Offiziersmesse.

Major Leonard erscheint nicht selbst, er hat einen Hauptmann vorgeschickt.

»Operation Sextenstein ist streng geheim«, beginnt dieser seine Ansprache. »Jeder, der einen noch so kleinen Piep darüber verlauten lässt, ist mit dem Tode zu bestrafen.«

Tonio nickt, das Mädchen und der Vater kneifen die Augenbrauen zusammen. Sie warten darauf, dass weitere Erklärungen folgen, aber der Hauptmann führt nicht aus, was mit der Operation Sextenstein gemeint ist. »Melden Sie sich umgehend an der Südwestflanke«, weist er Tonio knapp an und marschiert Richtung Mensa, um Major Leonard Bericht zu erstatten.

Die drei sehen einander verwundert an. Sie fühlen sich wie Kinder, denen gedroht wird, ohne den Grund dafür zu verstehen. Sogar das Mädchen findet diese Behandlung unangemessen. Jeder im Lager hat schon von der Operation Sextenstein gehört, es wird nicht mal mehr hinter vorgehaltener Hand darüber gesprochen.

Schweigend steigen sie die schmale erste Leiter hinab in einen Tunnel, in dem auch das Mädchen nur gebückt gehen kann. Der Weg führt nach rechts, bis sie schließlich wieder ebenerdig stehen. Draußen erstreckt sich ein dickes Schneefeld, das ihre Augen blendet.

Zwei Standschützen halten am Eingang des Knotens Wache. Tonio erklärt ihnen, dass sie sich melden sollen. Die beiden Standschützen sehen sich verschwörerisch an. Schließlich erklärt der Ältere: »Ihr müsst da hin.«

Tonios Blick folgt seinem Finger. »Ins offene Feindgebiet?«, fragt er. Sein verbliebenes Auge hat er zusammengekniffen.

»Da vorn bei der vorgezogenen Feldwache seid ihr am nächsten an den Italienern dran. Sie ist zwar schon in Schussweite, aber durch den Grat von der italienischen Seite quasi nicht zu sehen. Haltet die Köpfe trotzdem unten.«

Also schleichen sie sich geduckt bis zur Feldwache. Tonio zuerst, dann das Mädchen, als Letztes der Vater. Drinnen denken sie für einen Augenblick, dass sie in einer Attraktion auf dem Jahrmarkt gelandet sind. Direkt unter dem Ausguck klafft ein tiefes Loch im Schnee. Laternen hängen in dem blau schimmernden Schacht, der aussieht, als wäre er aus dickem, milchigem Glas.

»Wo finden wir den Kommandierenden?«, fragt Tonio den einzigen Soldaten, der hier Dienst tut. Dieser deutet geradewegs auf den Schacht zu seinen Füßen. Das Mädchen wundert sich, warum es hier nicht kalt ist.

Unten öffnet sich der Schacht zu einem verbreiterten Raum, wie ein Iglu, etwa sechs Meter unter der Schneedecke. Dort steht Quirin in der Mitte, an der einzigen Stelle, die hoch genug für ihn ist.

»Tonio, Richard!«, begrüßt er sie freudig und stellt sich dem Vater vor. »Wir haben schon an der Roten Wand zusammen gedient.«

»Wir wurden hier zum Wachdienst eingeteilt«, sagt das Mädchen.

»Das wird als Doppelbelegung getarnt. Wir graben einen Tunnel!«

»Einen Tunnel? Wohin denn?«, fragt der Vater.

»Zu den Walschen.«

»Zu den Walschen?«, fragt Tonio.

»So ist es.«

Das Mädchen, der Vater und Tonio sehen Quirin an, als trüge dieser eine Zwangsjacke. Dann erst entdeckt das Mädchen den schmalen, niedrigen Tunnel, der hinter Quirin abgeht. Das Loch ist kaum zu erkennen, weil die Laterne so hoch hängt, aber gerade kommt ein Standschütze mit gebeugten Knien heraus und schiebt einen Brocken ausgestochenen Schnees vor sich her. Der Mann nickt kurz in ihre Richtung und stapelt den Brocken auf der anderen Seite des Iglus, wo schon ein größerer Haufen liegt.

»Wie ihr seht, bereiten wir mit Unterstützung der Standschützen einen raffinierten Angriff vor«, sagt Quirin und wirkt dabei so, als zweifle er keine Sekunde am Sinn der Unternehmung.

»Einen raffinierten Angriff?«, wiederholt Tonio.

»Ja, wir graben uns vor bis zum Sextenstein, dann greifen wir die Italiener direkt an, aus unmittelbarer Nähe.«

»Wir wollen wirklich den Sextenstein einnehmen?«, fragt das Mädchen noch einmal nach, überzeugt davon, dass das keine gute Idee ist.

»Auf Befehl von Major Leonard. Er hat mich dafür sogar befördert, ich bin jetzt Fähnrich«, sagt Quirin voller Stolz und zieht an seinem Jackenkragen, damit alle das Chargen-abzeichen sehen können.

Für einige Sekunden herrscht betretenes Schweigen. In regelmäßigen Abständen kommen Soldaten aus dem Tunnel gekrochen, stapeln Schneeausstich auf Schneeausstich und verschwinden wieder.

»Aber was wollen wir auf dem Sextenstein? Der liegt doch viel zu nah an der italienischen Artillerie«, sagt der Vater schließlich.

»Was weiß ich«, antwortet Quirin verärgert. »Es ist ein Befehl. Ich hab zweimal gesagt, dass das sehr nah ist, aber er hat mich dafür extra befördert.«

Das Mädchen kennt Quirin gut genug, um zu wissen, dass er sich den Plan schönredet. Selbst wenn sie den Sextenstein einnehmen könnten, würde die italienische Artillerie jede Bewegung auf der Kuppe sofort unterbinden. Aber Befehl ist Befehl, denkt das Mädchen. Vielleicht hat Major Leonard ja doch recht, und das Ganze funktioniert. Oder die Aktion ist als Beschäftigung für die Truppe gedacht, die hier im Schnee frieren muss. Vielleicht braucht es so einen kühnen Plan, um endlich Bewegung in die absurden Stellungsspiele zu bringen. Zumindest gehen sich die Männer in dieser Zeit nicht gegenseitig an die Gurgel.

Während sie sich noch fragt, ob sie alles glauben soll, was

man ihr erzählt, oder ob hier jemand eine Komödie aufführt, brummt der Vater leise: »Eine ganz raffinierte Sache.«

Es fällt ihr schwer herauszuhören, ob er es ernst meint. Mittlerweile kann man ins Gesagte immer auch das Gegenteil hineindeuten. Selbst wenn man nachfragt, um eine Bestätigung zu hören, klingt es wie ein Dementi. Irrsinn oder Geniestreich? Beides scheint möglich.

Die Arbeit im Tunnel erscheint dem Mädchen absurd, macht aber Spaß. Hier ist es windgeschützt, die Eiswände schillern märchenhaft, und es ist sogar warm. Nicht nur weil sie andauernd in Bewegung ist, sondern weil so viele Männer gemeinsam auf engem Raum arbeiten. Je tiefer und länger der Tunnel wird, umso mehr Hände werden gebraucht. Die Vordersten stechen aus und reichen den Schnee nach hinten weiter. Ist der Haufen im Iglu groß genug, wird der Schnee in Rucksäcken hoch zum Einstieg geschafft, von dort hinter den Toblinger Knoten geschleppt und in der Landschaft verteilt.

Tagsüber schneit es weiter, der Schnee hat die Senke zwischen Sextenstein und Toblinger Knoten komplett ausgefüllt.

Wenn sie nicht im Tunnel arbeiten, werden das Mädchen und die anderen Standschützen von Ernst und dessen bayerischen Kollegen im Nahkampf ausgebildet. Sie trainieren das Werfen von Handgranaten oder den effektiven Einsatz von Stichmessern. Dazu üben sie an Strohpuppen, stechen von der kurzen Rippe nach oben oder durchtrennen den Kehlkopf.

»Das Herz ist kein gutes Ziel«, bläut Ernst ihnen ein. »Es ist durch den Brustpanzer zu schwer zu erreichen.«

Abends in der Baracke fallen alle todmüde auf ihre Pritschen. Nach Kartenspielen, Trinken und Reden steht keinem von ihnen der Sinn. Sie sind erschöpft von der körperlichen Arbeit, und das Mädchen schläft in diesen Nächten so gut wie lange nicht mehr. Sie träumt von gläsernen Tunneln, die sich durch einen gläsernen Berg ziehen. Sie irrt durch ein endloses Labyrinth und weiß nicht, wohin sie abzweigen soll, obwohl sie die Nachbartunnel durch das dicke Glas sehen kann. Teilnahmslose Riesen beobachten sie dabei, als würden sie ein Experiment mit ihr veranstalten. So als wäre sie in einer Schneekugel eingeschlossen, die einer der Riesen nur schütteln muss, um es schneien zu lassen und alles durcheinanderzuwirbeln. Dieser Traum kehrt in verschiedenen Varianten wieder. Manchmal findet sie einen Weg aus dem Labyrinth, manchmal bleibt sie gefangen, aber immer sieht sie dabei alles gleichzeitig: das Innen, das Außen, die Riesen, den Schnee.

Die Arbeit geht zunächst schnell voran, zieht sich dann aber, je länger der Tunnel wird. Die Entsorgung des Schnees wird immer aufwendiger.

Mehrmals verfehlen sie auch die Richtung. Mittlerweile arbeiten fast alle bei der Geheimoperation mit.

Zur Kontrolle sticht Tonio zweimal am Tag einen langen Draht von unten durch den Schnee an die Oberfläche. Auf dem Toblinger Knoten hält ein Beobachter nach dem Drahtende Ausschau und muss wiederum vermeiden, selbst dabei entdeckt zu werden. Zu einer verabredeten Uhrzeit, die jeden Tag neu festgelegt wird, lässt er das Fernglas langsam von links nach rechts gleiten, um im richtigen Moment ausmachen zu können, an welcher Stelle das Drahtstück sichtbar wird.

Sechsmal müssen sie den Lauf des Tunnels korrigieren, die falsche Abzweigung wieder mit Schnee auffüllen und an anderer Stelle weitergraben. In der Felszone, die im Sommer den Toblinger Knoten und den Sextenstein umgibt, biegt der Stollen automatisch vom Hang weg. Je näher sie an den Sextenstein kommen, desto schwieriger wird ihr Unterfangen. Sie können bereits gedämpft die Stimmen der Italiener hören.

»Jetzt müsst ihr mucksmäuschenstill sein«, sagt Tonio zu jedem, der den neuralgischen Punkt im Tunnel passiert.

Er ist ganz vorne eingeteilt und will die Italiener belauschen, wenn sie erst einmal nahe genug dran sind. Bis er die ersten Bruchstücke verstehen kann, wird es noch zwei Tage dauern. Die Männer arbeiten schweigend, ziehen die Schneeblöcke so sanft wie möglich aus der Wand und transportieren sie auf Spaten nach hinten. Tonio löst sich immer wieder aus der Reihe, wenn die Stimmen nah erscheinen, und horcht durch die Schneedecke nach oben.

Am Abend will das Mädchen von Tonio wissen, was die Walschen gesprochen haben.

»Hab nicht viel verstanden«, antwortet Tonio knapp, während er sich auszieht.

»Aber was hast du denn verstanden?«, bohrt sie nach.

»Was weiß ich«, antwortet er genervt und schlüpft dabei unter seine Decke. »Einem ist kalt, der andere hat Hunger, alle wollen sie heim.«

»Also dasselbe wie bei uns.«

»Ja, was hast du denn gedacht?«, blafft Tonio sie an und dreht sich mit einem Ruck auf die andere Seite.

In dieser Nacht schläft sie schlecht ein. Tonios scharfe Reaktion sitzt ihr noch in den Gliedern. Als sie endlich in die Traumwelt hinübergleitet, findet sie sich wieder in dem gläsernen Tunnelsystem gefangen. Diesmal ist es nur ein Riese, der die Schneekugel schüttelt, in der sie sitzt. Er hört gar nicht mehr auf damit, sie purzelt von einem Tunnel in den anderen. Der Riese scheint sich dabei zu amüsieren. Sie wird unsanft hin und her geschleudert, stößt sich den Kopf und die Ellbogen an unsichtbaren Ecken und Kanten blutig und weiß nicht mehr, wo oben und wo unten ist. Das ist das Ende, denkt sie, gleich wird alles zusammenbrechen. Dann hört sie den Riesen lachen wie Donner, der sich bei einem Gewitter entlädt, und erwacht verschwitzt aus ihrem Albtraum.

Das Lachen ist immer noch da. Es ist ihr Vater, der einem Kameraden freundschaftlich auf die Schulter klopft. Er dreht sich zu ihr um und lächelt sie an.

»Hast schlecht geschlafen«, sagt er.

»Ja, ich bin herumgeschleudert worden.«

»Das war ich, ich wollt dich wecken, damit du was Schöneres träumen kannst.«

Doch das Mädchen findet nicht mehr in den Schlaf. Sie hat ein schlechtes Gefühl, egal ob sie wach ist oder nicht. Also steht sie auf und zieht sich an.

Ein letzter Test mit dem Draht steht an, der Beobachter gibt positive Rückmeldung. Für die restlichen Meter müssen sie blind schaufeln, damit der Draht nicht direkt vor den italienischen Wachposten aus dem Schnee ragt. Sie graben sich noch ein Stück weiter vor, geraten aber an ein Stacheldrahthindernis, das im Sommer von den Italienern angelegt und dann zugeschneit wurde. Nach kurzer Beratung zerlegen sie es so leise wie möglich und transportieren es ab.

Zwei Meter weiter beginnen sie damit, einen letzten Querstollen anzulegen. Um sich für den Angriff auf möglichst breiter Front vor dem Sextenstein nebeneinander postieren zu können, graben sie in einer Linie alle drei Meter einen Stollen nach oben. Sie legen Sturmlöcher an, die bis dreißig Zentimeter unter die Oberfläche führen, und stellen Leitern hinein. An manchen Stellen hören sie die Italiener nun sehr deutlich miteinander sprechen. Geheimnisse tauschen sie laut Tonio immer noch keine aus. Schließlich werden Telefonleitungen verlegt, Munition und Granaten bis in den Querstollen geschafft. Alles ist bereit für das Husarenstück.

In der Nacht sollen sich die Männer, die tagelang im Tunnel geschuftet haben, noch einmal ausschlafen. Doch gegen neun Uhr abends stellt sich heraus, dass ein Gefangener geflohen ist, ein Ruthene, der mit einem Nachschubtransport auf dem Weg ins Tal war.

Quirin wird umgehend in die Offiziersmesse bestellt. Major Leonard berät dort mit den anderen Offizieren, was zu tun ist.

»Der Ruthene könnte etwas von dem Stollenbau mitbekommen haben«, sagt einer der Offiziere, als Quirin eintritt.

»Was heißt hier *könnte?*«, schnauzt Major Leonard den Mann an.

»Er war zuletzt mit drei weiteren Gefangenen eingeteilt, den aufgestauten Schnee aus der Feldwache zu verteilen«, präzisiert Quirin die Aussage.

»Das gefährdet die gesamte Operation«, sagt ein älterer Offizier und schüttelt den Kopf. »Eine Katastrophe«, flüstert ein anderer.

Major Leonard, der hinter seinem Schreibtisch aufsteht, beschließt daraufhin, dass die Operation Sextenstein unverzüglich einzuleiten ist.

»Was meinen Sie mit unverzüglich?«, fragt Quirin.

»Jetzt gleich.«

Zurück bei den Baracken stellt Quirin eilig eine Truppe zusammen. Die Bayern und die verbliebenen Kaiserjäger sind ohnehin gesetzt, dazu zwanzig Salzburger Rainer. Aber sie brauchen noch mal so viele Standschützen. Das Mädchen fragt Quirin gleich als Erste. Sie ist klein und kann gut schießen, außerdem war sie beim Tunnelbau dabei. Ihr Vater meldet sich daraufhin freiwillig. Es dauert keine drei Minuten, bis Quirin seine Mannschaft beisammen hat. Trotz der Müdigkeit wollen viele bei dem Angriff dabei sein, nachdem sie schon so lange am Tunnel gearbeitet haben. Einige schreiben noch ein paar Zeilen an ihre Lieben und stecken sich die Zettel in ihre Brusttaschen. Andere trinken einen Schluck Schnaps oder knien sich hin für ein letztes Gebet.

Seit Max' Tod hat das Mädchen kein gutes Gefühl mehr bei diesen Einsätzen, doch diesmal ist es besonders schlimm. Das endet im Untergang, denkt sie und fühlt sich so hilflos wie in ihrem Traum. Dabei fürchtet sie sich weniger vor ihrem eigenen Tod als davor, Tonio, Quirin oder ihren Vater sterben zu sehen.

Um kurz vor elf betritt Feldkurat Tönner ihre Baracke, wo alle schon in Kampfmontur stehen. Er erteilt den Männern Generalabsolution und reibt jedem ein Kreuz mit Weihwasser auf die Stirn. Sogar Tonio lässt es geschehen.

Obwohl das Wasser kalt ist, traut das Mädchen sich nicht, es wegzuwischen. Sie fragt sich, ob der Feldkurat ihnen überhaupt für alles Absolution erteilen darf.

Dann ist es so weit. Zuerst durch die Gänge des Toblinger Knotens, von dort hinaus weiter zur Feldwache und schließlich bis zum Querstollen. Dort verteilen sich die Männer lautlos. In der Truppe des Mädchens steht Tonio ganz vorne auf der Leiter. Mit seiner Schulter drückt er schon von unten gegen das Sturmloch. An der Spitze des nächsten Angriffslochs steht Ernst, hinter ihm folgen Quirin und acht weitere Männer. Das Mädchen hat einen Fuß auf der untersten Sprosse. Sie sieht fast nichts. Die kleine Flamme, die sie durch den Stollen getragen haben, wurde auf den letzten Metern gelöscht. Es ist gespenstisch still. Das Mädchen spürt den Druck des Schnees, der über ihnen lastet, als würde er die Luft verdichten.

Der Junge hinter ihr nimmt seine Kappe ab, betet zu dem Heiligenbildchen, das er sich hineingenäht hat, und setzt sie wieder auf. Ihr Atem geht schwer. Sie kann nicht glauben, dass niemand hört, wie laut ihr Herz schlägt.

Auf Befehl drücken sie alle gleichzeitig nach oben, brüllen ihre Anspannung in einem einzigen, mehrstimmigen Schrei heraus und stürmen los. Tonio ist bereits durch sein Loch verschwunden. Vom Rainer, der ihm folgt, erkennt das Mädchen nur noch einen Stiefel. Als sie ihren Kopf hinausstreckt, sieht sie, dass Ernst im Sturmloch neben ihr seine Handgranate gar nicht abziehen konnte, so nah sind sie vor den Italienern aus dem Schnee gesprungen. Er benutzt die schwarze Eisenkugel, um seinem Gegner den Kopf einzuschlagen.

Nach den langen Minuten im dunklen Tunnel sieht sie völlig klar in die Nacht, der Mond erleuchtet die Szenerie.

Tonio wirft sich nach vorne und schneidet einem Soldaten der italienischen Feldwache die Kehle durch, ein Rainer stürzt an ihm vorbei und schleudert eine entsicherte Granate in die nächstgelegene Kaverne. Zwei Standschützen springen durch das Loch, das die Granate in die Schutztür gerissen hat, und sind verschwunden. Das Mädchen rennt den Männern hinterher. Sie hört ein paar knappe Befehle, die hinter ihr mit gedämpften Rufen ausgetauscht werden, als wären sie noch unter dem Schnee.

Sie stolpert in die erste Höhle des Sextensteins und ist überrascht davon, dass es hier genauso aussieht wie im Toblinger Knoten. Rechts von ihr erblickt sie drei Italiener in einem Raum voller leerer, zerwühlter Pritschen. Einer versucht noch, in seine Hose zu steigen, sie haben ihn im Schlaf überrascht.

Er fällt schon halb, weil er sich verheddert, und als er das Geräusch der heranrollenden Handgranate hört, ist es bereits zu spät. Seine beiden Kameraden hat es wohl auch erwischt, denkt das Mädchen. Doch als sich der Rauch nach der Detonation verzieht, stürzt plötzlich ein Soldat in langen Unterhosen auf sie zu, sein Gewehr wie einen Speer vor sich in der Hand. Noch ehe sie begreift, dass er sie mit dem Bajonett aufspießen wird, reißt Ernst sie beiseite. Er packt das Gewehr des Heranstürmenden hinter dem Bajonett und zieht den verdutzten Burschen, der seinen Griff nicht lösen will, mit einem Ruck zu sich heran und hinein in sein Stichmesser. Die Klinge fährt dem Italiener unterhalb des Rippenbogens tief in den Körper. Er starrt das Mädchen verzweifelt an und sinkt dann langsam zu Boden, als Ernst die Klinge wieder freigibt.

Ernst wischt das Blut vom Stahl an der Schulter des Italieners ab, steckt das Messer zurück in die Scheide und zieht das Mädchen am Kragen hinter sich her. Immer tiefer arbeiten sie sich in das Kavernensystem vor. Die Männer vor ihnen haben die meisten Höhlen bereits mit Handgranaten ausgeräuchert, aber niemand kennt sich hier wirklich aus.

Eine Stunde nachdem sie losgestürmt sind, marschieren die ersten Standschützen zurück zum Toblinger Knoten. Sie führen italienische Kriegsgefangene ab, die meisten von ihnen sind nur halb bekleidet und stehen unter Schock. Richtige Kämpfe gab es kaum, beim Aufwachen blickten viele Italiener bereits in feindliche Gewehrläufe.

Ernst und das Mädchen haben zu Tonio aufgeschlossen. Sie bringen einander schnell auf den neuesten Stand und tasten sich dann weiter vor. Je tiefer sie in die Kavernen gelangen, umso länger können sich die Italiener vorbereiten. Mit jedem Meter wird es gefährlicher.

Quirin kommt von hinten nach und bringt den Befehl der Etappe mit, die Kavernen komplett einzunehmen und unbedingt zu halten. Er beschließt mitzugehen, »ein Stück des Erfolges zu genießen«, wie er sagt. Das Mädchen blickt ihn ungläubig an. Er scheint nicht zu wissen, was hier passiert.

»Das geht nicht lange gut«, flüstert sie Tonio zu, der direkt vor ihr läuft und sie mit seinem Körper deckt. Ihr Vater, Ernst und Quirin folgen ihnen. Vorsichtig schleichen sie nach links durch einen schmalen Gang und tasten sich an der Mauer entlang. Plötzlich knallt es mehrmals unmittelbar vor ihnen. Sie werden von Mündungsfeuer geblendet, das Mädchen und der Vater reagieren sofort und erwidern das Feuer. Sie sind die Einzigen, die ihre Gewehre schussbereit gehalten haben. Sie hören, wie jemand fällt, wissen aber nicht, mit wie vielen Männern sie es zu tun haben.

Als sich eine Weile nichts rührt, reißt Tonio ein Zündholz an und hält es in die Richtung, aus der der Angriff gekommen ist. Im schwachen Licht erkennen sie den Rücken eines toten Soldaten. Am Ende des Ganges schließt sich eine Tür mit hölzernem Krachen.

Hinter sich hört das Mädchen ein Jammern. Es ist Quirin. »Mich hat's erwischt«, ruft er in der Dunkelheit.

Tonio hat sich indessen weiter vorgearbeitet. Er klopft an die Holztür und ruft: »Die Anlage ist eingenommen, kommt raus.«

»Wir haben Befehl zu halten«, antwortet jemand auf Italienisch.

Ernst zündet hinter Tonio eine Laterne an, das Mädchen geht zu Quirin, der sich seinen Arm hält. Sie kann nicht erkennen, wie schlimm die Verwundung ist. Aber wenigstens wissen sie jetzt, wo der Feind steckt. In den darüberliegenden Gängen und Kavernen hören sie immer noch vereinzelte Explosionen, doch der Kampflärm nimmt langsam ab.

Ernst tippt Tonio auf die Schulter, bedeutet ihm, mit den anderen in den Tunnel zurückzuweichen. Dann löst er den Stift an einer Stielgranate, steckt sie unter die Klinke und rennt hinter Tonio her. Die Granate explodiert und reißt die Tür auf. Sie hängt nur noch halb im Rahmen. Ernst dreht sofort um, wirft die Laterne durch die Öffnung, die in dem Raum in Flammen aufgeht. Er stürzt sich hinein, Tonio folgt hinter ihm. Das Mädchen sieht, wie Ernst einen der beiden italienischen Soldaten zu Boden drückt, ein anderer spannt gerade sein Gewehr. Tonio schießt auf ihn und verfehlt, fast zeitgleich springt er zur Seite und kann so der Kugel des Italieners ausweichen, die zu Füßen des Mädchens einschlägt. Wieder lädt der Soldat durch, und auch Tonio lässt eine neue Kugel in die Kammer schnappen. Das Mädchen kann kaum hinsehen vor Angst, dass Tonio getroffen wird. Doch der Italiener ist zu aufgeregt, sein Schuss löst sich, bevor er anlegen kann. Er hebt die Hände, als würde es noch etwas helfen, da dringt Tonios Kugel bereits in seinen Bauch.

Nachdem der Raum gesichert ist, legen Tonio und Ernst den Italiener auf eine Pritsche. Das Mädchen und der Vater schleppen den blutenden Quirin in die Waffenkammer. Sie ziehen ihm die Uniformjacke aus und sehen, dass er gleich zwei Kugeln abbekommen hat. Eine in den linken und eine in den rechten Oberarm. Tonio, der als Einziger etwas von Medizin versteht, blickt mit gerunzelter Stirn auf die Wunden. Er beugt Quirin nach vorne, der immer wieder leise aufstöhnt.

Beide Kugeln sind wieder ausgetreten. Es rinnt Blut nach, jedoch nicht mehr viel. Tonio zerreißt Quirins rot gefärbtes Hemd und wickelt ihm zwei feste Schlingen um die Arme.

»Jetzt kannst du deine Jacke wieder anziehen«, sagt er.

»Ist es schlimm?«, fragt Quirin. »Muss ich sterben?«

»Nein, so ein Glück hab ich noch nie gesehen. Die sind glatt durch, nichts Lebenswichtiges getroffen.«

Der Italiener hat weniger Glück gehabt. Die Kugel ist neben dem Bauchnabel eingetreten, dunkles Blut quillt hervor. Das Mädchen schaut weg.

Gemeinsam beraten sie, wie sie den Italiener und Quirin nach oben zu dem Stollen und von dort ins Lazarett schaffen können. Aber noch bevor sie sich einigen, hören sie schon das heftige Donnern der Artillerie. Die Italiener haben das Feuer mit den Kanonen eröffnet, die im Halbkreis um den Sextenstein postiert sind. Fast zeitgleich hören sie einen ihrer Meldegänger rufen: »Sie feuern zurück. Stellung halten! Auf jeden Fall Stellung halten!«

Also bleiben sie in Position und beginnen in ihren Uniformen zu zittern. Der Italiener tritt immer wieder weg, murmelt unverständliche Worte vor sich hin oder wimmert auf seiner Pritsche. Es wirkt, als würde das Leben ganz langsam aus ihm herausrinnen. Tonio übersetzt für den Rest der Gruppe.

»Er redet von seiner Mutter, von einem Hof in Santo Stefano, von einer Schnitzerei, die er nicht fertig bekommen hat. Der ist nicht mehr ganz bei sich.«

Quirin gibt weiter Stöhnlaute von sich, sobald er sich auch nur einen Millimeter bewegt. Als er Tonios finsteren Blick sieht, beißt er die Zähne zusammen und schweigt. Nach Stunden im Tunnel und unter dem Donnern der feindlichen Artillerie klingt die Aufregung langsam ab. Nur der Italiener ist noch zu hören, er wimmert und murmelt im Wechsel.

Das Mädchen fragt sich, wie spät es wohl sein mag. Zwei Uhr nachts oder schon vier? Wie wird es weitergehen? Werden sie hier irgendwann von aufrückenden Italienern überrannt? Ist das der letzte Raum, den sie lebend sehen wird? Wenigstens ist der Vater bei ihr, und schließlich ist jeder Ort so gut wie ein anderer, wenn es so weit ist. Noch einmal betrachtet sie die Gesichter der anderen, wie zum Abschied. Irgendwann nickt sie an der Schulter ihres Vaters ein. Ein Poltern reißt sie aus ihrem unruhigen, traumlosen Schlaf. Ernst hängt gerade die schiefe Tür aus und wagt sich mit einer Laterne in den Tunnel.

Quirin schläft noch, der Italiener liegt tot auf der Pritsche. Sein Gesicht wirkt friedlich.

»Mit dem hat der Herrgott Erbarmen gehabt«, sagt der Vater.

Das Mädchen nickt. Doch sie weiß, dass nur Tonio mit ihm Erbarmen gehabt hat. Sie erinnert sich daran, wie Tonio nachts noch einmal neben ihm saß und mit ihm redete. Wahrscheinlich hat er ihm eine Geschichte erzählt, auf Italienisch. Es hörte sich schön an, er sprach ganz leise und ruhig. Danach war der Italiener endlich verstummt, und Tonio hatte sich auf seinen Schlafplatz verzogen. Der Herrgott hat nicht geholfen, denkt das Mädchen und zweifelt sogar daran, dass der überhaupt noch hersieht. So schrecklich, wie sich alles verhält.

Als Ernst zurückkommt, wirkt er besorgt und gibt Befehl zum Aufbruch. Er nimmt Quirin das Gewehr ab, Tonio greift seinen Rucksack, und nacheinander arbeiten sie sich durch den Stollen zurück zur nächsten Kreuzung. Quirin folgt ihnen mit einem Stichmesser bewehrt. Weiter oben treffen sie auf Standschützen, die die Stellung halten, ohne genau zu wissen, gegen wen. Sie steigen weiter auf, die Standschützen schließen sich ihnen an. Das Mädchen hat keine Ahnung, ob draußen schon der Morgen angebrochen ist. Sie weiß nicht, wie lange sie da unten waren, wie lange sie geschlafen hat. Ihre Beine setzen die Schritte wie von allein. Wenig später stößt ein Meldegänger zu ihnen, verschmiert von Schmutz und Blut, das an seiner Stirn klebt.

»Die Gefangenen sind abtransportiert«, sagt er. »Wir sollen halten.«

»Welche Gefangenen?«, fragt Ernst.

»Um die siebzig Walsche und ein Leutnant.«

»Verluste?«, fragt Tonio.

»Dreißig Mann.«

»Nur dreißig bei uns«, wiederholt Tonio leise.

»Der Stollen ist zusammengeschossen«, erklärt der Meldegänger. »Da geht's nicht mehr durch.«

»Wie kommen wir dann zurück?«, fragt Quirin.

»Wir sollen halten!«, wiederholt der Meldegänger, fast entrüstet, dass man ihn nicht versteht.

»Wie spät ist es?«, fragt das Mädchen.

»Kurz nach elf Uhr morgens.«

Sie setzen sich rechts und links des Stollens in die Kavernen, überprüfen ihre Ausrüstung, füllen ihre Ladestreifen auf, verteilen Quirins Handgranaten, der seine Arme ohnehin kaum noch hochhalten kann. Weitere Soldaten und Standschützen kommen aus den Gängen dazu, insgesamt sind sie noch achtzehn Mann.

»Wer hat nun eigentlich das Kommando?«, fragt Tonio.

»Sind Sie das nicht?«, fragt der Meldegänger.

Tonio und Ernst blicken sich um, schließlich fragt Tonio: »Was hast du für einen Rang?«

»Ich bin einfacher Soldat«, antwortet Ernst. »Nur mit besonderer Ausbildung.«

»Quirin ist Fähnrich«, sagt das Mädchen und grinst. Tonio und der Vater müssen das Lächeln erwidern. Es tut gut, dem Ende entgegenzulachen.

»Macht euch nur lustig«, klagt Quirin.

Schließlich nickt Ernst in Richtung Tonio, als wollte er sagen: »Das musst du jetzt machen.« Also steht Tonio auf, stellt sich in den Tunnel zwischen den beiden Kavernen und gibt Anweisungen.

»Schleppt Sandsäcke raus und macht die Tunnel zu. Es kann nicht mehr lange dauern, bis die Walschen von unten nachrücken, um den Fels zurückzuerobern. Sobald die Artillerie wieder losdonnert, kommen sie.«

Ernst macht sich sofort daran, die ersten Sandsäcke zu schultern. Er schafft sie in den Quergang unter ihnen und türmt sie auf. Die anderen Männer folgen ihm, als hätte seine Aktion den Führungsanspruch von Tonio bestätigt. Sie bilden eine Kette, so wie sie den Schnee aus dem Stollen transportiert haben, und schaffen die Sandsäcke in den rechten Seitentunnel. Als er dicht ist, stemmen sie von hinten einige Balken dagegen.

»Lang hält das nicht«, sagt der Vater zu dem Mädchen.

Dann wird der linke Seitentunnel gefüllt. Doch die Sandsäcke reichen nicht, und der Wall bleibt nur kniehoch.

»Handgranaten!«, befiehlt Ernst, streckt seinen Brotbeutel vor und sammelt die Granaten der Männer ein. Dann verschwindet er alleine im Seitentunnel. Nach wenigen Sekunden hetzt er heraus, wirft sich über die Sandsäcke auf den Boden, gefolgt von einer Kaskade von Detonationen. Staub wird über ihn gewirbelt und färbt seine Uniform hellgrau. Er springt auf, sieht zurück und scheint zufrieden mit seinem Werk. »Da kommt keiner mehr durch.«

In diesem Moment beginnt die Artillerie über ihnen wieder zu donnern. Die Männer spüren die Erschütterungen, der ganze Sextenstein scheint sich zu bewegen.

»Sie kommen«, sagt das Mädchen. Ihr Vater schiebt sich schützend vor sie.

»Wer hat befohlen, dass wir halten sollen?«, fragt Tonio den Meldegänger, dem die nackte Angst ins Gesicht geschrieben steht.

»Major Leonard. Es war sein ausdrücklicher Befehl, bevor die Leitung im Tunnel zusammengebrochen ist.«

Ein erster Schuss pfeift von unten durch die Verbarrikadierung, sie wird ihnen kaum Schutz bieten. Die Standschützen feuern blind zurück.

»Wie sieht es draußen aus?«, schreit Tonio dem Meldegänger zu.

»Wild, überall Granattrichter«, sagt dieser. »Sie feuern aus allen Rohren.«

»Wir müssen raus und über den Schnee zurück«, ruft Tonio seinen Männern zu. »Wenn die hinter uns durch sind, knallen sie uns einfach ab.«

»Und die Artillerie?«, fragt einer.

»Die ist auf den Stollen und das Plateau gerichtet. Wer's hinausschafft, rennt wie ein Hase. Alles sammeln und mir nach.«

»So schnell können sie die Artillerie gar nicht neu ausrichten«, sagt der Vater beruhigend zu dem Mädchen, während sie sich aufstellen. »Tonio hat recht. Die Gewehre sind gefährlicher, die kommen uns von unten nach.«

Sie arbeiten sich so weit nach oben durch, bis sie Tageslicht sehen können. Tonio hat die Hand gehoben, er zählt die Einschläge der Artillerie. Von unten sind Schüsse zu hören, die Italiener haben den Stollen freigeräumt. Als direkt über ihnen eine Erschütterung zu spüren ist, schreit Tonio: »Auf!«, springt als Erster los und stürmt ins Freie.

Die anderen folgen ihm ungeordnet, ein paar rennen sich gegenseitig über den Haufen. Das Mädchen läuft gemeinsam mit dem Vater los. Sie sieht Tonio, der sich durch den Schnee kämpft. Kurz darauf steckt sie selbst bis zu den Knien fest, gerät ins Stolpern und fällt hin. Aus dem Augenwinkel erkennt sie, wie Quirin aus dem Erdloch springt und losläuft. Hinter ihm kommt Ernst an die Oberfläche, ein Mörsergeschoss schlägt einen Graben an die Stelle, an der er eben noch stand. Schnee, Schutt und Brocken regnen vom Himmel herab. Dann sieht sie wieder Quirin, der ebenfalls gestürzt ist und sich schreiend auf die Beine kämpft.

Obwohl sie liegen bleiben will, packt der Vater ihre Hand und zieht sie hinter sich her. Wie die Kraniche laufen sie in Richtung Toblinger Knoten.

Tonio ist noch immer vor ihnen, springt aus dem Schnee, macht einen Schritt, springt wieder, um schneller weiterzukommen. Dann rollt er zweimal vorwärts, es wird nun abschüssig. Er macht ein paar große Schritte, rollt erneut, und alle machen es ihm nach. So gelangen sie an die Südwestflanke des Toblinger Knotens. Nacheinander springen sie nah am Felsen in die Kaverne, obwohl die Italiener sie hier kaum noch treffen können.

Tonio steht keuchend mit dem Rücken an der Wand. Sein Gesicht ist verzerrt. Erst jetzt lässt der Vater die Hand des Mädchens los. Sie erschrickt, als ihr bewusst wird, dass Tonio sie beobachtet.

Quirin kommt als Letzter rein. »Es ist sich ausgegangen, es ist sich ausgegangen!«, ruft er, als könnte er selbst nicht fassen, dass er überlebt hat.

Nur sieben von achtzehn Mann haben es zurückgeschafft. Der Rest wurde erschossen oder in Stücke gerissen, wie der unzerstörbare Ernst. Jeder hängt seinen Gedanken nach, niemand will direkt ins Lager zurück. Sie leben noch, aber zu viele fehlen, um sich zu freuen. Über sich hören sie die eigene Artillerie, die im Dialog mit dem Beschuss der Italiener steht. Wie Budenzauber wirkt es auf das Mädchen, dieses Tosen und Donnern und Zerstören. Tonio steht vor ihr und lächelt sie an, als könnte er ihre Gedanken lesen.

Quirin hat sich flach auf den Rücken gelegt und die Arme in die Höhe gestreckt, weil er hofft, dass die Schmerzen dadurch weniger werden. Sein Kopf ist knallrot, Schweißperlen sammeln sich unter seinem Haarkranz.

Ihr Vater hockt mit gesenktem Kopf an die Wand gelehnt. Sein Nacken zieht sich lang nach vorne, seine Wangen scheinen nach unten zu sacken. Er ist alt geworden, sein Gesicht sieht aus wie eine zu lange getragene Uniform. Er rasiert sich nur noch alle paar Tage, der Bartschatten lässt ihn noch verbrauchter wirken. Von seiner Nase tropft Schweiß auf seinen linken Stiefel, den er leicht nach vorne gestreckt hat.

Neben ihm steht Tonio, das Gesicht dem Mädchen zugewandt. Auch er scheint all seine Energie aufgebraucht zu haben. Doch im Gegensatz zu ihrem Vater wirkt er nicht alt, sondern abgenutzt wie ein ausgewaschenes Hemd. Seine Uniformjacke wurde so oft geflickt und genäht, dass sie aussieht wie aus mehreren Jacken zusammengestückelt. Sein verbliebenes Auge sagt mehr als sein Mund. Meistens kneift er es zusammen, als könnte er es dadurch schützen. Seine Augenklappe ist hochgerutscht, das fehlende Auge sieht wüst aus, eine Kaverne in seinem Gesicht, in der nichts Gutes zu erwarten ist. Schmerzvoll und hoffnungslos. So wie fleischgewordener Krieg. Der Wundschorf um die Augenhöhle ist abgefallen und hat hellere Haut zum Vorschein gebracht. Als würde ein neuer Tonio heranreifen und sich bald herausschälen wollen.

Sie steigen im Knoten auf und erstatten Major Leonard Bericht. In gebügelter Uniform tritt dieser vor die Offiziersmesse und hört sich mit versteinerter Miene an, wie sie den Sextenstein aufgeben mussten und wer dabei alles zu Tode gekommen ist.

Weniger als zwölf Stunden konnten sie den Sextenstein halten. Das wirft der Major ihnen noch an den Kopf, bevor er sich von dem abgekämpften Haufen abwendet.

Das Mädchen würde Leonard gerne von Max erzählen.

Oder von den anderen Männern, die sie hier schon sinnlos hat sterben sehen, während einer wie er sich vom Offiziersdiener die Stiefel polieren ließ.

Früher hat sie oft versucht, sich auszumalen, wie der liebe Gott wohl aussieht. Aber noch nie hat sich das Mädchen den Teufel vorgestellt. Der war für sie bisher eine unheimliche Bedrohung und die Hölle ein Ort der Hitze, wo einem die Haut vom Körper schmilzt. Vielleicht ist die Hölle aber gar kein Ort, an dem ewige Feuer brennen, sondern furchtbar kalt. So kalt, dass man jede Hoffnung auf Wärme verliert. Und der Teufel ist vielleicht genauso wie Major Leonard, selbstgewiss, herrisch und stumpf gegenüber dem Leid, das anderen widerfährt. Einer, der sich mehr Gedanken darüber macht, ob seine Privilegien gewahrt bleiben, als darüber, ob er anderen dafür Opfer abverlangt. Der Teufel hat weder Pferdefuß noch Dreizack, er ist ein Mann mit Manieren, einer sauberen Uniform und feinen Gesichtszügen. Das Mädchen hat von ihm jetzt ein viel präziseres Bild als von Gott. Schließlich hat der Teufel hier oben viel mehr zu sagen.

12. Kapitel

Ende April besucht Tonio zum ersten Mal wieder einen Gottesdienst. Feldkurat Tönner wirkt müde und niedergeschlagen, nachdem er so häufig die letzte Beichte abgenommen hat, in der doch nur immer dasselbe gesagt und erbeten wird. Er steht vor seinem Klappaltar und blickt auf die verbliebenen Gläubigen, die in acht Reihen vor ihm auf schmalen Bänken sitzen. Die Mützen auf dem Schoß, die rauen Hände gefaltet.

»Wir erleben die Außerkraftsetzung eines göttlichen Gebots, das Christen auf der ganzen Welt seit Jahrtausenden befolgen«, sagt er und lässt seinen Blick über die Männer gleiten. »Eines Gebots, das Moses auf dem Berg Sinai von Gott, dem Allmächtigen, für uns empfangen hat. Doch jetzt hat der Krieg das fünfte Gebot umgewandelt. ›Du sollst töten! Töten für Gott, den Kaiser und das Vaterland.‹«

Der Feldkurat macht eine kurze Pause und scheint selbst nicht recht zu wissen, worauf er mit seiner Ausführung hinauswill. Dann fährt er fort und blickt Tonio dabei direkt an.

»Die Ausrede, dass dieses Töten im Kriege lediglich Notwehr sei, kann nicht gelten. Ich frage euch deshalb: Kann nicht nur der Angegriffene in Notwehr handeln? Wer aber ist im Kriege schon Angreifer und Angegriffener? Mitunter wechseln die Rollen blitzartig schnell und können uns nicht als Kriterien für eine ethische Entlastung dienen.«

Während der Feldkurat vor seinem kleinen Altar auf und ab geht, sich den Kopf kratzt und ihn dann schüttelt, lächelt Tonio ihn an. Es kommt dem Mädchen fast so vor, als würde Tönner heute nur für Tonio reden. Als wären sie, der Vater und die anderen Männer nur Zuhörer eines Dialogs zwischen den beiden.

»Wir, ihr, keiner hier kann etwas dafür«, sagt der Feldkurat und stellt sich frontal vor seine geschundene, kleine Gemeinde. »Es sind die Herrscher, die sich an kein Gebot mehr halten, die sich stattdessen von Besitzlust und Gier leiten lassen, die Schwache unterwerfen und ausbeuten. Ich sage euch, sie sind es, die euch dazu verdammt haben, hier gegen Gott und seine Gebote zu handeln.« Er sieht vom einen zum anderen, sein Blick bleibt erneut bei Tonio hängen. »Ihr seid nur die armen Lämmer, die dazu verdammt sind, die Befehle auszuführen.«

Das Mädchen spürt, dass Tönner ihnen mit seiner Predigt eine Entschuldigung liefern will, eine weitere Absolution. Wenn es aber ans Jüngste Gericht geht, denkt sie, wird es trotzdem schwierig werden zu erklären, was wir hier tun.

Sie besucht Quirin im Lazarett, dessen linker Arm sich entzündet hat, versucht ihn mit Geschichten aus dem Lager abzulenken und hört zu, wie er ihr vom Arzt und den anderen Verletzten erzählt. Währenddessen denkt sie an ihre Mutter, die der Krebs einfach weggerafft hat, so früh, dass sie sich kaum noch an sie erinnern kann. An die vielen Männer, die nur eine Minute früher oder später hätten auftauchen müssen, um noch zu leben. Sie denkt an Ernst, der Quirin am Sextenstein zuerst noch aus dem Erdloch gestoßen hat und dafür selbst in die Luft gejagt wurde. Und an Max, der sich nur einen Moment geärgert und nicht aufgepasst hatte. Von all diesen Menschen fehlt ihr Max am meisten. Er war ihr Freund, der erste und der letzte, den sie in ihrem Leben wirklich hatte. Da hatte sie noch keine Vorstellung davon, wie schnell es gehen kann. Wie tot die Toten sind.

Sie erzählt Quirin von Meldegängen, doch ohne ihm die Angst zu schildern, die sie dabei empfindet. Berichtet von ihren Patrouillen, aber ohne zu erwähnen, dass der Vater und sie diese abgekürzt haben, um nicht ins Schussfeld der Italiener zu geraten. Sie erzählt Quirin sogar vom letzten Gottesdienst, verschweigt allerdings, dass Feldkurat Tönner an dem Abend nur für Tonio gepredigt hat.

Beim nächsten Meldegang wenige Wochen später zur Versorgungsstation nach Sexten drückt ihnen ein Major, der eigens für diese Übergabe aus Bruneck angereist ist, einen großen Umschlag in die Hand.

»Ich vertraue euch diesen Umschlag an, Männer, und setze darauf, dass Major Leonard ihn vor euren Augen öffnet, wenn er ihn erhalten hat.« Der Vater nimmt das braune Kuvert entgegen und verstaut es in seinem Rucksack.

»Der Umschlag darf auf gar keinen Fall verloren gehen oder dem Feind in die Hände geraten«, setzt der Major nach. »Sogar wenn ihr auf dem Weg nach oben unter eine Lawine geraten solltet, ist er unverzüglich zu vernichten. Verstanden?«

Er notiert sich ihre Namen, klopft dem Mädchen auf die Schulter und verabschiedet sie mit einem »Glück auf!«.

Den Weg zum Knoten wandern der Vater und das Mädchen in fiebriger Aufregung. Jedes Geräusch im Wald lässt das Mädchen zusammenzucken. Sie ist sicher, dass der Feind ihre wichtige Fracht riechen kann und das Kuvert sie zur Zielscheibe macht. Auch der Vater ist angespannt und macht nicht mal bei der üblichen Stelle Rast, doch sie erreichen ihr Ziel ohne den geringsten Zwischenfall.

Gleichzeitig ausgepumpt und aufgekratzt bleiben die beiden vor Leonard stehen, als dieser den Umschlag aufreißt. Es sind Fotografien darin, die lediglich verschiedene Muster zeigen, kein Mensch ist darauf abgebildet.

»Luftaufnahmen der italienischen Stellungen«, sagt der Major und übergibt die Bilder an einen Offizier, der sich darüberbeugt. Das Mädchen erkennt Pfeile und Linien, die auf die Fotografien geklebt sind.

»Das hier, das sind wir«, sagt der Offizier und zeigt auf eine grün markierte Stelle.

Major Leonard winkt das Mädchen und den Vater näher heran und zeigt ihnen, wo die Stellungen der Italiener hinter dem Sextenstein liegen. Dann lässt er sie wegtreten, doch das Mädchen fühlt sich trotzdem belohnt. Endlich hat sie eine Vorstellung davon, wer hier oben eigentlich wo stationiert ist. Max hätte das Bild geliebt.

Abends in der Baracke spricht sich die Nachricht von der technischen Überlegenheit der k.u.k. Luftwaffe herum und löst große Euphorie aus.

Einer der Soldaten hämmert einen Steighaken in die Wand. Das Holz splittert links und rechts, so tief treibt er ihn hinein. Dann stellt er ein emailliertes Marienbild auf den Haken, die Schutzpatronin des Toblinger Knotens soll sie sein. Und Glück soll sie ihnen bringen.

»Jetzt gewinnen wir«, ruft einer, und andere stimmen ein.

»Was sollen wir denn gewinnen?«, fragt Tonio düster in die Runde, sein Blick ist starr auf den Boden gerichtet. Doch niemand geht auf ihn ein. Die Männer trinken und feiern und singen zum ersten Mal seit Wochen wieder Lieder.

Die Berge hoch, das grüne Tal,
Mein Mädel und der Wein.
Und wenn dann einst, so leid mir's tut,
Mein Lebenslicht verlischt.
Freu ich mich, dass der Himmel auch
Schön wie die Heimat ist.

Als das Mädchen am nächsten Morgen aufwacht, ist es ungewöhnlich ruhig in der Baracke. Sie reibt sich die Augen und sieht, dass alle anderen schon wach sind. Niemand sagt einen Ton, die Stille ist so drückend, dass sie etwas fragen will, nur um ein Geräusch zu machen. Aber dann sieht sie ihn auch. Er hängt in der Ecke, den Kopf knapp unter der Decke abgeknickt. Seine Augenklappe ist ihm unters Kinn gerutscht, wahrscheinlich als er sich die Drahtschlinge über den Kopf gezogen hat, die an dem Steighaken befestigt ist.

Auch ihre Kehle ist wie zugeschnürt. Sie kann kaum schlucken, so trocken fühlt sich ihr Mund an. Ihr Brustkorb zieht sich zusammen, sie kriegt keine Luft. Erst jetzt wird ihr klar, wie genau sie Tonio studiert hat. Wie sehr sie alles, was geschah, an ihm abglich, wenn er in der Nähe war. Wie sie versuchte, das Geschehen zu verstehen, indem sie seinen Kommentar an seinem Gesicht ablas. Sie wusste, dass er den Rauch nur dann so genüsslich aus dem Mund quellen ließ und durch die Nase zog, wenn es einen besonderen Moment zu feiern gab. Dass seine Mimik seinen Worten zuweilen eine andere Bedeutung gab. Dass er manchmal damit sogar das Gegenteil von dem ausdrückte, was er sagte. Nun ist jeder Ausdruck verschwunden, nur sein Körper hängt noch da.

Lautlos wie die anderen zieht sie sich an, tritt zögernd näher und setzt sich auf das Bett ihm gegenüber. Der Vater kommt dazu, legt seinen Arm um sie, so kameradschaftlich wie möglich.

Als die Männer Tonio hochheben, steht das Mädchen auf, tritt zu ihm und umarmt ihn. Sie legt ihre Hände auf seine Schultern, greift hinter seinen Kopf und löst die Draht-schlinge, obwohl es in ihren Fingern schmerzt. Sie küsst ihn auf die Stirn, löst sich von ihm und nestelt die Lederklappe von seinem Hals, als die Männer seine Leiche schon nach draußen schleppen. Wie etwas sehr Kostbares faltet sie die Lederklappe behutsam zusammen und verstaut sie in ihrer rechten Seitentasche. Sie möchte wütend sein auf Tonio, der sie allein gelassen hat. Aber da ist keine Wut. Nur müde ist sie, zu müde sogar für eine Träne.

13. Kapitel

Es ist wärmer geworden. Mit jedem Tag bohren sich neue Felsen aus der Schneedecke, als wären sie gerade erst aus Stein gewachsen. Alpendohlen ziehen enge Kreise über dem Lager, erste Murmeltiere trauen sich aus ihren Löchern. Als der Schnee fast weggeschmolzen ist, beginnen die Männer damit, Gefangene ins Tal zu führen. Das Mädchen und der Vater bewachen die Italiener auf dem Weg zum Arrest. Meist sind sie nur zu zweit eingeteilt, eine willkommene Abwechslung zur Arbeit im Lager. Das Innerfeldtal blüht bereits, Krokusse und Butterblumen geben den saftigen Wiesen zusätzliche Farbe. Auch Himmelschlüssel kommen schon zum Vorschein. Gelegentlich werden sie zur Anderter Alm geschickt. Einmal geht es auch hoch zur Roten Wand.

Der Weg zurück zum Mittellager ist derselbe, den das Mädchen mit Max gegangen ist. Doch er liegt da nicht mehr, und sie fragt sich, wo er hingekommen ist. Ob ihn wilde Tiere gefressen haben? Oder konnte er unter der Schneedecke gar zu Staub und Erde geworden sein?

Zwei Wochen später wandern sie mit acht gefangen genommenen Italienern vom Toblinger Knoten in Richtung Tal, als eine Gerölllawine abgeht. Das Mädchen hört erst ein Klackern, das zu einem spitzen Hämmern wird. Kurz darauf spürt sie harte Schläge überall auf ihrem Körper und wird bewusstlos. Überwältigender Schmerz weckt sie auf. Ein gewaltiger Fels hat sie unter sich begraben, die Gefangenen um sie herum schreien auf Italienisch. Sie sieht ihren Vater neben sich knien. Er versucht, den Gesteinsbrocken von ihr wegzuschieben, einige Italiener in Handschellen helfen ihm dabei, aber der Fels rührt sich nicht. Der Schmerz ist stumpf und beißend zugleich, sie wird erneut ohnmächtig.

Als sie die Augen öffnet, sieht sie eine Säge an der Stelle hin und her gleiten, wo ihr Fuß unter dem Felsbrocken verschwindet. Der Gefangene sägt mich entzwei, denkt sie, nur das dazugehörige Gefühl will sich nicht einstellen. Der Vater, der dem Italiener die Handschellen abgenommen hat, steht daneben und weint. Sie hat ihn noch nie weinen sehen. Nicht mal, als die Mutter gestorben ist. Nur eine Träne hat sie bisher in seinem Auge gesehen, jetzt heult er wie ein Säugling. Sei nicht traurig, Vater, denkt sie. Sie spürt noch, wie sie hochgehoben wird, und verliert wieder das Bewusstsein.

Das Mädchen wacht im Krankenhaus auf. Es riecht nach Essig und Äther, sie liegt wie auf einer Wolke. Ihr Vater schläft neben ihr auf einer Pritsche, gegenüber an einer kalkweißen Wand hängt ein einfaches Kreuz.

Sie schlägt die Decke zurück und sieht, dass unterhalb ihrer Wade nichts mehr ist als ein Stumpf, dick in Verband gewickelt. Ein Zugschmerz dringt in dem versehrten Bein nach oben. Sie ist erleichtert, als eine Krankenschwester ihr eine Spritze gibt.

Nachdem sie weggenickt ist, sieht sie sich selbst, wie sie in einer Kaverne im Sextenstein sitzt. Der Sprengteufel rennt durch die Tunnel, wirft Granaten in die Quergänge. Dann stürmt er zur Tür herein, hinter der sich das Mädchen versteckt. Er trägt zotteliges Fell, hat zwei kleine Gämsenhörner auf dem Kopf und eine Augenklappe. Mit einem Lachen dreht er sich um, rennt den Gang in die andere Richtung davon, tiefer in die Höhlen hinunter, während seine Granaten links und rechts explodieren, ihn in Rauch einhüllen und schließlich verschwinden lassen.

Als sie wieder zu sich kommt, stöhnt sie leise, ohne es zu merken. Der Vater wacht sofort auf. Er setzt sich zu ihr und streicht ihr über die Stirn. Sie versucht auszumachen, woher der Schmerz kommt. Aber er wirkt weit entfernt, beinahe so, als würde er nun das Gefühl für ihren Fuß ersetzen. Wieder erscheint die junge Krankenschwester und zieht eine Spritze auf. Vor Freude bildet sich ein leichter Schweißfilm auf der Haut des Mädchens. Wenn sie schläft, hat sie keine Schmerzen. Und wenn sie träumt, kann sie mittlerweile mehr Freunde sehen, als wenn sie wach ist.

Einen Monat später wird ihr Bein unterhalb des Knies amputiert.

Zuvor war der Arzt mit der Glatze und dem Haarkranz zu ihr ans Bett getreten. Sie wusste nicht, dass sie in seinem Krankenhaus lag.

»Der Stumpf hat sich entzündet«, sagte der Arzt. »Wenn wir das schlechte Fleisch nicht wegschneiden, wird es deinen ganzen Körper vergiften, und du wirst sterben.«

Der Vater haderte mit der Entscheidung, aber sie diskutierte nicht mit dem Arzt und stimmte nur zu. Schon an dem Morgen, als sie damals in Meran aufgebrochen war, hatte sie gewusst, dass sie ein Opfer bringen müsste für die Lüge, die sie plante. Ein fehlendes Bein scheint ihr nur gerecht. Ein kleines Opfer im Vergleich zu dem, was sie im Berg gesehen und erlebt hat.

Sie freut sich auf die Betäubung, auf Max, Adrian, Vierzehnhalb und Tonio. Sie besucht den Raum in ihrem Kopf, den sie sich vor Monaten dort eingerichtet hat, wo alle auf sie warten. Sie schließt ihn mit einem schweren Schlüssel auf und will ihn gar nicht mehr verlassen, bis die Schwester sie mit Riechsalz wieder weckt.

Das Mädchen wird in den kleinen Frauentrakt des Krankenhauses verlegt. Hier erblicken immer neue Menschen das Licht der Welt. Kleine Soldaten, denkt sie, wenn sie mit ihren Krücken am Säuglingszimmer vorbeistakst. Sie gewöhnt sich an die Krücken. Sie kommen ihr bald wie ein Teil von ihr vor, so wie ihr Gewehr oben in den Stellungen.

Nach einigen Wochen drückt sie das erste Mal die Schwingtür zur Männerstation auf, die immer noch überfüllt ist. Diejenigen, die die Kraft dazu haben, setzen sich im Bett auf, als das Mädchen den Raum betritt. Ihre Haare sind gewachsen. Sie ist wieder eine junge Frau. Dass sie ihr Bein im Krieg gelassen hat, kann sie hier niemandem erzählen.

Sie schwingt sich trotzdem an ihren Krücken bis zum Aufenthaltsraum, in dem es eng und stickig ist und die Männer Karten spielen. Einer von ihnen eilt ihr sogar zu Hilfe, als sie die Tür mit einer Krücke aufstößt.

»Ich hätte wahnsinnig gerne eine Zigarette«, sagt sie und setzt sich neben den Soldaten, der ihr eine anbietet. Sie atmet den Rauch tief ein und darf sich für ein paar Züge wieder wie ein Soldat fühlen. Auf einer kleinen Bank liegt eine Zeitung. Das Mädchen nimmt sie und liest den Aufmacher.

Die tapferen österreichischen und bayerischen Soldaten, Seit an Seit
mit Tiroler Landsturm und Standschützen, haben die Italiener bis an
den Isonzo zurückgetrieben, wo der Feind angesichts einer Übermacht
an Mut und kämpferischer Disziplin zu Tausenden flüchtete und sein
Land fast kampflos übergab.

Sie lässt die Zeitung sinken.

»Heißt das, wir haben gewonnen?«

»Ja«, sagt der Soldat neben ihr. »Das heißt es wohl. Die Walschen sind zu Tausenden stiften gegangen. Ist jetzt alles Österreich, bis zum Piave.«

Sie fragt sich, ob das irgendetwas besser macht. Es fühlt sich tröstlich an.

»Ricki?«, hört sie neben sich und fährt herum.

Quirin steht da in der Tür.

»Richard?«, fragt Quirin noch einmal ungläubig.

»Ja.«

Er kommt auf sie zu. »Was machst du denn hier?« Die darin enthaltene Frage, wie sie eigentlich aussieht, wer sie ist, bleibt unausgesprochen. Sie schlägt ihren Morgenmantel zurück, zieht ihr Schlafhemd ein wenig hoch und zeigt ihm den Stumpf.

»Mich hat's auch erwischt«, sagt Quirin und streckt seinen Armstumpf in die Höhe, als hätte er noch eine Auszeichnung erhalten. »So ein Pech, oder?«

Sie findet, dass Pech etwas anderes ist.

»Wer an Gott glaubt, der fragt sich, warum ich?«, sagt sie. »Wer aber lange genug im Krieg war, der fragt sich, warum ich nicht?«

Quirin nestelt an seiner Seitentasche herum und schiebt den Knopf durch den eingenähten Filzschlitz. Schließlich schafft er es, die Tasche zu öffnen und ein Buch herauszuziehen.

»Magst du das vielleicht haben?«, fragt er das Mädchen. »Du kanntest ihn ja viel besser als ich.«

Er reicht ihr ein Notizbuch, und sie muss blinzeln, weil es vor ihren Augen verschwimmt. Es sieht immer noch so aus, wie sie es in Erinnerung hat. Dunkles Leder, an den Ecken schwarz verfärbt, die Seiten dick und vollgesogen, manche ein wenig angeknickt. Als könnte es unmöglich all das Wissen enthalten, das Max hineingestopft, -geschrieben und -gezeichnet hat.

»Woher hast du das?«, flüstert sie.

»Hat der Max mir gegeben, als ihr damals ins Tal abgewandert seid. Damit ich endlich mal was über die Berge lerne. Hab ich aber bis heute nicht geschafft.«

Das Mädchen blättert im Buch, sieht die Skizze vom Geschütz an der Roten Wand. Aber auch die Lage der Anderter Alm, die Silhouette der Sextner Sonnenuhr. Sie blättert immer weiter zurück und bleibt an einem Porträt hängen. Sie braucht einige Sekunden, bis sie begreift, dass sie das ist. Jung sieht sie aus. Und neugierig, vielleicht auch fordernd. Als hätte man ihr ein Versprechen gemacht, von dem sie heute weiß, dass es niemals eingehalten wird.

Sie trägt einen Bubenschnitt, die vorderen Haare hängen ihr in einem Schwung über die Stirn. Es ist das Porträt eines Mädchens, das sich verkleidet hat. Sie kann immer noch nicht begreifen, wie sie damit durchgekommen ist.

»Richard«, steht darunter in einer sauberen, kleinen Handschrift. »Mein bester Freund und Kamerad.«

Epilog

Am 23. Juli 1976 besucht Otto von Habsburg-Lothringen, der Sohn des letzten österreichischen Kaisers Karl, die Salzburger Festspiele. Marianne Sayn-Wittgenstein-Sayn hat ihren berühmten Empfang gegeben, Gunter Sachs ist mit dem Helikopter aus St. Moritz eingeflogen. Der Aga Khan hat einen seiner Rolls-Royce aus der Garage holen und nach Europa verschiffen lassen, damit seine Tochter in einer Nobelkarosse vorfahren kann.

Die Festspiele sind fast vorbei, Senta Berger, die »Buhlschaft«, ist bereits abgereist. Ein Champagner-Kater vom Vorabend bremst die Reichen und Schönen am letzten Tag, Curd Jürgens hatte zu einer Party geladen. Bruno Kreisky saß neben Lilli Palmer, Eliette von Karajan ging früh, Mario Adorf war geblieben. Am Morgen steht in der *Münchner Abendzeitung* zu lesen, das Buffet für die dreihundert Gäste sei zwanzig Meter lang gewesen.

Otto von Habsburg geht gemessenen Schrittes durch die Getreidegasse. Sechzig Jahre zuvor, als kleiner Junge, lief er mit goldenen Locken hinter dem Sarg seines Großvaters Kaiser Franz Joseph, um die Kontinuität der Monarchie zu belegen, doch 1961 musste er das »Habsburgergesetz« unterzeichnen. Der zu diesem Zeitpunkt auf dem Kopf schon fast kahle von

Habsburg verzichtete damit auf alle Herrschaftsansprüche, um überhaupt wieder nach Österreich einreisen zu dürfen.

1972 kam es zu einem symbolischen Handschlag zwischen ihm und Bundeskanzler Bruno Kreisky, wodurch er den letzten Verdacht einer beabsichtigten Inanspruchnahme der alten Macht durch seine Familie ausräumte.

In der Salzburger Innenstadt wird Otto von Habsburg häufig als »kaiserliche und königliche Hoheit« angesprochen. Die österreichische Eigenart, jeden noch so unbedeutenden Titel auszusprechen, wirkt insbesondere auf die Nachbarn aus Deutschland oft albern, und beim legitimen Thronfolger kennt die Servilität keine Grenzen.

Seit dem Habsburgerreich die Völker abhandenkamen, an die Kaiser Franz Joseph seine Aufrufe stets gerichtet hatte, fühlen sich auch viele nachgeborene Österreicher wie Versehrte, denen nur die Erinnerung an einstige Größe bleibt.

Von Habsburg selbst ist überzeugter Europäer. Weder beklagt er den Untergang des alten Reiches, noch rüttelt er an den Grenzen, die seit dem Ende des Ersten Weltkrieges etwas kurios durch Tirol und die unterschiedlichen Kulturkreise verlaufen.

Die letzte Isonzo-Schlacht war auch der letzte militärische Erfolg des alten Reiches, bevor es zusammenbrach. Nach dem Ende des großen Krieges griffen die Verabredungen mit der Entente, mit England, Frankreich und Russland. Südtirol fiel an die Italiener. Was die Tiroler mit ihrem Blut verteidigt hatten, wurde ihnen mit Tinte genommen.

Von Habsburg ist auf dem Weg zum »Goldenen Hirschen«, wo er sein Mittagessen einnehmen will. Ein gepflegter, schlanker Herr mit großer Brille, der geduldig jede Hand berührt, die ihm in der mittelalterlich wirkenden Getreidegasse hingestreckt wird. Die Durchgänge zu den Nebengassen sind rund und geduckt, die meisten Gebäude stammen aus dem frühen 15. Jahrhundert. Jeder Händler hat ein kleines Schild zur Getreidegasse heraushängen, das seine Profession anzeigt. Die Zeit scheint hier stehen geblieben zu sein, noch lange bevor der Großvater Otto von Habsburgs den Thron bestiegen hatte.

Auf Höhe der St.-Blasius-Kirche, die vor dem steil abfallenden Felsen steht, um den die heutige Altstadt vor Jahrhunderten gebaut wurde, bleibt er kurz stehen, damit er dem Menschenauflauf winken kann. Die Getreidegasse ist ohnehin nur einspurig befahrbar, der Verkehr nun aber durch die Aufregung um den Kaiserenkel zum Erliegen gekommen. Von Habsburgs Aufmerksamkeit richtet sich auf eine ältere Frau, die durch das Sterngässchen auf ihn zugestakst kommt wie ein dunkler Vogel. Sie ist auch über die Menschentraube hinweg zu hören, weil der Gummischutz am Ende einer ihrer Krücken durchgescheuert ist.

Das Metall klackt auf dem Kopfsteinpflaster. Sie schiebt sich durch die Menge, benutzt ihre Krücke wie einen verlängerten Arm. Erst als sie direkt vor ihm steht, sieht er, dass ihr das linke Bein unterhalb des Knies fehlt. Sie trägt eine Jacke aus grauem Filz, ein paar Abzeichen prangen darauf, die aussehen wie Orden. Er streckt ihr die Hand hin, erwartet, dass sie diese nur kurz berührt und dabei eine kleine Verbeugung macht.

Doch die Frau packt beherzt zu und schüttelt ihm die Hand.

»Was kann ich für Sie tun?«, fragt von Habsburg.

»Wenn Sie was für uns tun wollen, dann tun Sie was mit den Kriegspensionen«, sagt die Frau.

»Wo hat Ihr Mann denn gedient? Russland, Frankreich?«

»Selber hab ich gedient, Ihrem Großvater. In Tirol bei der Roten Wand, bei den Drei Zinnen.«

Von Habsburg blickt auf die Filzjacke der alten Frau und erkennt die große silberne Tapferkeitsmedaille. Daneben das Karl-Truppenkreuz, eine Auszeichnung, die sein Vater, Kaiser Karl I., damals an alle Soldaten verliehen hat, die länger als zwölf Monate Frontdienst verrichtet und an mindestens einer Schlacht teilgenommen haben. Darunter hängt ein zweites Kaiser-Karl-Kreuz, was den Auftritt der Frau noch seltsamer macht.

Es ist der Orden ihres Vaters. Zehn Jahre nach dem Krieg hatten ihn seine Verwundungen eingeholt. Er war an einer Lungenentzündung gestorben, mit vierundfünfzig Jahren. Seitdem lebt sie allein.

»Diese Kriegspensionen, die sind nicht recht«, sagt die Alte. »Die lassen einen kaum existieren. Zum Sterben zu viel, aber zum Leben zu wenig.«

Sie stemmt eine Krücke in den Boden, dreht sich um und geht wieder in Richtung Sterngässchen. Sie hat gesagt, was sie sagen wollte.

Etwas abseits der Menschentraube lehnt sie sich an die Wand, ihren Beinstumpf streckt sie nach vorne und setzt ihn auf einem Krückengriff ab. Sie greift in die Seitentasche ihrer Jacke und zieht eine zerdrückte Packung »Player's Navy Cut« heraus. Sie nestelt eine der Filterlosen hervor, rollt sie glatt, führt sie einmal unter der Nase durch, leckt über das Papier, steckt die Zigarette in den Mund und balanciert sie auf der Unterlippe. Aus der anderen Seitentasche fischt sie Zündhölzer, reißt eines an, schirmt es mit der Hand ab, legt den Kopf leicht schräg, während sie einsaugt. Sie lässt den

Rauch aus dem Mund quellen, zieht ihn durch die Nase ein. Langsam und zufrieden haucht sie aus und zupft sich einen Tabakkrümel von der Unterlippe. Sie raucht die Zigarette in kräftigen, langsamen Zügen und beobachtet dabei die Menschen, die sich um den Kaiserenkel drängen.

Nachdem sie ausgeraucht hat, lässt sie die Zigarette auf das Pflaster fallen, drückt sie mit einer Krücke aus, stößt sich von der Wand ab und geht durch das enger werdende Sterngässchen weg. Man hört abwechselnd ihren Absatz und die abgewetzte Krücke, das Echo schnellt an den Gassenwänden empor. Klack macht der Absatz, als würde die Kammer geöffnet. Klick macht die Krücke auf dem Kopfsteinpflaster. Immer wieder klack und klick, als würde ein Gewehr durchgeladen.

Viktoria Savs in ihrer Standschützenuniform.

Bild mit freundlicher Genehmigung von Hugo Reider,
der den Nachlass von Viktoria Savs verwaltet. Aus dem Buch
Kampf um die Drei Zinnen
von Peter Kübler und Hugo Reider

NACHWORT DES AUTORS

Als der Erste Weltkrieg 1915 in den Sextner Dolomiten ankam, gab es tatsächlich ein 15-jähriges Mädchen, das sich als Junge verkleidete und als Standschütze an die Front zog.

Ihr Name war Viktoria Savs.

Bis heute ist Viktoria Savs in der Gegend als »Heldenmädchen von den Drei Zinnen« bekannt. Sie hat sich Orden verdient und an Kampfhandlungen teilgenommen. Das österreichische Bundesheer benannte sogar einen Offizierslehrgang nach ihr.

Auch in einer Ausstellung zum Ersten Weltkrieg im Museum Salzburg wurde im Gedenkjahr ein Foto von ihr aufgestellt, wie sie in Uniform neben ihrem Vater im Gebirge für den Fotografen posiert.

Bei der letzten Isonzo-Schlacht wurden die Italiener von den k. u. k. Truppen weit zurückgetrieben und schließlich geschlagen. Die letzten Alpini verließen die Bergstellungen 1917, als ihnen der Nachschub abgeschnitten worden war. Viktoria Savs war da mit siebzehn Jahren schon Kriegsinvalide, nachdem sie bei einem Gefangenentransport unter eine Gerölllawine geraten war.

1919 entstand gemäß einer Geheimabsprache zwischen Italien und der Triple Entente der Vertrag von Saint-Germain, gegen den Österreich als Verlierernation kaum aufbegehren konnte. Der Vertrag führte Südtirol den Italienern zu.

Als die Faschisten 1922 in Italien an die Macht kamen, verboten sie die deutsche Sprache in Schulen und Ämtern. Hitler und Mussolini verabredeten später die »Option«, die Südtiroler vor die Wahl zu stellen, entweder nach Deutschland auszuwandern oder sich den Italienern zu unterstellen.

Auch nach 1945 versuchte die italienische Regierung, Südtirol so italienisch wie möglich zu machen, mit einer aggressiven Arbeitsmarktpolitik, die möglichst viele Italiener in die Region locken sollte. So steigerte sich der Anteil der rein Italienisch sprechenden Bevölkerung von etwa zehn Prozent nach dem Ersten Weltkrieg auf mehr als dreißig Prozent Ende der 1950er-Jahre. Erst danach wurden Autonomiegesetze ausgehandelt und die Zweisprachigkeit wurde gesetzlich verankert, wobei sich vor allem Österreich bei den UN für die Interessen der Südtiroler starkmachte.

Heute ist Südtirol mit weitgehenden Sonderrechten ausgestattet. Das Land hat sich nicht nur erholt, sondern prosperiert wirtschaftlich, vor allem durch steil ansteigende Tourismuszahlen. Über sechs Millionen Besucher verbringen jedes Jahr an die dreißig Millionen Urlaubstage in Südtirol.

Was die meistens Touristen allerdings nicht erkennen, sind die Überreste der alten Schießscharten, Unterstände und Feldküchen aus dem Ersten Weltkrieg, die hier seit 100 Jahren von der Natur vereinnahmt werden. Wer heute einige Meter von der Wanderroute abweicht, findet noch Reliquien aus der Zeit, die sofort die Ahnung einer Biografie auslösen. Eine verrostete Agfa-Filmrückwand, wie sie vor 110 Jahren patentiert wurde, ein Lederetui für eine Lawinenschaufel, eine Heringsdose, durch die ein großes Projektil aus einem Repetiergewehr geschossen wurde.

Dass die Klettersteige, welche die Touristen zum Gipfel nehmen, von Tirolern, Österreichern, Italienern, Ungarn, Bayern, Tschechen, Slowaken, Rumänen und russischen Kriegsgefangenen angelegt wurden, weiß heute kaum mehr jemand. Die Spuren verblassen. Ruinen werden eingeebnet und neu bebaut, Bombenkrater überwuchern.

Die echte Viktoria Savs fand sich, wie viele Soldaten aus dem heutigen Südtirol, auch nach dem Krieg zwischen zwei Fronten wieder. Weder war sie Italienerin, noch wurde sie in Italien als ehemalige Kriegsteilnehmerin gewürdigt – schließlich hatte sie auf der Seite der Feinde gekämpft. Sie siedelte nach Salzburg um.

Anerkennung fand sie bei den Nationalsozialisten, die ihre Geschichte gerne für den Soldaten-Kult nutzten, mit dem die Deutschen schon kurze Zeit später für einen Zweiten Weltkrieg motiviert werden sollten. Savs ließ sich vor den Karren der Nazis spannen, die angeblich sogar für ihre Beinprothese aufkamen.

In den Jahrzehnten nach den zwei großen Weltkriegen tauchte Viktoria Savs gelegentlich noch in Zeitungsberichten auf, aber ihre komplette Lebensgeschichte hat zu ihren Lebzeiten niemand aufgeschrieben. Es liegen also wenig Informationen über ihre Motive vor, sich in den Krieg zu begeben. Außer dass sie bei ihrem Vater sein wollte, wie sie in einem Interview erklärt hat.

In späteren Jahren erzählte Savs – wie viele Soldaten – durchaus gerne von ihren Einsätzen, unter anderem auch von der »Operation Sextenstein«. Es ging dabei immer nur um Kameradschaft und Abenteuer, manchmal sind diese Geschichten auch widersprüchlich. Ob sie wirklich aktiv an der »Operation Sextenstein« teilgenommen hat, lässt sich nicht sicher sagen.

Deswegen ist das Mädchen in diesem Roman eine Fiktion, genau wie die Freunde und Weggefährten, die es so nicht gegeben hat, die aber prototypisch für Kriegsteilnehmer stehen, die an den Konflikten teilnahmen.

Der Roman ist auf Basis dessen entstanden, was man heute über die Konflikte und die darin beteiligten Parteien weiß. Er handelt vor der echten Kulisse und im Rahmen der dokumentierten Ereignisse. Auch Personen der Zeitgeschichte, wie der legendäre Bergführer Sepp Innerkofler und Kaiser Franz Joseph, tauchen auf, allerdings nur als Randfiguren.

Um den Hintergrund so akkurat wie möglich zu schildern, hatte ich unschätzbare Hilfe.

Zu besonderem Dank bin ich Rupert Gietl verpflichtet, der als Konflikt-Archäologe weit mehr über das Kriegsgeschehen in den Sextner Dolomiten weiß, als ich mir je hätte aneignen können. Er hat mich vor Jahren auf die Lebensgeschichte von Viktoria Savs aufmerksam gemacht und mich großzügig mit seinem Wissen unterstützt. Er konnte mich vor vielen Fehlern bewahren; wenn sich trotzdem welche in diesem Buch finden, dann liegt das an mir oder ist der erzählerischen Freiheit geschuldet.

Auch Rudolf Holzer, der als ehemaliger Volksschullehrer in Sexten nur »Lehrer Rudl« genannt wird, hat mir einige

Stunden seiner Zeit geschenkt und Geschichten erzählt, die nicht in Sach- und Geschichtsbüchern zu finden sind. Er hütet die Ausstellung »Bellum Aquilarum – Krieg der Adler« im Kirchweg 9 in Sexten, je nach Saison von Dienstag bis Samstag, von 16 bis 18 Uhr. In schwach frequentierten Phasen durfte ich mich zu ihm an den Informationsschalter setzen und ihn ausfragen.

Hugo Reider, der sich um den Nachlass von Viktoria Savs bemüht, war ebenfalls sehr unterstützend und ist einer der Verfasser des Buchs *Kampf um die Drei Zinnen*, das allen empfohlen sei, die mehr über die Kampfhandlungen am Sextenstein wissen wollen.

Ohne meine Mutter Iris, die mir in Wien mit Recherchen geholfen hat, hätte ich vieles nicht so präzise beschreiben können.

Meine Freundin Tania hat dieses Buch als Erste gelesen, wie jeden meiner Texte. Da sie selber aus Sexten stammt, als Kind ihre Sommerferien auf der Drei-Zinnen-Hütte verbracht und dort Patronen aus dem Ersten Weltkrieg eingesammelt hat, war sie diesmal nicht nur besonders streng, sondern auch eine Quelle für viele Beschreibungen, die diesen Roman ausmachen. Außerdem hat sie mir das bisschen Italienisch beigebracht, das ich spreche und beim Schreiben nutzen konnte.

Neben Standschützentagebüchern und Sachbüchern zum Ersten Weltkrieg waren einige Aufzeichnungen für Szenen wichtig, auf die ich hier besonders hinweisen möchte.

Zu den Verhandlungen des Herzogs von Avarna sowie zu den Begebenheiten in den Tagen rund um die Kriegserklärung:

Der Krieg der Diplomaten – Erinnerungen und Tage-buchauszüge 1914–1919, von Luigi Aldrovandi Marescotti. Verlegt 1940 bei Hugendubel, München.

Lebenserinnerungen 1912–1925 von Ekrem Bey Vlora, erschienen 1973 in Oldenburg in der Reihe Südosteuropäische Arbeiten.

Dazu kommen Artikel aus der *Arbeiterinnen-Zeitung, Illustrierte Kronenzeitung, Neue Freie Presse* und *Wiener Zeitung*.

Für die aufwendige Ausrichtung des Kaiserbegräbnisses in Wien:

Die Diplomarbeit *Sterben, Tod und Begräbnis des Langzeitkaisers Franz Joseph I.*, von Alice Mokisch, Wien 1999, aufgelegt in der Hauptbibliothek der Universität Wien.

Sowie Administrativakten F1/179-181 und Neue Zeremonialakten 72/1-10, 73/11-23 aus dem Haus-, Hof- und Staatsarchiv, Wien.